JN074730

『トム・ソーヤーの冒険』の世界

Shuntaro Ono
小野俊太郎

The Adventures of Tom Sawyer

小鳥遊書房

目次

はじめに　平凡な田舎での非凡な冒険　9
世界一のいたずらっ子　9／平凡人トムの物語　11／本書の構成と内容　13／注意点　15

第一章　キャラクターと背景　17

1　キャラクターたち　17
トム・ソーヤー　17／ハックルベリー・フィン　19／トムの家族　20／
ベッキーとその家族　22／悪友たちとエイミー　23／村の住民たちなど　24／
インジャン・ジョーと仲間たち　24

2　舞台背景　25
ミシシッピ川と西部　25／金メッキ時代と西部開拓　29／
ゴシック小説としての『トム・ソーヤーの冒険』　33

第二章　『トム・ソーヤーの冒険』（一八七六）の物語を読む　35
章題について　35
◉まえがき　37
◉第1章「トムと家族関係」　38
あらすじ　38／ポリーおばさんの伊達眼鏡　39／ライバル関係　40／甘いものの誘惑　41／

新しい惑星の発見　42
◉第**2**章「塀塗りの計略」　44
あらすじ　44／「バッファロー・ギャルズ」の歌　45／ジムはなぜジムなのか　46／
白く塗りたる壁　48
◉第**3**章「ベッキーと出会う」　50
あらすじ　50／戦争ごっこ　51／ロミオとしてのトム　52／パンジーと恋　54
◉第**4**章「日曜学校の騒動」　56
あらすじ　56／晴れ着と洗顔　56／暗唱とゲーム化　59／ダビデとゴリアテ　61
◉第**5**章「噛みつき虫と犬」　63
あらすじ　63／説教と会衆たち　63／プラクティカル・ジョーク　65
◉第**6**章「遅刻とベッキー」　66
あらすじ　66／ブルーマンデー症候群　67／ハックとの出会い　68／女子生徒の席に　70
◉第**7**章「ダニ遊びと失恋」　72
あらすじ　72／ダニ遊び　73／チューインガムの共有　74／婚約と失恋　76
◉第**8**章「海賊になろう」　77
あらすじ　77／森と孤独　77／ロビン・フッドごっこ　80
◉第**9**章「墓地での殺人」　84
あらすじ　84／墓暴きと死体泥棒　84／インジャン・ジョーの呪い　86

◉第10章「沈黙の誓い」 89
あらすじ 89／沈黙の誓い 89／吠える犬 91／婚約の解消 92
◉第11章「良心に悩む」 94
あらすじ 94／噂の拡散と雷 94／私刑と法 97
◉第12章「ネコと民間療法」 100
あらすじ 100／民間療法の効能 100／動物虐待とポリーおばさん 102／
ベッキーに侮蔑される 104
◉第13章「海賊たちの船出」 106
あらすじ 106／海賊とは何か 106／海とミシシッピ川 109／キャンプファイヤー 112
◉第14章「楽しいキャンプ生活」 115
あらすじ 115／トムの自然観察 115／水浴びと溺死体 117／ホームシックとトム 119
◉第15章「そっと家に帰る」 121
あらすじ 121／ミズーリ州側とイリノイ州側 122／演劇的な設定 123／バーレスクの手法 127
◉第16章「はじめてのタバコ」 129
あらすじ 129／砂に書いた名前 129／退屈と叛乱 131／雷とタバコ 134／
インディアンごっことタバコ 136
◉第17章「自分の葬式に出席する」 138
あらすじ 138／トムたちの思い出 138／讃美歌百番 140
◉第18章「夢の話」 143
あらすじ 143／夢の話 143／マイラム・アップル 145／三角関係から四角関係へ 148

◉第19章「木の皮の手紙」149
あらすじ 149／フィクション論 149／遅れて届いた手紙 151
◉第20章「身代わりとなる」153
あらすじ 153／ベッキーと解剖図 153／視線の問題 155／身代わりとなる 157
◉第21章「トム、学芸発表会で失敗する」158
あらすじ 158／学芸発表会と夏休みへの突入 159／借用と盗用の間で 163／
猫が暴く金メッキ時代 165
◉第22章「トム、麻疹にかかる」166
あらすじ 166／退屈な夏休み 166／節制少年団と信仰復興運動 170／本物の流行病 171
◉第23章「トム、裁判で証言する」173
あらすじ 173／沈黙を守るべきか 173／マフ・ポッターと禁酒運動 174／裁判での証言 177
◉第24章「インジャン・ジョーの恐怖」179
あらすじ 179／世間とメディア 179／トムの不安 180／セント・ルイスから来た男 182
◉第25章「トム、宝探しの夢を語る」185
あらすじ 185／宝探しという構図 185／名字をもたない者とギャル 187／
ゴールドラッシュと宝探し 189
◉第26章「幽霊屋敷に隠された宝」191
あらすじ 191／ロビン・フッドとマレルのギャング 191／幽霊屋敷と廃墟 194／国境の南 195

◉第27章「追跡」198
あらすじ　198／トムとハックの役割分担　198／盗賊になる　201
◉第28章「インジャン・ジョーの根城」202
あらすじ　202／禁酒宿屋の正体　202／シーザーの亡霊と復讐　204／アンクル・ジェイク　206
◉第29章「未亡人を助けるハック」209
あらすじ　209／洞窟へのピクニック　210／マクドゥーガル洞窟　211／
インジャン・ジョーの胸中　214／ハックを助けるウェールズ人　215／
トウェインの物語の作り方　217
◉第30章「洞窟で迷子になる」218
あらすじ　218／ハックが見つけた家　219／トムとベッキーの行方　221
◉第31章「迷路としての洞窟」222
あらすじ　222／洞窟探検　223／ウェディングケーキ　224／インジャン・ジョーとの遭遇　225
◉第32章「洞窟の外へ」227
あらすじ　227／脱出した二人　227／アリアドネの糸　228
◉第33章「インジャン・ジョーの最期」231
あらすじ　231／詩的正義がおこなわれる　231／良いインディアンは死んだインディアン　233
◉第34章「金貨の山」236
あらすじ　236／芝居がかった話　236
◉第35章「ハック、盗賊の一味となる」238
あらすじ　238／投機と投資　239／コスモポリタンとしてのハック　240／

紳士盗賊トムの一味　243
◉おわりに　245

第三章　トム・ソーヤーの行方　249
1　『トム・ソーヤーの冒険』の全体像　249
前半と後半の対比　249／曜日の秩序　251／失われたものを発見する　253
2　トムとハックの関係　255
トムか、ハックか　255／ヘミングウェイの宣託＝選択　259／二つの作品の友情の違い　261／
贋金と偽物　264／『トム・ソーヤーの冒険』との関連　267
3　影響とアダプテーション　269
ミシシッピ川とトムの成長　269／田舎町と脱出願望　272／
キングにとってのトム・ソーヤー　275／映画のなかのトム・ソーヤー　281／
宮崎アニメのトム・ソーヤー　289

おわりに　小さな市民トマス・ソーヤー　297
あとがき　301
主な参考文献　304

はじめに　平凡な田舎での非凡な冒険

【世界一のいたずらっ子】

マーク・トウェインの『トム・ソーヤーの冒険』（一八七六）の主人公トムは、世界でも有名な少年の一人に数えられるだろう。冒頭で「トム！」とポリーおばさんの叱る声が、キャラクター本人よりも先に登場する。大人を困らせる「悪ガキ」トムの痛快な冒険がここから始まるとすぐにわかるのだ。トムは、世の母親（ただし、この場合はおばさんだが）を困らせるいたずらっ子の代表で、だからこそ少年たちのヒーローとなってきた。

小説の舞台は、一八四〇年代のミシシッピ川の西岸ミズーリ州にあるセント・ピーターズバーグという村である。対岸までフェリーが通う港町で、そこに暮らすトム・ソーヤーと仲間たちの冒険が描かれる。南北戦争以前の時代なので黒人奴隷もいて、トムの家にもジムがいる。そして、おばさんが手を焼く孤児トムは数々のいたずらをし、都会コンスタンティノープルからの転校生ベッキーとの恋愛と婚約と失恋があり、さらに洞窟での冒険が待っている。途中でトムは友人たちと学校を抜け出し、無人島で気ままに暮らして、タバコの味なども覚えるのである。

しかも、トムとハックは墓地での殺人を目撃し、殺人鬼インジャン・ジョーに追われ、幽霊屋敷に盗賊の一味が埋めた宝物のゆくえを明らかにして見つけ出して村の英雄となる。大人たちに叱られ、ぶたれ、鞭で打たれるトムだったが、最後には大金持ちとなり、恋人も手に入れる。一冊の本に子どもにとって夢のような出来事が詰まっているのだ。

トウェインは、一八三五年にサミュエル・ラングホーン・クレメンズとして、ミズーリ州のフロリダで生まれ、舞台のモデルとなったハンニバルで育った。父親の死後、印刷工や、金鉱掘り、蒸気船乗り、ハワイやサンフランシスコでの通信員などを経て、西部のほら話やユーモア作品で知られるようになった。そして、東部のコネティカット州ハートフォードに一八七一年に住居を構えて、作家や講演者として活躍したのである。

ハートフォードで書かれた『トム・ソーヤーの冒険』には、ミシシッピ川沿いのハンニバルでのトウェイン自身や親友の実体験が盛りこまれただけでなく、登場する数多くのキャラクターも実在の人物をモデルに造形されている。とりわけトムに関しては「一人の人物からではなくて、私の知っている三人の少年を結合させたもので、ギリシア建築の混合柱様式に従っている」と「はじめに」で言い訳をしている。「トム＝トウェイン本人」という図式が成り立たないので、自伝的ではあっても、自伝ではないのである。

さらに、トウェインの読書体験もぎっしりと詰めこまれている。『ドン・キホーテ』やシェイクスピア劇などいろいろなエピソードや台詞や意匠が借用され作品を彩っている。個人的な見聞や自伝的な記憶と、過去からの知識や伝統との結合は、オリジナルな作品を生み出す秘訣だろうが、トウェインはそれを忠実に守っていた。

その後、いたずらっ子トムの物語は幅広く受け入れられ、いわばアメリカの神話となった。トウェ

イン と同じミズーリ州で育ったウォルト・ディズニーが作ったのが、ミッキーマウスが登場した「蒸気船ウィリー」(一九二八)だった。どこか西部を連想させる川の蒸気船を舞台に、船長の代わりに舵輪を握り、台所の調理器具や牛や山羊を利用して「藁の中の七面鳥」を演奏するいたずらっ子ミッキーを活躍させた。しかも、ベッキーの代わりとなるミニーマウスが傍らにいる。そして、一九五六年には、ディズニーランドにマーク・トウェインの名前を冠した蒸気船を浮かべ、「トムソーヤ島」を作ったのである。

現在トムソーヤ島には、「カリブの海賊」というアトラクションから派生した映画『パイレーツ・オブ・カリビアン』のシリーズ(二〇〇三―)の世界観が接合されている。『トム・ソーヤーの冒険』に海賊ごっこの場面があるのを根拠にしているのだが、カリブ海とミシシッピ川とはつながっているので、違和感はあまりない。東京ディズニーランドにも、アメリカ川に蒸気船マークトウェイン号が浮かび、トムソーヤ島もある。筏で渡らないといけないし、「インジャンジョーの洞窟」なども備わっている。このように『トム・ソーヤーの冒険』は、アメリカ文化に根をおろしたのである。

【平凡人トムの物語】

『トム・ソーヤーの冒険』は、非凡な冒険をした平凡人トムの物語である。自由人ハックに多くの人が憧れる。だが、私たちの大半は、理想としてのハックを心に抱き続けていたとしても、トム・ソーヤーの末裔なのである。

トムとハックは深い友情に結ばれているようでいながらも「どうしてトムはハックになれなかった

（ならなかった）のか？」という問いかけも必要となる。トウェインが執筆していた一八七〇年代がもっていた、南北戦争後に市民社会を再建するアメリカの理念と限界とが、戦前のトムとその周辺の話をするときに二重写しとなっている。その点で、『ハックルベリー・フィンの冒険』（一八八五）というアメリカ文学史に残る偉大な続編を考慮しても、『トム・ソーヤーの冒険』は独自の価値をもつと考えられる。

登場するのは、海賊やロビン・フッドなどの無法者にあこがれるトムだけではない。裁判で正しい証言をするトム、独立戦争の「自由を与えよ、しからずんば死を」という演説を暗唱しようとするトム、発見された金貨の所有権について法的根拠を述べるトムなどがいる。トムは聖句を暗唱できないくせに聖書をもらおうとして失敗もするが、芸術家ぶって他人に板塀を白く塗らせるのに成功する場合もある。

遠い昔のノスタルジーとして読むだけですまないのは、ミズーリ州の田舎にいたトムもハックも南北戦争を経験し、成長して大人になっている世代だからだ。トウェインも「あとがき」で、モデルとなった人間たちの現在を書いたら興味深い、と記していた。けれども、出版されたトムとハック物の続編では、いつまでも二人は子どもたちのままだった。

九年後の『ハックルベリー・フィンの冒険』で、ハックはダグラス未亡人のもとで教育を受けて文字を読むのを覚える段階にいたる。これが黒人奴隷のジムと逃亡した際に役立つ技術となったが、ハックの公的な成長はそこまでだった。続いて出た二作は、どちらも中編小説（ノベラ）にとどまった。ジュール・ヴェルヌの気球旅行小説からヒントをもらった『トム・ソーヤーの探検』（一八九四）では、アフリカのサハラ砂漠やエジプトを旅する。また、『トム・ソーヤーの探偵』(一八九六)ではフェルプス農場を再訪して、消失した死体をめぐってトムが名推理を披露する。ハックの一人称の語りをワトソンとみなし、トムをホームズに見立てたものである。死後に書きかけの断片が多数残され、「インディアンのなかのハック・フィンとトム・ソーヤー」や、やはり推理ものの「トム・ソーヤーの陰謀」が有名である。扱う題材は多彩でも、トムとハックはいつまでも子どもであり、大人に成長して活躍するのは許されなかったのだ。

大人になった「市民トマス・ソーヤー」が、サッチャー判事の期待通りに軍人か法律家になったとすれば、軍事や法律でハックを迫害し、追い詰める側にならないとは断言できない。たとえば『バンド・オブ・ロバーズ(盗賊団)』(二〇一五)という現代版のアダプテーション映画では、大人になったトムは警察官、ハックは刑務所帰りの犯罪者となっている。そして出所したハックはトムにパトカーで迎えられ、子ども時代に目撃した幽霊屋敷の宝を探すために「トムのギャング団」が結成されるのである。盗賊団や無法者というトムにとってのおとぎ話が、大人になったハックにとっては切実な現実となるかもしれない。セント・ピーターズバーグの村では、トムとハックが決して対等ではない。この負の面も考慮しないと作品全体の意味合いが見えてこないのである。

【本書の構成と内容】

第一章では、登場するキャラクターと時代背景や物語の舞台を紹介する。子どもから大人まで多くのキャラクターからなっていて、セント・ピーターズバーグの村がもつ多層な様子を描き出している。

一八四〇年代という南北戦争以前のミズーリ州の周辺では、「マニフェスト・ディスティニー」の掛け声や、鉄道建設やゴールド・ラッシュのような動きに西部全体が揺さぶられていたのだ。そうした過去と同時に、トウェインが『トム・ソーヤーの冒険』を書いた一八七〇年代の「金メッキ時代」は、西部劇などのイメージを作った先住民を居留地に押し込め、ガンマンたちが活躍する時代でもあった。過去と現在が二重写しになったことで、インジャン・ジョーが描かれた背景がはっきりとする。

第二章では、『トム・ソーヤーの冒険』を「はじめに」から「あとがき」まで1章ずつ、「あらすじ」をしめしながら、その章で鍵となる語句や出来事をいくつか選び、詳しい説明や解説をする。ときには過去だけでなく、その後の他の作家や作品との結びつきに言及することもある。章をまたいで関係する箇所は、「第X章」のようにしめし、『ハックルベリー・フィンの冒険』の場合は「H　第X章」とする。それ以外の作品などは漢数字で章を示している。たどって参照すると、トウェインが緊密に作品を作り上げていることが理解できるはずである。

第三章では、全体の分析を踏まえて、第一に、『トム・ソーヤーの冒険』の全体構造を考えていく。前半と後半と大きく分かれていて、ポリーおばさんとインジャン・ジョーという二つの中心がおかれ、ジョー・ハーパーからハックへとバディが変わっていくのだ。それが、ジャクソン島とマクドゥーガル洞窟とに結びついている点を明らかにする。さらに宗教的でもある曜日によるリズムと、「喪失と発見」の繰り返しが全体を貫いて統一感を生み出しているのである。

第二に、「トムか、ハックか」として、『トム・ソーヤーの冒険』が児童文学として低く評価され、『ハックルベリー・フィンの冒険』が偉大な小説として称讃された理由を考える。有名なヘミングウェイの言葉を『アフリカの緑の丘』の文脈を踏まえて検討する。それがアフリカでの狩猟の間に言われた内容であり、インディアンの存在を抑圧することが、ヘミングウェイ自身のアメリカ国外を舞台にした小説などを促した可能性もある。『トム・ソーヤーの冒険』は、『ハックルベリー・フィンの冒険』とは異なる独自の価値をもつことがわかる。

第三に、「影響やアダプテーション」として、ヘミングウェイに始まり、スティーヴン・キングが書いた「死体（映画名『スタンド・バイ・ミー』）」や『タリスマン』や『デスペレーション』などとのつながりを考える。数多くの映画化作品があるが、一九一七年版から二〇一四年版までの代表作を年代順に特徴を述べた。さらに、日本での影響として、宮崎アニメの『未来少年コナン』や『天空の城ラピュタ』での借用を明らかにする。

【注意点】

現在では差別用語とみなされるアメリカ先住民を表す「インディアン」や黒人を表す「ニグロ」や「ニガー」といういわゆるNワードも文脈や必要に応じて使う場合があることをお断りしておきたい。トウェインの兄の名は「オライオン」が標準的な発音に思えるが、「オーリオン」などが定着しているので原義をはっきりさせるために「オリオン」としておいた。もちろんオリオン星座と同じ綴りである。

また、マーク・トウェインの作品名、とりわけ旅行記などは原題を直訳するとわかりにくく、複数の邦訳があるせいで混乱しがちなので、本書では次のように統一した。

◎『地中海外遊記』(*Innocents Abroad*, 1869)
◎『西部放浪記』(*Roughing It*, 1872))
◎『金メッキ時代』(*The Gilded Age*, 1873)
◎『ミシシッピ川の昔』(*Old Times on the Mississippi*, 1875)
◎『トム・ソーヤーの冒険』(*The Adventures of Tom Sawyer*, 1876)
◎『王子と乞食』(*The Prince and the Pauper*, 1881)
◎『ミシシッピ川での生活』(*Life on the Mississippi*, 1883)
◎『ハックルベリー・フィンの冒険』(*Adventures of Huckleberry Finn*, 1885)
◎『アーサー王宮廷のコネティカット・ヤンキー』(*A Connecticut Yankee in King Arthur's Court*, 1889)
◎『アメリカの爵位権主張者』(*The American Claimant*, 1892)
◎『阿呆たれウィルソン』(*Pudd'nhead Wilson*, 1894)
◎『トム・ソーヤーの探検』(*Tom Sawyer Abroad*, 1894)
◎『トム・ソーヤーの探偵』(*Tom Sawyer, Detective*, 1896)

以上の点に留意して、次の第一章では、『トム・ソーヤーの冒険』の舞台設定やキャラクターを紹介していこうと思う。同時代の読者も射程に入れながら、トウェインがどのような企みを張りめぐらしているのかがわかるはずである。

第一章　キャラクターと背景

1　キャラクターたち

【トム・ソーヤー】

トムは学校に通う小学生のようだが、年齢や学年の言及がないので不明である。「八、九歳から時として十二、三歳と推定されている」［永原：一四八］のが実情である。小学校の高学年と考えるとよいようだ。トウェイン本人だけでなく、複数のモデルによる数年にわたるエピソードを継ぎ接ぎしたせいで、こうした幅ができてしまった。だが、当時の小さな学校でおこなわれていた複式授業の実情も反映しているので、「小学＊年生」と決めつけられない曖昧さがある。だからこそ、かえって広範囲の読者を引きつけている。読者の年齢に合わせて、トムたちに感情移入できるのである。

フルネームの「トマス・ソーヤー」は全部で七回登場する。日曜学校や裁判所や学校で名前を呼ばれるとか、叱られるときで、その後トラブルが生じる。だから、ベッキーがフルネームを口にすると「いい子のときはトムだよ」と呼び方を教える。そして、ベッキーと喧嘩状態になると、「トマス・ソーヤーさん」とばか丁寧に呼ばれ、トムの意気はそがれてしまうのだ。

トム・ソーヤーに両親はいなくて、セント・ピーターズバーグの村でポリーおばさんに育てられている。孤児ではあるが、孤児院に入っているわけではない。あくまでもおばさんの死んだ妹(あるいは姉)の子どもであり、半兄弟である年下のシドとともに厄介になっている。このように主人公が親戚と暮らす図式は、『オズの魔法使い』(一九〇〇)のドロシーや、『ハリー・ポッターと賢者の石』(一九九七)のハリーのように多くの児童文学で採用されてきた。孤児の設定は主人公と「家」や「家族」との関係を問い直すきっかけとなるし、いつでも家の外へと冒険に出かける自由も与えてくれる。そのせいでトムは家に戻るのに固執しないのである。

トムは、いたずらっ子で、しかも毎回手口を変える。その臨機応変ぶりに、好敵手とも言える育ての親であるポリーおばさんは感心している。「見せびらかし(showing off)」が得意で、ベッキーに対しても、逆立ちをして注意を引くのだが、復縁を迫った二度目にはバカにされてしまう。他にも、聖句を暗唱できないのに、聖書を獲得しようとして、ベッキーの父親に質問されて間違った答えを言って大恥をかく。ポリーおばさんを困らせるだけでなく、海賊になるとか、自分たちの葬式の最中に戻るとか、世間をあっと言わせることを目論むのだ。そして、学校の少年たちを二分する軍団の指揮官として、ジョー・ハーパーと張り合っている。トムにはすでにリーダーとなる資質が備わっているのである。

トマスとは聖トマスに由来するが、活発な男の子の名前に使用される。民話の親指トムとか、チャールズ・キングスレーの『水の子トム』(一八六三)などの例がある。さらには、「トムボーイ(tom-boy)」はいわゆるボーイッシュな女の子の代名詞となった。ルイザ・メイ・オルコットの『若草物語』(一八六八)に出てくるジョーは、長女のベスに「ジョーはトムボーイ」とみなされるのだ[第一章]。

名字のほうの「ソーヤー」も、そのままではノコギリで木を伐る木こりのことだが、「ソーヤー・ビートル」とはカミキリムシの通称なのである。結果として全体で活発なイメージを与えているのだ。

【ハックルベリー・フィン】

セント・ピーターズバーグの村中の母親から忌み嫌われているのが、ハックルベリー・フィンである。ぼろ服を着て、村の家の階段か、空の樽に寝泊まりしている。学校に遅刻しかけているトムと出会ったときにも、死んだ猫をぶら下げていて、森のなかからダニを見つけ出してきたばかりであった。ハックの父親は村でも有名な飲んだくれである。母親はいないが、孤児であるトムと異なり、ハックには両親が夫婦喧嘩をしている記憶があり、結婚とか恋愛にはかなり懐疑的で、「女嫌い」なのである。

ハックは、学校に属さない無法者であるからこそ、村中の少年たちから称讃されている。そして、さまざまな物を交換し、情報を手に入れている。魔女や呪術などの領域についての知識は豊富で、それでいて「信仰復興運動」にはまって聖書の文句を言えたりもする。文字の読み書きはできないが、さまざまな耳学問にかなり通じているのである。ハックは、文字通りの「ホームレス」で、それでいて、村の情報も密かに手に入れているのだ。

ハックルベリー・フィンのモデルとなったのは、ハンニバルに実在したトム・ブランケンシップという十二、三歳の少年だった。つまり、トムという名前をもつのはこちらだった。このトムの父親がウッドソン・ブランケンシップで、ハックの父親のモデルの一人となった。他に、ジェネラル・ゲインズと、ジミー・フィンを入れると、セント・ピーターズバーグの三大酔っぱらいとなる[the 135th: 271]。

フィンという名字は実在するジミー・フィンからもらったものだった。フィンとはフィンランド人という意味で使われるが、「白」を意味する古ノルド語に由来する。そして、アイルランド語やゲール語でフィンは名前にも使われ、フィンガルやフィンレイといった仲間がある。フィンが、ソーヤーというアングロサクソン語とは異質であり、アイルランドやスコットランド系を示すのが、トムとハックとの違いを際立たせるのである。

ハックルベリー・フィンは、そこに「つまらないもの」という意味合いをもつ「ハックルベリー」を付け加えて成立している。トムと同じく「混合柱様式」であった。そして、トム・ソーヤーという、トム・ブランケンシップを連想させる名前のほうを主人公に据えたわけである。命名の段階でトムとハックが交換可能だったせいで、『ハックルベリー・フィンの冒険』でハックがトムに変装する設定にトウェインも抵抗がなかったのかもしれない。

【トムの家族】

ポリーおばさんは、娘のメアリー、死んだ妹の子どもたち、つまり甥にあたるトムとトムの半兄弟（おそらく父親が異なる）シドの三人を、黒人奴隷のジムを使いながら育てている。収入源は今ひとつ不明だが、大邸宅に住んでいるわけではない。一階の奥にあるおばさんの部屋は寝室、食堂、書斎を兼ねた便利な部屋である。二階が子ども部屋になっていて、裏には牛小屋や薪小屋がある。家は板塀で囲まれて、トムが白く塗り直させられるのだ。そして、貧乏暮らしなのは、トムが二年間同じ日曜日の晴れ着を着せられていることからもわかる（その間身体が成長しなかったのかという疑問は残るが）。

ポリーおばさんは聖書が好きで数々の引用をおこなう。しつけのために子どもをぶつのを惜しまないが、実行してから後悔するのである。迷信も好きで、とりわけ各種の健康法に目がない。それでいて、眼鏡は伊達なので「見せびらかし」の悪習もどこか身についている。トムの性癖はおばさん譲りで、似た者どうしなのが確執の一因となっている。

おばさんの娘である従姉のメアリーは、聖書の暗唱も手伝ってくれ、ナイフをプレゼントしてくれるなど、トムを無闇に叱って辛辣な扱いをしない唯一の身内である。溺れ死んだと思ったポリーおばさんが、トムの生前の悪行についてあれこれと意見をするときにも、親切な言葉を挟んでくれるのである［第15章］。

家族のなかでトムにとって最大の目障りな相手は、半兄弟のシドである。シドはメアリーとともにいい子であり、聖書の暗記も得意だし、叱られることはまずない。夜でも昼でもトムの行動を監視している。トムは不満が生じるたびに、シドを殴りつけるのだが、腕力ではかなわないので反撃はせずに、告げ口などで対抗するのである。この結果、トムは、血のつながった兄弟よりも、友情に結ばれた他人に期待することになる。

この三人はトムと血の繋がりがあるが、黒人奴隷のジムは、水くみや薪を割るなどの仕事をしている。トムもいっしょに手伝えと言われるのだが、大半はジムが担当する。裏にある牛小屋の牛の世話もおそらくジムがやっているのだろう。

【ベッキーとその家族】

村にいるジェフ・サッチャーの親戚である、サッチャー判事夫妻が、娘のベッキーを連れてセント・ピーターズバーグにやってきたことによって、トムに一大転機が訪れる。ジェフ本人は、トムからもハックからも評価は低い。だが、コンスタンティノープルからやってきた親戚である判事一家は、社交界デビューをした日曜礼拝で村人たちの注目を浴びるのである。

転校生(ベッキー)がやってくることで、主人公(トム)の周辺に新しい事件が起きるというのは児童文学の定番でもある。ベッキーはトムのできそこないの絵を褒めたりするが、単純な崇拝者ではない。品行方正というわけでもなく、学校にチューインガムをもってきていて、トムといっしょに噛むし、アイスクリームの誘惑にかられて、洞窟旅行でトムと二人で別行動をともにする。しかも、自分の意見をもっていて、トムに三角関係をあてつけたりする。このあたりが、逆にトムには魅力的に思えたのである。ポリーおばさんやメアリー、さらにはエイミー・ローレンスとも異なる性格をもつベッキーへとしだいに心が傾斜していくのである。

父親のサッチャー判事は、コンスタンティノープルからやってきたというので、日曜学校でも、礼拝でも人々から一目置かれる。そして、トムに聖人の名前を質問して、間違った答えを引き出してしまう。また、洞窟のなかで行方不明になった娘の捜索に自ら乗り出す行動派でもある。そして、トムがベッキーを救出してくれただけでなく、娘がドビンズ先生の本を破いてしまったときに代わりになって鞭を受けたことを知り、桜の木を切ったことを正直に告げたジョージ・ワシントンに匹敵すると称讃した。さらには、トムやハックの金貨の運用を担当するのである。

【悪友たちとエイミー】

トムはよく「学校をズル休み(play hockey)」するが、学校そのものから脱落はしない。なぜなら、悪友たちがいるからである。いちばんの友人は隣の席のジョー・ハーパーである。二人は少年たちを二分する軍団それぞれの指揮官である。しかし、トムがベッキーに振られて海賊になろうと決意したときに最初に仲間になったにもかかわらず、最初にホームシックにかかるのである。ハーパー家の母親のセレニーは、迷信が嫌いだが、ポリーおばさんとは仲が良い。そして、姉妹のスージーはベッキーの友だちともなり、洞窟旅行のときには遅くなったら泊まるということをベッキーの母親に申し出るほどの仲になっていた。

ベン・ロジャーズは、蒸気船ごっこをしながらトムが塗っている板塀にやってきて、最初の犠牲者となる。それから、ハックがインジャン・ジョーの見張りをするときに、干草小屋に寝ることを許してくれる。ロジャーズは、ジョー・ハーパーほどではないが、トムにとって重要な役割をはたすのである。ジェフ・サッチャー以外に、ボブ・タナー、ジョニー・ベイカー、ジム・ホリスなどの名前が出てくるが、キャラクターとして絡むわけではない。他に、セント・ルイスからやってきてトムと張り合ったアルフレッド・テンプルや、模範生であるウィリー・マファーソンもいる。

女子生徒のエイミー・ローレンスは、ベッキーが来るまではトムの「婚約者」だった。トムは数カ月かけて、彼女の心を得て、一週間前に二人は「婚約」した。しかも、エイミーはトムを崇拝しているのだ。トムは、ベッキーとの仲がこじれたときに、エイミーとの親密な関係を見せつけたが、ベッキーと仲直りしてからは言及されることもない。トムは地元の「ガール・ネクスト・ドア（幼馴染）」よりも、都会から来た金髪の女の子を選んだのである。

【村の住民たちなど】

日曜の礼拝には、村長を含めて多くの名士が集まる。なかでも重要なのはダグラス未亡人である。彼女はカーディフ・ヒルに住んでいるお金持ちで、誰でも歓迎してくれる。その近くの森は学校から見えないのでトムたちの遊び場となっていた。インジャン・ジョーによる復讐を阻止する手助けをしてくれたのがハックだったので、ダグラス未亡人は家に引き取り、教育をほどこすことを望むのである。

カーディフ・ヒルの途中に住んでいるウェールズ人のジョーンズは、ハックの訴えに耳を傾けて、インジャン・ジョーを退ける手伝いをした。息子二人と追ったが、くしゃみをして気づかれてしまい、発砲して追い払ったのだ。黒人奴隷を三人抱えているので、何か商売をしている可能性が高い。

【インジャン・ジョーと仲間たち】

『トム・ソーヤーの冒険』の悪役を一身に引き受けているのが、インディアンと白人との混血であるインジャン・ジョーだった。酒の密売や、強盗やら犯罪に手を染めている。食事に事欠く生活をしているのは、五年前にロビンソン医師に食べ物の提供を拒まれて追い出されたのを恨んでいることからもわかる。また、治安判事をしていたダグラスに「浮浪罪」で捕まり、鞭で打たれたことを根にもって、ダグラス未亡人に復讐しようとする。だが、入り口が閉ざされたために、マクドゥーガル洞窟内で悲惨な死を遂げるのだ。

マフ・ポッターは村の酔っ払いで、ロビンソン医師による墓暴きをインジャン・ジョーといっしょに手伝う。だが、墓地で起きたロビンソン医師殺害の犯人という濡れ衣を着せられて、死刑の寸前までいく。それを助けたのが、裁判で目撃証言をしたトムだった。さらにインジャン・ジョーにはもうひとりの名もない仲間がいて、二人で銀貨六百五十ドルの稼ぎを幽霊屋敷に隠していた。さらに金貨が発見されたので、第二号に移すことになった。この男も逃げようとして、川沿いで死亡した状態で発見された。

2　舞台背景

【ミシシッピ川と西部】

一八三五年にトウェイン（サミュエル・ラングホーン・クレメンズ）が生まれたのは、ミズーリ州のフロリダという、現在は無人となっている村だった。現在はソルト川をダムでせき止めたマーク・トウェイン湖のほとりにある。トウェインの叔父が経営していた農場を頼って、クレメンズ一家がやってきたのである。そして、一八三九年には、三十マイルほど離れたミシシッピ川沿いのハンニバルへと移住した。ハンニバルは二十年前に作られた新しい村で、対岸のイリノイ州にある現在のイースト・

ハンニバルとの間にフェリーが航行していて、物資を運ぶ海運業による発展が見込まれていた。ここでトウェインが過ごした少年時代の見聞が小説の素材となっている。

ハンニバルとは、古代のカルタゴの将軍にちなんだ名前だが、ミシシッピ川へと注ぐ水路が、探検家によってハンニバル・クリークと名づけられた(現在はベア・クリークと呼ばれる)。小説での名称はセント・ピーターズバーグへと変更された。また、ベッキーがやってきたコンスタンティノープルは、十二マイル離れたパルマイラ(パルミラ)のことである。これも聖書に登場するソロモン王が支配した土地に由来する[Eaton : 193]。ミシシッピ川には、「ケイロ(カイロ)」や「メンフィス」という地中海や聖書を思わせる地名が点在する。

ミズーリ州のなかで、東の中心となるセント・ルイスはミシシッピ川沿いにあり、トムたちにとって憧れと侮蔑の相反する対象として登場する。西にはカンザス・シティや、州の中心に置かれた州都のジェファソン・シティがあるのだが、ともに川沿いではないので、トムたちの関心から外れている。

ミズーリ州がアメリカ合衆国に併合されたのは一八二一年で、ミズーリ協約によって、奴隷州として加わった。けれども、綿花やサトウキビのプランテーションが他州ほど存在しているわけではないので、家庭内での労働に従事している黒人奴隷も多かった。鉛鉱山で働くために黒人奴隷がカリブ海のサント・ドミンゴからミズーリ州に初めて連れてこられたのが、一七二〇年のことだった。インディアンを奴隷にすることはこの地を支配していたフランスやスペインによって以前からおこなわれていたのだが、一八三四年には正式に非合法となった[Parrish & Jones : 109]。混血のインジャン・ジョーが治安判事に「ニガーのように」馬の鞭で打たれたことを憤ったのも、白人と先住民のどちらの血筋においても不当な扱いだとする主張だったのである［第29章］。

しかも、下流のミシシッピ州では、十八世紀の終わりから先住民であるチョクトー族やチカソー族が、キリスト教徒に改宗するなどの条件で、黒人奴隷を所有し、プランテーションを経営して、奴隷売買をおこなっていた［Krauthamer: 2］。先住民どうしの争いでは、捕虜は奴隷的な扱いを受けても解放されたが、売買された黒人奴隷は子孫まで永久に奴隷の身分のままだった。その状態を変えたのも南北戦争と奴隷解放宣言だったのである。三四年に先住民の奴隷が法律違反となったあとでは、奴隷と黒人とは完全に同義となった。トウェインが生まれ育ったのは、黒人と奴隷との連想が密接に結びついた時代だったのである。

『トム・ソーヤーの冒険』がノスタルジーと感じられるのは、ミシシッピ川やその支流を行き交う蒸気船が人や物を運ぶ交通手段となっているからだ。トウェインは一八五七年に水先案内人見習いとなって、五九年には免許も取得したのだが、六一年に始まった南北戦争によって、南北の州が対立して、蒸気船の運行が停止してしまった。失業のせいで、ネヴァダに赴任する兄とともに出かけて、他に職を求めなくてはならなくなったのである。南北戦争が小説家マーク・トウェインを作ったとも言える。

物流や人の移動手段が、蒸気船から鉄道へと変化していく時代だった。船ではロッキー山脈を越えることはできないので、一八五五年に開通したパナマ地峡の鉄道によりつながったカリブ海と太平洋の東西の港を使って人や物を運んでいた。六九年に、ネブラスカ州オマハから工事を始めたユニオン・パシフィック鉄道とカリフォルニア州サクラメントから工事を始めたセントラル・パシフィック鉄道とが結ばれ、太平洋までの動脈として大陸横断鉄道が完成した。

ハンニバルにも鉄道建設の波が押し寄せてきた。他ならないトウェインの父親の事務所により、一八四七年に、ハンニバルからセント・ジョセフまでミズーリ州を横断する鉄道計画が立てられた。全線が完成したのは五九年で、八三年まで営業運転をしていた[http://www.abandonedrails.com/hannibal-and-saint-joseph-railroad]。

トウェインは、『金メッキ時代』(一八七三)でも蒸気船競争の話で始めたように、蒸気船を偏愛している。これには、水先案内人の免許まで取得しながら、南北戦争によって失業したトウェイン本人の体験だけでなく、鉄道の時代となったことへの複雑な感情がこめられているのだ。

西部が開拓すべきとして神から与えられた場所だ、というのは、一八四五年にジャーナリストのジョン・L・オサリヴァンが生み出した「マニフェスト・ディスティニー」という言葉によって象徴される。その考えの熱烈な支持者が、ミズーリ選出の上院議員のトマス・ハート・ベントンだった。州に昇格してから三十年間上院議員の地位に留まった。その期間はミズーリの歴史において「ベントンの時代」とまで呼ばれる[Parrish & Jones: 84]。

トムは自分と同じ名前のせいもあってか、ベントンを世界一偉大な男と考えていたのである[第22章]。ベントンはオレゴン準州をアメリカに併合する考えを議会で演説したことで知られる。これにより、太平洋にまでアメリカ合衆国の領土は広がった。この作品には、ミシシッピ川からロッキー山脈までだった西部を拡大して太平洋岸まで到達しようという時代の空気も入っているのだ。それが、軍人や海賊やインディアンというトムの夢と絡み合っているのである。

【金メッキ時代と西部開拓】

この小説では一八四〇年代の舞台設定と、七〇年代の執筆当時の状況とが二重写しになっている。しかも、トウェインはいきなり『トム・ソーヤーの冒険』にたどりついたわけではない。最初の長編は、チャールズ・ハドリー・ウォーナーと共作した『金メッキ時代』だった。副題は「今日の物語」であり、テネシーの土地をめぐる投機や鉄道建設に湧く世相を描いていた。セラーズ大佐が中心の一人で、土地だけでなく、穀物、豚の飼育、銀行、目薬、鉄道建設などの投資を考えつくのだ。

トウェインという作家は、ユーモアをひねるだけでなく、通信員の仕事や旅行の見聞などで、時代の変化を察知していた。土地の投機で成り上がろうとした一家の物語は、ミシシッピ川のハンニバルへと移ったトウェイン一家の体験とも重ねられていた。トウェイン本人も投機熱をもち、新しい発明や儲け話に目がない。一攫千金の野望から、ネヴァダ州で金鉱堀りをし、南米でコカを取引する夢につられて出かけた。その途中で蒸気船の見習い水先案内人となって、人生の航路が変わったのである。

「黄金時代」ではなくて、ビッグビジネスを展開して錬金術にたけた成金たちによる「金メッキの時代」なのである。世相を掴んだこの小説のタイトルは、そのまま時代を表す用語として利用されてきた。トムとハックが手に入れた一万二千ドルの金は折半され、大人たちが六パーセントの利子で貸しつけた。不労所得である利子を毎日の小遣いとして二人は手に入れる。二人が地道に労働することを飛び越えて、銀行や投資家のように行動しているのが、ビッグビジネスを可能にした時代の空想なのである。もはや民話やおとぎ話のように海賊や山賊の宝探しでは終わらず、獲得した資産を何にどのように投資するのかが鍵となってくる。そうした投資の失敗や付随する詐欺の話は『金メッキ時代』にいくつも描かれていた。

『トム・ソーヤーの冒険』は南北戦争以前の一八四〇年代の回想なのだが、すでに『金メッキ時代』とおなじく「今日の物語」でもある。トウェインが小説を書いているコネティカット州ハートフォードは、J・P・モルガンの生まれ故郷で、モルガン財閥の根拠地となった。モルガンは投資信託をおこなう銀行から出発して、鉄鋼業（USスチール）や鉄道建設さらに通信や電気関連産業（GE）を作り上げ、全国から富を吸い上げるビッグビジネスの担い手となった。まさにコネティカット・ヤンキーの代表なのである。

さらに、ハートフォードには、一八五五年に武器業者のコルト・ファイアアームズの本社が置かれた。銃器製造によって南北戦争で潤った町でもある。戦場から遠く離れていたせいで安全な場所でもあった。モルガンも安く買った中古のカービン銃を北軍に高く売りつけて一儲けをした。またコルトの銃が北軍の陸軍御用達に選定されたことで、その名は敵である南軍にまで広まったのだ。

ところが、南北戦争の終結は銃や武器の売上減につながる。そこに現れたのが、ミシシッピ川以西の開拓を目的としてリンカーンにより一八六二年に制定された「ホームステッド法」だった。戦後の一八六六年には、女性や黒人へと土地の所有者の対象も広がった。結果として戦争で土地を失った者たちが西部へと流入したのだ。鉄道を建設するモルガンや銃器を売るコルトに富を獲得するビジネスチャンスが訪れた。トウェインの兄のオリオンも、一八六一年に準州であるネヴァダの初代州務長官として派遣されたのである。

西部開拓の最大の被害者は、もちろん先住民であるネイティヴ・アメリカン、いわゆる「アメリカ・インディアン」だった。南北戦争の終了で武器の需要が落ち込んだコルト社が、安全装置も兼ねたダブルアクション銃を開発した。そして、インディアン居留区への封じこめをめぐる騎兵隊とインディアンの争いで使う武器を供給したのだ。こうしてハートフォードは西部開拓によって潤う町となった。

ネヴァダへと向かう際に、兄オリオンは「インディアンから身を守るために小型サイズのコルト拳銃を携帯していた」と『西部放浪記』(一八七二)に出てくる［第二章］。一方トウェイン本人は、七連発のスミス&ウェッソン銃で武装していたのだ。そして、『アーサー王宮廷のコネティカット・ヤンキー』(一八八九)では、コルト社の工場の号笛で目を覚ましていたとある［第八章］。コネティカット川沿いに建つコルト社の工場は、ハートフォードの人間には、おなじみだったのである。

また、ハートフォードは、アメリカでの生命保険が発展した土地で、今も多数の企業の本社が置かれて、「保険の首都」と呼ばれている。一八七四年十月十二日に、イギリスの生命保険の専門家で、生命保険の手引書やマーケットの歴史の本を書いたコーネリアス・ウォルフォードを歓迎する席でのスピーチをトウェインは依頼された。原稿がスピーチ集に印刷されて残っている［http://www.twain-quotes.com/SpeechIndex.html］。そのなかでトウェインは、「コルト社は私たちの同族を簡単に手軽に破滅させますが、亡くなるとすぐに犠牲者に私たちの生命保険会社が金を支払っているのです」と銃器製造と生命保険が結びついた「ウィンウィン」の仕組みをブラックユーモア風に明らかにする。手頃な料金を払えば、「コルトで死んだ命を生命保険が補填してくれる」――これこそがハートフォードが利益を生む構造でもあったのだ。

トウェインが小説を書いている時期に、西部開拓は進行していた。インジャン・ジョーをはじめインディアンに関する言及が『トム・ソーヤーの冒険』にあるが、国内で同時進行の出来事が取り入れられている。出版と同じ一八七六年には西部劇で有名なカスター率いる第七騎兵隊がスー族と戦って全滅したモンタナ州リトルビッグホーンの戦いがあった。ビリー・ザ・キッドが活躍したニューメキシコ準州リンカーン郡の戦争(一八七七―八)、その後有名になったアリゾナ州のOK牧場での決闘(一八八一)があり、『ハックルベリー・フィンの冒険』が一八八五年に出版された。

多数のスー族が第七騎兵隊に殺されたサウスダコタ州ウンデッド・ニーの虐殺(一八九〇)で、インディアンの抵抗が止み、フロンティアの消滅が宣言される。南北戦争という国内の内乱はおさまったのに、今度はインディアンや国境のメキシコ軍を相手とした騎兵隊やガンマンが活躍する「古き懐かしい西部(Old West)」が形成されていったのだ。だが、どれも『トム・ソーヤーの冒険』出版以後の出来事だったのである。

西部が征服され開発されていく金メッキ時代だからこそ、南北戦争以前のミシシッピ川沿いでのローカル色に満ちた生活が「黄金時代」として読者に受け止められたのである。トウェインが自分の少年時代をノスタルジーに満ちて描いたとしても不思議ではない。ホームステッド法の対象となるミシシッピ川以西に、東部では遠い昔に失われた生活が存在していたという話は、多くの読者にはわかりやすかった。

しかも、そうした思い出の地を変貌させる出来事が同時代に起きていて、『ミシシッピ川での生活』の取材のために一八八二年に西部を再訪したトウェインは幻滅をおぼえたのだ。その成果が書きかけだった『ハックルベリー・フィンの冒険』の完成へとつながった。ハックは最後に文明を逃れるために、インディアン居留地へと向かう、と語って終わる。だが、もはやそれが夢でしかないことは、インジャン・ジョーを殺した『トム・ソーヤーの冒険』がすでに述べていたのである。

【ゴシック小説としての『トム・ソーヤーの冒険』】

墓地や殺人事件や幽霊屋敷が出てくるように、ゴシック小説の風味が『トム・ソーヤーの冒険』には散見する。その点に関して参考となるのが、八木敏雄による「アメリカン・ポーのゴシック指数」である。『アメリカン・ゴシックの水脈』(一九九二)の第六章「エドガー・アラン・ポーのゴシック世界」の註で提唱された[八木①：一四八―五一]。ポーの作品を貫く特徴を判別するチェック項目であると同時に、チャールズ・ブロックデン・ブラウンの『ウィーランド』(一七九八)から、ハーマン・メルヴィルの『ピエール』(一八五二)にまで当てはまる特徴とみなされた。その水脈はウィリアム・フォークナー、さらにジョン・バースやトマス・ピンチョンといった現代作品にまで通じていると論じられていた。

八木は、スウェーデンの英文学者であるジェイン・ルンドブラッドのホーソーン論で述べられていたヨーロッパのゴシック小説の特徴を敷衍して、以下のように指数を列挙する。(一)残された手紙や日記などの文書による伝聞で物語が構成される。(二)舞台は城や天然の洞窟や砦となる。(三)犯罪とりわけ聖職者による殺人がある。(四)宗教とりわけカトリックとイスラム教との関係が描かれる。(五)悪党はイタリア人またはスペイン人、さらに黒人やインディアンである。(六)悪党は身体に障がいがある。(七)本物あるいは偽の幽霊が出現する。(八)魔術と魔女や魔法使が登場する。(九)自然(嵐、雷光、闇)が描かれる。(十)鎧をつけた騎士が登場する。(十一)芸術作品とりわけ絵画が鍵となる。(十二)体液と血脈の両方の血が不可欠となる。そして、八つ以上の項目が合致するなら、その作品は「アメリカン・ゴシック」と認定されるのである。

この指数は『トム・ソーヤーの冒険』にも広くあてはまる。(一)の過去の回想は、内容だけで形式的には弱い。だが、トムによる木の皮の手紙は出てくる。(二)幽霊屋敷やマクドゥーガル洞窟が後半の舞台となる。(三)村の名士のフランクリン医師による死体盗掘がある。しかも彼は殺害されてしまう。(四)カトリックではないが、プロテスタントの形骸化した雰囲気が描かれている。(五)と(六)とは、インジャン・ジョーそのものである。スペイン人に変装するインディアンであり、その際に眼が不自由な人物に扮するのだ。(七)と(八)はウィスキーの幽霊やホプキンズ婆さんなどの言及にとどまるが、酔いつぶれたインジャン・ジョーはシーザーの亡霊と呼ばれる。(九)の嵐や雷を、ジャクソン島でトムたちが体験する。(十)ロビン・フッドごっこでトムたちは剣などで騎士風のコスプレをする。(十一)についても、トムの石板の絵や、ベッキーが破った解剖図が出てくる。(十二)は、インジャン・ジョーの混血問題や、トムとハックが目撃した殺人での流血の記憶とつながる。こうして見ると、パロディ的な要素も含まれてはいるが、『トム・ソーヤーの冒険』にはアメリカン・ゴシックの系譜に入る資格が十二分にありそうだ。第二章ではそうした点についても考慮しながら細かく読み進めていきたい。

第二章　『トム・ソーヤーの冒険』(一八七六)の物語を読む

【章題について】

『トム・ソーヤーの冒険』の初版では、三十五章それぞれに章題はなく、内容の説明を目次に並べているだけだった。たとえば第1章は「トムやーい―ポリーおばさんが義務をはたす宣言をする―トムが音楽を練習する―挑戦―個人専用入り口(Y-o-u-u Tom ---- Aunt Polly Declares Upon her Duty ---- Tom Practices Music ---- The Challenge ---- A Private Entrance)」とあり、全体をつなげると、それなりにあらすじを理解できる。ただし、特徴的な台詞や出来事を並べただけなので、実際に読んでみないと具体的にはわからない、という点で予告や伏線に近いのである。

章の内容を読者にどのように提示するのか、あるいはしないのかは、作家や出版元の思惑や工夫でもあった。エドガー・アラン・ポーの『ナンタケットのアーサー・ゴードン・ピムのお話』(一八三八)は、そっけなく章の数字が並ぶだけである。これは『ロビンソン・クルーソー』(一七一九)が最初から最後まで切れ目なしに続くのとあまり違いはない。語り手が次々と思い出を語り続ける体験記には、章による切れ目がふさわしくない、とみなす考え方もありそうだ。

J・フェニモア・クーパーの『モヒカン族の最後』(一八二六)では、章の数字のあとに、文学作品の一節が引用される。第一章なら「余の耳は開き、余の心も準備できている。世界で最悪のことをお前が語るのを。つまり、余の王国は失われたのか?」とある。シェイクスピアの『リチャード二世』の三幕二場で、従兄弟のボリンブルックにイングランド王国の支配権を奪われたリチャードが、到着したウェールズの海岸で語る台詞なのである。

この台詞は、たとえ章題やあらすじの提示がなくても、フランスとイギリスが植民地で争う「フレンチ・インディアン戦争」の説明から始まる本文の予告となり、知識をもっている読者にはのちの展開や主題がわかるのである。クーパーがお手本とした歴史小説家のウォルター・スコットが、シェイクスピア作品などの詩句や台詞を引用したのを真似ているのだ。『トム・ソーヤーの探検』の冒頭で、トムが十字軍の聖地に行きたがるのは、愛読書がスコットだからだ、とハックは述べていた[第一章]。トムはロビン・フッドが好きなので、『アイヴァンホー』(一八一九)を愛読しているのだろう。

それに対して、ハーマン・メルヴィルの『白鯨』(一八五一)の第一章には、「浮上(loomings)」と簡潔な章題がついている。蜃気楼のような気象現象のことで、イシュメイルがナンタケット島についた様子を捉えている。しかも「機を織る(loom)」という語も重ねて読むと、百科事典から体験記まで、さまざまなテクストを織り上げて、新しい作品を作り上げる予告にもとれる。章題までもが作品の一部として計算されていたのだ。

『トム・ソーヤーの冒険』は、目次を読んだだけで、本全体のあらすじがわかる仕掛けとなっている。読書を中断しても、前の展開を思い出すのに便利である。「トムやーい」とか「挑戦」という思わせぶりな言葉も引用されているので中身を読みたくなる。このように文中の台詞やエピソードを取り出して並べる方式は、作者ばかりではなくて、編集者や出版元が採用することが多いようだ。『ロビンソン・クルーソー』も、十九世紀の版本を見ると、章に分けて、あらすじとなりそうな箇所を抜粋している。読者の増加は、「目次(index)」を必要としていた。忙しい読者が途中で読書を止めても、目次を眺めるだけで、再開するのに必要な記憶を呼び起こせて便利なのである。

とはいえ、『トム・ソーヤーの冒険』は、三十五章に分かれているし、数字を示すだけでは内容や特徴はわかりにくい。そこで、各種の版本や訳書を参考にして、独自の章題をつけてみた。初版が目次で言及していた各章の情報は、「あらすじ」に組み込むことにした。

◉まえがき

ここで明らかになるのは、三、四十年前の出来事や人物から多くの素材が取られたという事実である。自伝的ではあっても、トム・ソーヤー＝マーク・トウェインではなく、現在ではモデルが判明している。トム・ソーヤーは学友のジョン・ブリッグズとビル・オーウェン、さらにマーク・トウェイン自身も含めた三人の要素を組み合わせたものである。

そしてポリーおばさんはトウェインの実母ジェインであり、メアリーは姉のパメラ、さらにシドは弟のヘンリーに基づくとされている。おばさんとか、従姉とか、半兄弟といった設定は、トムが三人の人物を合成したのに伴った変更なのだろう。ただし父親にあたる存在が家庭内に欠けているのは、トムの家族関係を考える際に重要となる。叱ったり、ときには殴ったりするポリーおばさんが、父親代わりでもあるからだ。十二歳で父親を亡くしたマーク・トウェインの境遇を重ねることもできる。

実在のモデルがあったことが、生き生きとした小説を書けた理由ともなっている。『ハックルベリー・フィンの冒険』が、ハックの一人称を通じて世界を描くという難題への挑戦だったとするなら、ここでは、三人称の大人の視点から、複数のキャラクターの内面へと分け入っていて、互いの気持ちを物語ることができたのである。さらに場面転換も自在にでき、後半の洞窟をめぐる場面では、トムとハックに話の流れを分割しながら進めていけたのだ。

◉第１章「トムと家族関係」

【あらすじ】

ポリーおばさんが呼んでもトムの返事はない。おばさんが伊達眼鏡を使いながら探すと、ジャムを盗み食いしていたところを発見される。だが、トムは板塀を乗り越えて逃げおおせる。学校をズル休みしてミシシッピ川で泳いでいたのだが、暑いので学校で水を浴びたと嘘をつく。ところが、シャツのボタンが取れたのを自分で直したことがバレてしまう。逃げ出して口笛を吹く練習をしてうまくいったところで、自分よりも背の高い新参者と出会う。日曜日でもないのに晴れ着を着ているのでトムは難癖をつけ、互いにはりあってケンカとなる。泥だらけになった姿で帰るために裏の窓から入ろうとすると、ポリーおばさんが待ち構えていて、捕まってしまうのだ。

【ポリーおばさんの伊達眼鏡】

冒頭で「トムやーい」と声で探すと、ポリーおばさんは次に目でトムを探すのだが、印象的なのは、かけている眼鏡の使い方である。どこかに隠れていないかと、眼鏡を上げてその下から覗き、今度は下げてその上から覗くのである。おばさんの眼鏡はいわゆる伊達眼鏡で、「スタイル」のためであり、密かな誇りでもあった。語り手にガラスではなくて「ストーブの蓋二つでも用が足りる」と意地悪く言われてしまう。ポリーおばさんの「虚栄心」さえも垣間見えるのだ。

ポリーおばさんは、眼鏡を「通して(through)」トムを正しく見てはいないのだが、その錯誤はこの後も続くのである。トムがたえずいたずらをするので、色眼鏡で見ているのは間違いないが、同時に「死んだ妹の子だから」と手加減もする。聖書の「鞭を惜しむな」という教えを守りきれないというポリーおばさんの揺れ動く態度がトムを増長させ、またその庇護のもとにあるという安心感を与えてもいる。

ポリーおばさんがトムを探すところから第1章が始まるのは、トムが絶えず予想を裏切り、逸脱してしまう存在のせいである。しかもポリーおばさんは、「同じ手は二度と使わない」トムの創意工夫に感心してしまう。それでも、鞭がもう少しでトムに使われるところだったし、他にもスリッパや指貫をはめたゲンコツなどの武器が登場する。反省を伴いながらも、トムを「教育」するということで、そうした行為は正当化されてしまう。現在なら家庭内暴力にもとられかねないが、学校の教師も鞭でトムの背中や尻を叩く時代だったのである[第6章]。

章の終わりで、失われた物を発見するように、ポリーおばさんはトムを発見する。トムが「自分専用の入り口(private entrance)」である裏の窓からこっそり入ろうとすると、おばさんは「伏兵となって待ち構えて(ambuscade)」いて、捕まえるのである。トムがポリーおばさんの手を逃れることは出来ず、結局家に帰ってくる様子が、この小説全体の枠組みを提示している。良きキリスト教徒や一般の市民として陶冶《とうや》されるトム・ソーヤーの物語が浮かび上がる。ときおり参照されるジョン・バニヤンの『天路歴程』(一六七八)で重荷を背負って歩くクリスチャンとトムが重なるのである。

【ライバル関係】

トムの家庭には、シドというライバルがいる。半分だけ血がつながった義理の弟であるが、トムが苦手とする「模範的な少年」の一人なのである。ポリーおばさんに言いつけられた仕事や日曜学校のための聖書の暗唱をそつなくこなす。しかも、「シャツのボタンは白い糸で縫い付けられていたはず」などとトムの悪行の告げ口をする。トムはポリーおばさんだけでなく、シドの目からも逃れなくてはならないのだ。シドは年下の「半兄弟」であり、ライバルなのだが、ある意味でトムの「善なる部分」を担う存在なのかもしれない。

だが、家のなかのシドとだけでなく、友人とでもライバル関係は生じるし、その結果ケンカもよくする。「腹心の友(bosom friend)」であるジョー・ハーパーは、ジャクソン島にいっしょに行くほどの仲間だが、同時にケンカのときには敵となってそれぞれが指揮官としてセント・ピーターズバーグの少年たちを二分して争うのである。重要なのは、ライバル心や対抗意識がエスカレートして殴り合いのケンカにまで発展するということだ。

第1章では、こうした対抗意識がケンカへと発展する様子が描かれる。夕食のときに、シャツのボタンを自分で縫い付けた事が発覚して逃げ出したトムは、日曜日でもないのに晴れ着を着た新参者を発見する。相手にケンカをふっかけるのだが、何よりもこの名もない相手が「都会風(citified air)」なので気分を害したのだ。のちに名前はアルフレッド・テンプルとわかる。

セント・ピーターズバーグの住人の間にも存在する格差が対立の原因だが、ライバルどうしの競り合いがエスカレートしたのは、相手の言動をオウム返しにしたせいだった。「できるもんか」「できるさ」と繰り返し、「おまえは嘘つきだ」「おまえもだ」と反応する。さらに権威づけのために、どちらにも実在しない「兄貴」を持ち出して相手を抑え込もうとする。腕力だけでなく、権威や権力を背後におくと、当面のケンカを有利に進めると考えられているのである。

二人の間の会話や行動が、木霊のような効果により、憎しみが増幅する話を冒頭におくことで、このセント・ピーターズバーグの村は、何かのきっかけで欲望や憎悪といった感情が増大する場所であることが明らかになる。センチメンタリズムさえも同じように広がるのである。

【甘いものの誘惑】

ポリーおばさんの目を盗んで、甘いものをくすねるのが、トムの日課のようだ。最初に発見されたのは、戸棚からジャムを盗み食いしたところで、口にジャムがついていたせいで露見したのだ。何のジャムなのかは不明だが、備蓄用に戸棚に仕舞っておいたものだろう。

甘いものに、トムだけでなくシドも誘惑され、盗み食いを試みる。第3章では、品行方正なはずのシドが手を出して、砂糖壺を壊してしまったが、実際に罰を受けたのはトムだった。何も悪くないのに罰を受けたのは、砂糖の盗み食いが常習化していたせいだった。そして、砂糖に準ずるように、トムはドーナッツをくすねるときもある［第3章］。また、「甘草」は子どもたちの間でお菓子の代用品として交換される［第4章］。さらにはアイスクリームの話も出てくる［第29章］。セント・ピーターズバーグの子どもたちは甘いものに飢えていたのである。

この砂糖壺に盛られた砂糖は、ニューオーリンズでサトウキビから製造される砂糖ではなくて、メープルシロップから作ったものだったろうと指摘されている［Dolan: 140］。カリブ海からアメリカ南部にかけてのサトウキビ産業は、奴隷労働を前提としたプランテーションによるものだった。背丈以上に生長するサトウキビを刈り取るためには多くの人手が必要となり、その点で、奴隷労働を不可欠とする砂糖栽培は、ミシシッピ沿岸の地区と深く関係しているのだ。

しかも『トム・ソーヤーの冒険』で砂糖が大きな役目をはたすのはそれだけではない。路上に放置された「砂糖を入れる大樽（sugar-hogshead）」はハックの寝床になっていた［第28章］。ハックはその中に隠れて、インジャン・ジョーたちのホテルをずっと監視するのである。砂糖樽らしいものが、トムの家の裏にあるのを初版のトゥルー・ウィリアムズの挿絵で描かれている。どうやら、セント・ピーターズバーグにはこうした樽がたくさん転がっているようだ。

【新しい惑星の発見】

第1章で、ケンカをする前にトムは黒人から習ったメロディの吹き方を口笛で練習した。そしてトムが成功して「ハーモニー」が口の中に響いたとき、「天文学者が新しい惑星を発見したときの感じがした」と表現されている。トウェインは、無知な田舎者(赤ゲット)としてヨーロッパに滞在した旅行記である『地中海外遊記』(一八六九)の第二十六章で、ローマに滞在しながら、発見の大切さに思い至る。そして、「新しい惑星を発見すること、新しい蝶番を発明すること、稲妻にメッセージをのせる新しい方法を見つけること」が重要だと述べる。発見と発明が並んでいるのは、新しい世界を切り開くという意味で対等の価値があるとみなされているせいである。

ここで述べられた「新しい惑星の発見」とは、まだ記憶に新しい一八四六年に三人のドイツ人が海王星を発見したのを指すのだろう。その前の天王星は一七八一年にイギリス人のハーシェルによって発見された。そして、冥王星がアメリカ人トンボーによって発見されたのは一九三〇年とずっとあとなのだから、まさに一世紀に一回あるかどうかの出来事という意味をもつ。

けれども、この誇張は、第2章で「板塀を他人に塗らせる方法」、第3章で「初めて出会った少女のせいで心が揺さぶられる」と次々と起こる出来事の始まりを告げている。口笛の吹き方を習得してから、世紀に一回の出来事が連続するのである。

もうひとつ注意すべきなのは、ここでトムが黒人の口笛の吹き方を学んでいる点である。確かに「ニグロ」といった現在差別語として使われない言葉(N-word)を使っている。南北戦争以前の一八三〇年から四〇年代を舞台にしたことで、人種差別に関して無自覚であるという指摘も受ける。ノスタルジーの世界を描いていて、人種差別そのものを温存しているという主張は間違いではない。トムとジムの関係でも、ジムは「トムさま」と敬語となる「マスター」の略語(Mars)を忘れない。

トムが晴れ着を着せてもらえるのは日曜日だけだが、ジムはそのような待遇を受けない。食事も別で、服装や待遇の違いもあり、使用人として差別的な扱いをされている。

だが、そうした限定や限界があっても、文化の面も含めて貧しい白人層に入るトムが、黒人の子どもたちを遠ざけないのは確かである。最終的にハックとも友だちとなれるのがトムのもつ「寛容さ」なのである。セント・ピーターズバーグの村には、白人だけでなく、黒人、混血といったさまざまな人々が住んでいた。そうした状況のなかで、差別が日常化されて意識されにくい面だけでなく、トムの口笛のように黒人の文化を取り込む面もあるのだ。「ゾーニング」によって白人と黒人が互いに顔を見せないように分離し隔絶された社会とは異なるのである。

◉第2章「塀塗りの計略」

【あらすじ】

翌日ポリーおばさんはトムに板塀を白く塗る仕事を命じる。トムは、ジムが水汲みに行くのと交代しようと画策するが、契約の成立寸前でおばさんに発覚して失敗してしまう。やる気もなく塗っていると、そこにベンがやってくるが、仕事ではなくて芸術だというふりをすることで、品物をもらって塗らせるのに成功する。そして、通りすがりの子どもたちは、リンゴから始まり、さまざまな品物をトムに献上して、交代で板塀を塗る作業をおこなうのである。その結果、板塀は白く塗られ、トムは数々の戦利品を手に入れることになった。ポリーおばさんにトムは意気揚々と報告に向かうのだ。

【「バッファロー・ギャルズ」の歌】

第1章は金曜日の出来事で、子どもたちが学校のない週末の休みを期待していた日でもあった。ケンカで服を泥だらけにして帰ってきたトムに、ポリーおばさんは処罰として翌日の土曜日に苦役を与えるべきかを悩んでいたが、結局トムは「仕事」として塀を白く塗ることを命じられる。

そこにジムがブリキのバケツをもって門からスキップしながら出てくる。黒人奴隷であるジムは、ポリーおばさんに水を汲むことを命じられている。その際に、ジムが「バッファロー・ギャルズ」を歌っていた。第2章の冒頭では、すてきな夏の日なので、「みんなの心に歌があり、幼い子どもは自作の歌を披露する」とあるので、ジムの性格だけでは説明できない。世間のみんなが歌いたくなる状況であり、トムだけが塀を白く塗る苦役を押しつけられた不幸な人間と強調されているのである。

この「バッファロー・ギャルズ」は、「＊＊＊ギャル(ズ)」と各地の土地の名前を入れ替えて女性を誘う歌である。もとは一八四四年にボストンで楽譜が出版された「ラブリー・ファン」という歌だった。その名の女性を「夜になったら外へ出てきて、月の下でいっしょに踊ろう」と誘う歌である。ミンストレル・ショーで歌われたもので、黒人英語の発音の特徴を強調して「ダ(da)」とか「ラブリー(Lubly)」という綴りで発音するようになっていた。

ミンストレル・ショーとは、白人が顔などを黒塗りして黒人に扮して歌や演技を見せるものだった。特徴として、白人だと判別できるように口の周りを塗り残して白い肌を見せ、同時に化粧で分厚い唇を誇張した。黒人の英語や体の動きを模倣し、さらには無知で間抜けな台詞を、演じている白人が強調することで笑いをとったのだ。

リズムも良い「バッファロー・ギャルズ」は替え歌として、東部だけでなく、ミシシッピ川沿いの西部の一帯でも流行していた。ジムの歌った歌詞は書かれてはいないが、ひょっとすると「セント・ピーターズバーグ・ギャルズ」となっていたのかもしれない。こうした替え歌のひとつをかつての黒人奴隷の一人が自伝のなかで紹介していた[Rawick: 2557]。ミシシッピ川フェリーの乗組員が、沿岸に住む青い目をしたアイルランド人の娘メアリー・ディーに向けて、即興で作ったのが「コーン・フェド・ギャルズ(トウモロコシ育ちの娘)」だった。田舎娘のなかでもメアリー・ディーが最高で、月夜にいっしょに踊ろう、という内容の歌詞となるのだ。

ジムは耳で覚えた歌を歌いながら、リズムに乗ってスキップしながら出てきたわけである。ミンストレル・ショーの黒人訛り英語に親しみを感じたのかもしれない。この「バッファロー・ギャルズ」は、出版された百年後の一九四四年に「ダンス・ウィズ・ア・ドリー(かわいこちゃんと踊ろう)」として、黒人英語の特徴などが脱色された歌詞がついて、アンドリュー・シスターズやビング・クロスビーによって歌われてヒットした。完全に白人の歌となったのである。しかも、歌詞に「穴の空いたストッキングで」と付け加えられ、貧しさよりも戦時下の物不足を訴えていた。

【ジムはなぜジムなのか】

それにしても、トムの家にいる黒人奴隷の少年をトウェインがジムと名づけたのはなぜだろう。というのは、『ハックルベリー・フィンの冒険』でも、ハックとともにミシシッピ川を下る黒人奴隷のジムが出てきて、混乱するからだ。ハックと運命をともにしたジムは、ミス・ワトソンの家にいた奴隷でずっと年上であり、トムの家のジムとは別人である。トム家のジムのモデルは、トウェインの家族が近所から雇ったサンディという奴隷少年だった[the 135th: 164]。

だが、どちらもジムとつけられている点で、「ジム・クロウ法」と呼ばれる黒人を分離する法を思い起こすべきである。南北戦争後の一八八〇年代になって、分離主義を強調するなかで定着した言葉である。「ジム・クロウ法」では、黒人が利用する場所の制限や住居のゾーニングによって軋轢を減らすことにより、差別の実態を見えなくする働きがあった。トムの一家が教会に行くときに、ジムはいっしょではないし、ハックとミシシッピ川を下るジムも、ミス・ワトソンの所有物である。

ジム・クロウ法とされる「有色人種」の対象は幅広い。ジムが水を汲みに行く井戸には、「混血(mulato)」もいて、バラク・オバマ元大統領のような立場の人間たちが描かれている。のちにトウェインが『阿呆たれウィルソン』(一八九四)で描く、法律上の黒人が見かけの上では白人として社会的に通用してしまう「パッシング」という状況もありえるのだ。

この「ジム・クロウ」も、一八二八年に作られてトマス・ライスによって歌われたミンストレル・ショーの歌「ジャンプ・ジム・クロウ」に由来する。歌詞をたどると、ヴァージニア州のプランテーションから出てきたジム・クロウが、ミシシッピ川を下り、イギリス軍との間で起きたニューオーリンズの戦いの跡を見学し、さらに刑務所も見て、アリゲーターの肉を食べた、といった内容が歌われていた。どこか『ハックルベリー・フィンの冒険』を想像させる展開でもある。

この歌が定着すると、白人が黒人に変装して歌ったはずなのに、ジム・クロウをそのまま黒人と介されることになった。クロウがカラスのことで、色の点からも結びつきやすかったのだ。ニューヨーク州バッファローに由来するとされる「バッファロー・ギャルズ」も、流行する間に、ミンストレル・ショーの黒人に扮した白人が黒人として歌うラブソング、という元歌のもつ多重性を消し去ってしまったのとも似ている。たとえば、「バッファロー・ソルジャー」といえば、先住民が自分たちを攻撃する黒人兵士を指す表現だった。バッファローという言葉が肌の色を連想させるのだ。カラスやバッファローといった生物が、黒人の比喩として使われているのである。

【白く塗りたる壁】

第2章はトムによる交換の失敗と成功の物語である。トムはジムのやっている水汲みさえも嫌なのだが、百五十ヤード離れた公共の井戸では他の子どもたちと話をして遊べる事に気づいて、交換を申し出るのだ。そこで持ち出したのが二つの条件だった。白いビー玉を与えることと、もう一つは足の指の傷を見せることだった。こうした体の怪我や傷はこの後も、少年たちの間で、戦いを経た英雄の「傷跡」のように称讃されるのである。

だが、交渉を門のすぐ外でやったせいで発覚してしまい、ポリーおばさんのスリッパ攻撃で不成立となる。ジムはあわてて水汲みに向かい、トムは仕方なく板塀を塗る仕事に戻るのである。そこには白人のやる仕事と、黒人のやる仕事の区別が見える。

そして、一九七二年には八セントの記念切手の図柄にまでなった「塀を白く塗る」エピソードが始まる。『トム・ソーヤーの冒険』のなかでもよく知られている場面だが、この大成功の前にジムとの交換の失敗があったことを忘れてはいけない。トムなりに学習した成果なのである。今度の取引が門ではなくて塀の外でおこなわれたせいで、ポリーおばさんの眼鏡では屋内から見通すことができなかったのだ。

最初の犠牲者は、ミシシッピ川に泳ぎに行く途中で、蒸気船ごっこをしながら近づいてきたベン・ロジャーズだった。擬音と擬態で、蒸気船「ビッグ・ミズーリ」号になりきっていたが、トムを見つけると、仕事をさせられているので哀れみの言葉をかけようとした。

ベンの相手をする際にトムがやったのは、相手の値踏みに他ならない。つまり論理だけでは操れないので、相手の表情などから心の動きを読むのだ。表情からポリーおばさんの心の動きを読むのが得意なトムによる、ベンを対象にした心理作戦が始まる。これはエドガー・アラン・ポーの「盗まれた手紙」(一八四四)で、探偵のデュパンが、丁半のゲームに勝ち続ける八歳の子どもは、相手の知性を値踏みして、そのレヴェルに合わせて答えるので百戦錬磨だ、という言葉にもつながる。「名探偵」トム・ソーヤーの萌芽はこんなところにもある。

トムはベンの表情を読みながら、仕事ではなく芸術活動をやっている、と強弁することで誘惑するのである。こうして、トムのペンキ塗りの立場を手に入れようと物品との交換が始まる。塀を塗る「仕事」をしているのではなくて、「芸術」であるとうそぶくおかげで、トムはベンよりも優位に立つ。ベンは、リンゴを差し出すことで、板塀を塗るという栄誉を手に入れるのである。この後、死んだネズミなどの持ち物を差し出して「芸術」を得たくて、セント・ピーターズバーグの子どもたちが集まってくるのである。

トムがここで掴んだ極意は、簡単に手に入らないものを人は求めることと、仕事とみなすと人は興味を失うということだった。しかも、皆が殺到するようになると、ゴールド・ラッシュのように流行が流行を生むのである。トムが手にしたリンゴから死んだネズミまではあくまでも不労所得であるが、ビジネスの仕組みを思いついたトムの手柄でもある。トムの処罰としての板塀の白塗りという苦役がビジネスチャンスとなってしまった。まさに「アメリカの夢」の原型なのである。

この白く塗られた壁は、マタイの福音書第三十三章に出てくる「白く塗りたる墓」のような偽善的な存在であることに、聖書好きのポリーおばさんでさえも気づかない。そこには「偽善な律法学者、パリサイ人たちよ。あなたがたは、わざわいである。あなたがたは白く塗った墓に似ている。外側は美しく見えるが、内側は死人の骨や、あらゆる不潔なものでいっぱいである。」(口語訳聖書)とある。

表面的に聖書を読むだけで、しかも伊達眼鏡をかけていて正しい眼鏡で見ていないポリーおばさんには、トムの悪行の正体は見抜けない。それが彼女の限界なのだが、だからこそ、目につかないように、室内ではなくてトムの家の外にある塀を舞台におこなわれる必要があった。

◉第3章「ベッキーと出会う」

【あらすじ】
遊びに行く許可を求め、ポリーおばさんからリンゴのご褒美をもらい、トムは出かける。だが、行きがけに、告げ口をしたシドに土塊を投げて報復するのを忘れなかった。そしてかねて約束していた戦争ごっこに、将軍として参加して勝利を得たあと、ジェフ・サッチャーの家に女の子が引っ越してきたのを見る(ベッキーだがこの時点では名前まではわからない)。ふざけたしぐさをして彼女の気を引こうとしたが、それに対してパンジーの花を投げてくれた。それからトムは彼女が忘れられなくなり、夜になってこっそりと出かけて、家の下の庭に横たわっていると、水を掛けられてしまう。びしょ濡れのまま帰ってきて、お祈りもせずに寝ることになるのだ。

【戦争ごっこ】

トムは司令部にいる居眠り中のポリーおばさんに遊びへの外出許可を求めると、点検後に「やろうと思えば、できるじゃないか」と褒め言葉をもらう。必要に応じて「司令部」などといった誇張する軍事用語が出てくるのが、『トム・ソーヤーの冒険』の語り口でもある。シャツのボタンの告げ口をした腹いせに、二階に行こうと外階段を使っていたシドにトムは土塊を投げるのだ。

塀を越え、さらに家の牛小屋の裏に回ると、トムはすでに約束してあった戦争ごっこへと参加する。これは村の男の子たちを二分する戦いで、敵の将軍はトムの腹心の友であるジョー・ハーパーだった。学校では親友でも、「戦争」となると別なのである。しかも、トムとジョーは自分たちでは戦わず、並んで座りながら、それぞれの軍を伝令によって指揮する。トムとジョーは、軍事演習か、一種の戦争ゲームをしているのである。繰り返される日常のなかで、儀式的で遊戯化されたケンカであることがよくわかる。予行演習のようであり、戦いがトムの側の勝利に終わると、戦死者が数えられ、捕虜が交換される。そして次の会戦の日取りや条件が決められる、という「紳士的」な内容だった。

この子どもたちの遊びに現実の戦争の影はない。トムたちはロビン・フッドや海賊ごっこになるといろいろな称号を欲しがるのだが、戦争ごっこでは「＊＊＊将軍」といった具体名は登場しない。フレンチ・インディアン戦争などの戦いで著名な将軍を名乗ろうとはしない。また、フロンティアでの「インディアン」との戦いも遊びには含まれていない。トムたちがジャクソン島でインディアンごっこをするときには、アメリカではなくて、あくまでもイギリス人の居留地(English settlement)を襲うのである［第16章］。

ここには、アメリカが宗主国イギリスなどと戦った対外戦争ではなくて、セント・ピーターズバーグでの内戦があるだけである。別の見方をすれば、汎用性のある戦争ごっこでもあった。『トム・ソーヤーの冒険』が南北戦争後に書かれたことを考えると、ここで戦うモデルとなった少年たちやその家族が、のちに国内を二分する戦争に、トウェインのように参加したことは十分にありえるのだ。しかも、戦争直前の一八六〇年の大統領選挙で、北部民主党のダグラスを当選させる唯一の州となったミズーリ州からは、北軍と南軍どちらの参加者も出たのである。

【ロミオとしてのトム】

この章は全体に『ロミオとジュリエット』を想起させる。シェイクスピアの作品では冒頭にヴェローナの町を二分するモンタギュー家とキャピレット家の争いがあった。十二世紀の北イタリアの教皇派と皇帝派の闘争に基づいていた。ここでは、代わりにセント・ピーターズバーグを二分するトムとジョー・ハーパーそれぞれが率いる二つの陣営が戦い、それが終結するとトムは凱旋将軍となる。そして、その帰り道でベッキーを見初めてしまう。このあたりには、どこか黒人将軍の出てくる『オセロ』の風味も加わっていそうだ。

「天使のような」ベッキーの姿に、すぐにエイミー・ローレンスを忘れるのも、ロミオの行動をなぞっている。じつはロミオはロザラインという年上の女性に憧れていて、両家の争いに参加しなかったのは、彼女の家の下で顔を出すのを一晩待っていたからだ。そして、ロミオはロザラインに会えると思って出かけたのが、ジュリエットの社交界デビューの舞踏会だった。そこで、運命的な出会いをしてしまう。第3章の時点でベッキーの名前がわからないのも、キスを二度交わしたあとで、初めてジュリエットの名前を知るロミオをなぞっている。

しかも、トムはロミオのように、ジュリエットのバルコニーならぬベッキーの家の二階の灯りを求めて、夜九時過ぎに家から出歩くのだ。そして、恋しい人を思って下の庭に横たわっていると、家の者に気づかれて水を掛けられるという不幸な結果となる。もちろん、シェイクスピア作品そのままのはずもないが、下敷きにしたとはいえる。

トウェインがシェイクスピアを愛読していたので、『ハックルベリー・フィンの冒険』に出てくるインチキ役者たちの演目には『ロミオとジュリエット』もあるし、『ハムレット』の独白には、珍妙な解釈がほどこされている。まるで覚えの悪いトムが無理やり暗記した台詞のようなものだ。「生きるべきか、死ぬべきか、それが抜き身の短剣だ」と続いていき、『マクベス』や『リチャード三世』が加えられている。もちろん、ハックが伝えているので、さらに歪みが生じているのかもしれないが、役者が台詞をつぎはぎしたおかげで笑えてくる[H　第21章]。

トウェインはこうしたシェイクスピア熱から、のちに『シェイクスピアは死んでいるのか？』（一九〇九）という半自伝的な内容を含むシェイクスピア代作者説のパンフレットを出版したほどである。天才シェイクスピアの作品が、グラマースクールしか出ていないストラットフォード出身の田舎者に書けたはずがないとして、フランシス・ベーコンを真の作者と主張していた。

残っている伝記的事実の少なさや、遺書に作品や原稿のことを言及していないのが不可解だなどと、力を込めて書いている。しかも、自分が田舎町ハンニバルで得ているような名声が、ストラットフォードに希薄なのは解せないとして、自分とシェイクスピアを重ねようとさえする。これほど意識しているシェイクスピアを自在に作品内に取り込んでも不思議ではない。トウェインにシェイクスピア熱を吹き込んだのは、水先案内人として乗り込んだ船のイーラーというチェスとシェイクスピアを愛好する船長だったのである。

【パンジーと恋】

家のなかへと去りかけたベッキーが戻ってきて、トムに庭に生えていた花を投げる。それをトムは大事にするのだが、投げた「パンジー（pansy）」は、十九世紀に改良された園芸種ではなくて、野生の在来種の可能性が高い。薬効があるハーブとして利用されてきた。なかでも、恋わずらいのような痛みに効くと考えられていたので、投げる花の選び方もどこか意味深なのである。

野生のパンジーの文学的伝統を考えると、トウェインが『ロミオとジュリエット』以外にもシェイクスピアの作品を踏まえているとみなせる。『夏の夜の夢』や『じゃじゃ馬ならし』では、「虚しい恋」と呼ばれる花として登場する。その花の汁を寝ている者の目に塗ると、目覚めて最初に見た者に一目惚れをする。だがそれは本心からの恋ではない。そして、『ハムレット』では、錯乱したオフィーリアは、花づくしの歌のなかで「物思いには、パンジー」と口にする。パンジーを拾ったトムが、婚約とその破棄という試練を受けたのも、この花の魔力のせいだったのかもしれない。

二十世紀になると、パンジーはクイアを指す言葉となるが、トウェインの時点ではそうした意味合いは見られない。それでも、シェイクスピア経由で考えると、ベッキーの投げたパンジーにトムが惹かれるのは、恋にとりつかれた「女々しい(effeminate)」男になったという不安とつながる。そもそもトムは自分の巻毛が、「女々しい」と悩むほどなのだ[第4章]。そしてロミオのように恋に苦しむ「メランコリー」なトムの姿が、婚約が破棄されたあとで登場する[第8章]。

またベッキーから投げられた花というのは、プロスペリ・メリメの『カルメン』(一八四七)を連想させる。カルメンは口に咥えていたアカシアの花を竜騎兵のホセに投げつけた。そして落ちた花を拾ったせいで、彼の人生は変わってしまう。ついには賞金首のかかった盗賊へと転落するのだ。のちの一八七四年に、ビゼーが作曲したオペラで世界中に有名になる。トムがロビン・フッドや海賊にならなかったとすれば、ベッキーが投げたパンジーが原因なのかもしれない。竜騎兵から盗賊に転落したホセとは運命の向きが逆だが、トムもまた女が投げた花によって運命を変えられた男の系譜に属しているのである。

◉第4章「日曜学校の騒動」

【あらすじ】

日曜学校へ行くためにトムは晴れ着を着せられ、顔を水と石鹸で洗うことを強制される。課題である山上の垂訓を暗記したというので、メアリーからご褒美にバーローナイフをもらうのだ。教会の前で、トムは聖書の句を覚えるともらえる色札を交換して集める。日曜学校に名士としてサッチャー判事とその家族がやってくる。見栄をはる教師や子どもたちだったが、トムは色札を差し出して聖書の交換を申し出る。判事が聖書の知識を確認するためにトムに質問をするのだが、答えられずに、「ダビデとゴリアテ」と間違ってしまうのだ。

【晴れ着と洗顔】

第1章で、トムが他所からやってきた新参者に敵意を抱いたのも、金曜日なのに晴れ着を着て、しかも靴をはいていたからだった。晴れ着は、トムにとって週に一回の正装であり、二年間同じ身なりなので「別の服(other clothes)」と呼ばれていた。普段のトムは、汚れても構わない服装だし、裸足で遊んでいる。このように晴れ着に合わせて靴をはくことになるのが、奴隷のジムとの違いかもしれない。自分たちが文明人だと確認するように、ポリーおばさんは、朝食のあとでモーセの十戒の話に出てくるシナイ山のことを語って聞かせる。そして、良きキリスト教徒として、社交の場としての教会に行くために、トムの家族は全員晴れ着を身につけるのである。

その前に、清潔にするために顔や首を洗うことになる。水と石鹸で洗う行為すらトムは嫌がり、最初はズルをして洗ったふりをする。ここで助けてくれるのは従姉のメアリーだった。「田舎に一週間いて」戻ってきたのだ。この田舎というのは、のちに『ハックルベリー・フィンの冒険』や『トム・ソーヤーの探偵』で舞台となったアーカンサス州のフェルプス農場かもしれない。ポリーおばさんの妹であるサリーおばさんがいるのだ。しかも、フェルプス農場自体が、実際に叔母がいて、トウェインが生まれたミズーリ州フロリダの農場をモデルにしていた。この時点ではアーカンサス州ではなくて、四十マイルほど離れた生まれ故郷の農場が念頭にあったのだろう。フロリダはトウェインがいた頃には人口が百人ほどで、ハンニバルに比べると田舎だった。

メアリーに「水で傷つかないわよ」と叱られて、トムはようやく水に顔をつけるのだ。トム将軍にも苦手なものがあるのだが、石鹸によって泥だらけの顔がきれいになった。石鹸と言っても、アイヴォリー・ソープやペアズ・ソープといったブランド品を使う様子はない。『金メッキ時代』の第一章に鉄鍋で「ソフト・ソープを煮る」場面が挿絵とともに出てくるが、自家製の石鹸の可能性もある。木の灰汁と脂肪から作るソフト・ソープはひしゃくで掬って利用するものだった。ただし、トムのは洗面器の水に漬けておける固形タイプである。こうして固めるためには塩が必要だった。

いずれにせよ、普段づかいではなく、日曜日限定だけのところを見ると、貴重品か女性のためのものだとわかる。トムが石鹸で顔を洗うのが嫌いなのは、日曜学校に参加するための「おめかし」であるからだけでない。顔や首を洗い、メアリーが整えると、トムの顔が白くなり、巻毛が可愛らしく女の子みたいになる。ペアズ・ソープの広告イラストに使われたジョン・エヴァレット・ミレーの絵の

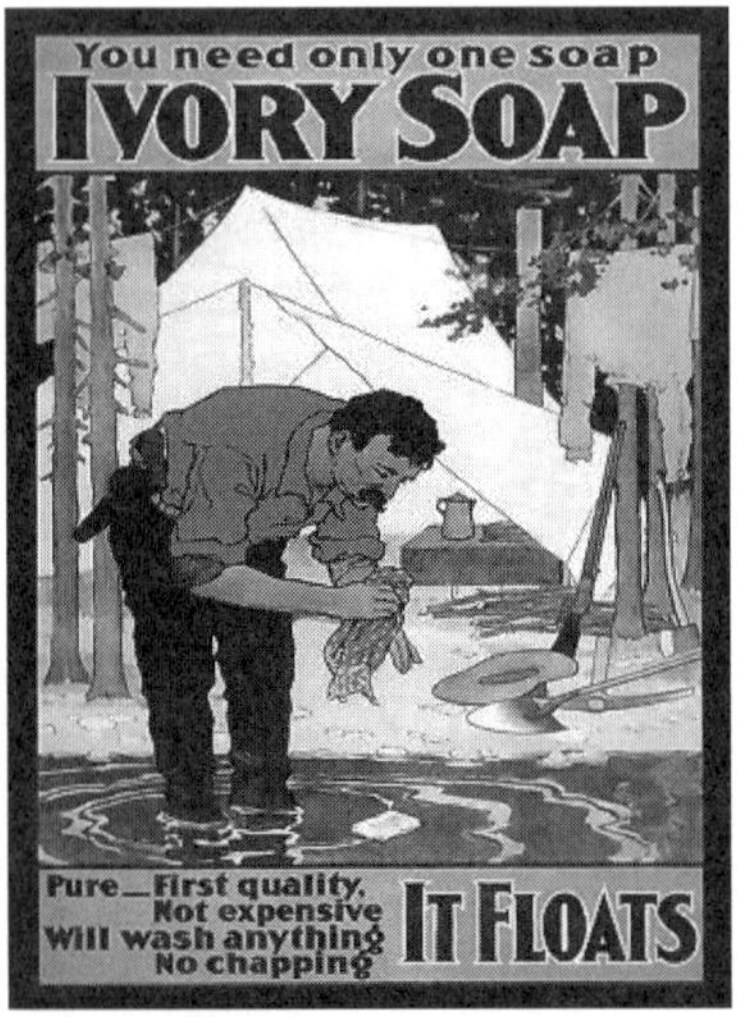

1886年のポスターだが、
大西部での石鹸の役割を示している。

ジョン・エヴァレット・ミレー
《シャボン玉》(1886年)
レディ・リーヴァー美術館蔵

ような別人のトムがいる。忌み嫌う模範的な少年のようで気に入らないのだ。

物語の舞台の南北戦争前ではなく、『トム・ソーヤーの冒険』が発売された頃に、アメリカで、P&Gが「ホワイト・ソープ」という植物性の成分が入って泡立ちの良い石鹸を発売し、一八八〇年には、聖書にちなんで「アイヴォリー・ソープ」と改名された[Norris: 52]。読者たちが競って国産の石鹸を使うようになった時代に、良きキリスト教徒は石鹸を使って顔を洗う、と書いているこの物語はふさわしいのである。

しかも、ペアズ・ソープの悪名高い広告である、黒人の少年が石鹸の入ったお風呂に下半身を漬けたら白くなるという人種差別的な表現は、今でも形を変えた誇張として広告に利用されて批判されるのだ。ここでも、メアリーが洗ったらトムは、「ひとりの人間であり、同胞となった」と奴隷廃止論者のスローガンが利用されている。だが、トムの黒い泥やホコリの汚れは石鹸と水で落ちるが、ジムが使ったとしても、肌の色が変わるはずはない。「有色人種」つまり白人以外の者との違いがさりげなく示されている。日曜日の晴れ着や靴だけでなく、黒人奴隷やインディアンとトムとの違いが洗顔を通しても透けて見えるのだ。

【暗唱とゲーム化】

トムが日曜学校を嫌がったのは、晴れ着や洗顔だけが理由ではない。聖書の「山上の垂訓」を暗記しなくてはならないからだ。句を暗唱して色札をもらうのが、日曜学校の仕組みでもあった。勤勉や努力を目に見える形に数値化したわけである。

トムはとりあえず、メアリーに助けてもらいながら、プレゼントの約束もあったので、ようやく終えて、バーローナイフをもらうことに成功する。バーローナイフは、折りたたみのナイフで、大小の刃が二枚あるのが標準的だが、他にも一枚だけなどいろいろなタイプがある。ジョージ・ワシントンが母親からもらったバーローナイフが有名で、博物館に陳列されている。本文に記述されているように、安いまがい物が出回り、男の子たちは本物を求めていたのだ。現在も四つのバーロー家が発明者を名乗っているが、イギリスのシェフィールドで誕生したものを、アメリカに渡った子孫が広めたのである[http://barlow-knives.com/history.htm]。

『ハックルベリー・フィンの冒険』にも登場するが、バーローナイフは、西部の男らしい生活を維持するための神話的な道具であり、石鹸の真逆にあるとトムには感じられたのだ。手に入れたトムは早速戸棚を傷つけて切れ味を試そうとしたのだが、日曜学校へ行くために断念したのである。

メアリーは、トムの気性をよく飲み込んでいて、ご褒美で釣って暗唱を終えさせたのだが、ナイフを手に入れたトムは、山上の垂訓の「心の貧しき者は幸いなれ」などの覚えた中身には無関心なのである。暗唱が理解と結びつかない機械的な行為となっている。しかも、暗唱の数と色札との交換レートが確立している。つまり「二句暗唱＝青札一枚」「青札十枚＝赤札一枚」「赤札十枚＝黄札一枚」「黄札十枚＝聖書」という具合なのだ。二千句を暗記しないと聖書がもらえないことになるが、交換の道筋はできているし、このゲームの勝者として、メアリーはすでに二冊も手に入れているのだ。

しかしながら、聖書を手に入れるという目標のために、暗唱が一種のゲーム化するのは、トムがおこなった板塀の白塗りと同じである。トムは今やビジネスチャンスを活かして手に入れた富を交換材料に使い、子どもたちから、白いビー玉で青札を、という具合にせっせと入手した。他方で、交換によってトムに品物を巻き上げられた者たちは、日曜学校の色札によって、自分たちのガラクタを買い戻した。まさに両者が「ウィンウィン」の関係となったのである。

こうしてトムが自力では手に入れられるはずのない赤札のような高難度の札を、見事に入手して数を揃えたのである。信仰がゲーム化しているのならば、それを逆手にとるトムのやり方も原理的には否定できない。そして、トムは日曜学校のウォルターズ先生に聖書を要求するという暴挙に出る。まさに「青天の霹靂」だったのだが、小切手を現金化するように、トムが手にした「黄札九枚、赤札九枚、青札十枚」による聖書の要求は正当なものに見えたのだ。

【ダビデとゴリアテ】

サッチャー判事という名士が登場したことで、日曜学校の教師から子どもまで全員が「見せびらかし(showing off)」の態度をとった。トムのジェフ・サッチャーへの対抗意識と、ベッキーに対する見せびらかしの心から生じたのが、聖書を受け取る立派な少年を演じることだった。エイミーは称讃したが、ベッキーがどのように反応したのかは描かれていない。ただ、トムの信仰心を愛でた判事は、トムに「イエスの最初の二人の使徒の名前」を質問するのだ。マタイの福音書にあるように、キリストの最初の使徒となったのは、「ペテロ(ペトロ)とアンデレ」が正しい答えなのだが、トムは「ダビデとゴリアテ」と返答して失敗してしまう。

イエスをめぐる新約聖書と、旧約聖書の「サムエル記」を取り違えたのである。ダビデはミケランジェロの彫刻でも有名だが、彼はペリシテびとのゴリアテを、石投げで倒したのである。いかにも冒険物語の好きなトムが、聖書のなかで覚えていそうな場面なのだが、もちろん彼らは使徒ではない。聖書をきちんと覚えていないトムが、ベッキーの前で見栄をはるために聖書を欲しがったことへのしっぺ返しとなったのである。

だが、こうしたトムの錯誤さえも、ひょっとするとトウェインによる手の込んだいたずらかも知れない。そもそも「セント・ピーターズバーグ」が、ピーター＝ペテロに由来することを思い出せば、この村の住民ならその名を忘れるはずもない。そして、ペテロの兄弟のアンドレ(アンドリュー)は、ペテロとともにイエスの言葉を聞いて心を動かされて、弟子入りをしたので、セットで覚えるべきだったのである。

信仰の大衆化のなかで、聖書の知識がゲーム化したせいで、覚えることが信仰心の証とされるようになった。日曜学校のウォルターズ先生の期待を一身に引き受け、聖書の聖句を三千も暗記したドイツ人の息子が、明らかに精神的に衰弱した話が書きつけられている。その悲劇の原因が、教師がいつもこの子を呼び出して知識を「開陳させた(spread himself)」せいだ、と見透かしているトムなので、聖人の名前を覚えるはずもないし、こうした間違いをおかしても不思議ではない。

しかも、すぐに鞭が飛ぶ学校とは異なって、日曜学校ではこの間違いによって、公開鞭打ちの刑に処せられたわけでもなさそうだ。恥ずかしい場面を見せないために「慈悲の幕を降ろそう」と語り手が閉じた割には、第5章でトムはふつうに家族と礼拝に参列しているし、誰も後ろ指をさしてはいない。窓の外に注意が向かないように、トムは廊下側の席に座らされるだけである。サッチャー判事という名士の前でいちばん顔を潰したのは、どうやらウォルターズ先生だろう。日曜学校の教師をやった経験もあるトウェインには、トムだけでなく教師の立場も理解できたのである。ここでのゴリアテである「見せびらかし」の虚栄心に満ちたウォルターズ先生を、ダビデであるトムが投げた石礫が倒したのである。

◉第5章「噛みつき虫と犬」

【あらすじ】
日曜学校のあとで村人の大人たちが集まる礼拝が始まった。そこに集まったのが、セント・ピーターズバーグの中心を形成する面々だった。影の薄い村長から、ダグラス未亡人や治安判事、さらに若い男女もいる。そして牧師は社会の出来事を新聞のように報告し、あらゆる人々のための祈りを求めるのだ。トムは牧師の説教に飽きてしまい、ハエを捕まえ、もってきたクワガタに指をはさまれて、床に落としてしまう。さらに犬がやってきていたずらをすると、クワガタに顎を挟まれて大騒ぎとなる。その様子に厳かな説教が爆笑となって台無しになってしまった。

【説教と会衆たち】

日曜学校が終わると、十時半には鐘が鳴り礼拝が始まる。セント・ピーターズバーグの村の名士たちが列席しているのだ。ここは社会生活の断面を扱う部分なので、子どもの読者にはつまらない箇所だが、トウェインがまえがきで「私の本は主に少年少女に楽しんでもらいたいと思っているが、だからといって大人の男女から遠ざけられてほしくはない」と述べていたように、大人だからこそわかる部分がたくさんある。

日曜日の会衆は、セント・ピーターズバーグの政治や経済を動かしている面々なのである。引退した郵便局長のほうが村長より目立ち、あとで大きな役割をはたす金持ちのダグラス未亡人が大きな顔をしている。治安判事や、腰の曲がった退役した軍人である少佐夫妻がいるように、村の歴史も透けて見える。新しくやってきた弁護士のリバーソンもいて、この村が発展中なので法律仕事が増えているとわかる。サッチャー判事がコンスタンティノープルからわざわざ出向いてきたのも、法律家のライバルが増えたジェフ・サッチャーの父親へのてこ入れと村の住民へのアピールだったとも推測できる。さらには村一番の美人と若い女性陣と、それを慕う若者たちにとって、ここは社交界でもあるのだ。トムがもっとも苦手な模範少年マファーソンも母親とやってくる。

牧師が週一回の自分の舞台に酔うように、讃美歌から、説教へという流れが形作られている。そして、まずは、社会の出来事を告知するのである。かつての「タウン・クライアー（触れ役人）」のように、教会が情報伝達の要となっているのが、会衆を中心に作られたアメリカ社会の様子を残している。だが、「新聞が溢れている時代にあっても、都市にさえも残っている奇妙な習慣だ」と語り手によって時代遅れと皮肉られているのである。

情報を知りたければ、週一回の牧師の口から伝わるのでは遅くなってしまう時代になっていた。「村の新聞」がトムとハックの活躍を書き立てるのだ［第34章］。マーク・トウェインは一八四八年から「ミズーリ・クーリエ」で印刷工として働き始め、さらに兄のオリオンが一八五一年に創刊した「ウェスタン・ユニオン」で編集発行人手伝いとして記事を書くようになっていた。新聞の役割についてはよく知っていたのである。

そして牧師は、気前よく多くの人に祈ろうという提案をする。しかも手近な村びとから、大統領、はては異国の異教徒までと際限なく対象を広げていくのである。世界の中心にセント・ピーターズバーグがあるかのような大げさな態度なので、トムではなくても退屈して、何かいたずらをしたくなってくるのだ。

【プラクティカル・ジョーク】

言うまでもなくトムにとって牧師の説教は苦行であり、数えているのは牧師の手元の原稿の枚数だけだった。そして一回だけ「至福千年」でキリストがライオンと子羊を導くというヴィジョンに目を見開いたが、寓意などを理解できるはずもなかった。あの「ダビデとゴリアテ」のような血湧き肉躍る物語は、礼拝ではなかなか語られないのが何よりもトムの不満らしい。

トムは窓の外を見るのが禁じられた席に座っているので、まず前の席のハエが気になり、捕まえて遊ぶと、ポリーおばさんに見つかって放してしまう。さらにポケットを探って取り出したのが、雷管の箱に入れておいたクワガタだった。「噛みつき虫」とトムは名づけていたが、指を噛まれて床に落としてしまった。そのクワガタに犬が悪さをした。すると逆襲したクワガタが顎に噛みついたせいで、犬が走り回ることになる。その様子が牧師の長々とした説教に退屈した会衆の笑いを誘うのである。

この騒動の主であるクワガタだが、トムの苗字であるソーヤーが、ソーヤー・ビートル(カミキリムシ)として知られることとつながるのかもしれない。松などを食い荒らす害虫で、騒動を起こすトムにふさわしいし、まさに噛みつき虫を教会に放ったことによって、その厳かだが、退屈な雰囲気を変えてしまうのだ。前章の「ダビデとゴリアテ」事件だけでなく、ここからも、トムが場の雰囲気を変えるトリックスターでもあるとわかる。だから、「サーカスの道化になりたい」とベッキーに告白するのも、当然なのである［第7章］。

こうした教会での礼拝以外の重要なセレモニーは、信者の洗礼、結婚、葬式となる。なかでも葬式は教会の鐘の音の調子が変わり、すぐにわかるのだ。トムたちが家出をしたときに、死んだものと思われて死体が見つからないまま日曜日に葬式がおこなわれる［第17章］。その沈痛な雰囲気を破ったのは、またしてもトム・ソーヤーだった。日曜日の礼拝がもつ退屈な、だが平和な様子が、この章で描かれる必要があったのだ。

トムはクワガタを犬に直接けしかけたわけではないが、教会に昆虫を持ち込む行為そのものが、まさに「悪ふざけ」なのである。そして、定番のジョークではあるが、牧師が述べる神(God)の話を、犬(dog)がさらってしまったわけである。こうしてトムの日曜日は終わるのである。

◉第6章「遅刻とベッキー」

【あらすじ】

月曜日になってトムは登校拒否する理由として、仮病を思いつくのだが、シドは騙されてもポリーおばさんは騙されなかった。そこで歯が痛いと訴えると、見事それを抜かれてしまう。だが、おかげで抜けた歯のところからツバを飛ばすことで少年たちから人気を得る。学校へ行く途中で猫の死骸をもったハックルベリー・フィンと出会って、抜けた歯とダニを交換する。遅刻の理由を先生に問われると、ハックと会っていたと返答し、鞭打ちと女子生徒の席に座らされる罰を受けるのだが、それは計算の上だった。ベッキーと仲良くなるチャンスができたトムは、自分の絵を見せて愛の言葉を交わすと、先生に発見されて自分の席に戻される。

【ブルーマンデー症候群】

トムは月曜日の朝になって、学校に行きたくないので、「家にいる(stay home)」ために、いわゆる「仮病」をつかうことを考えた。病気のネタをあまり思いつかず、ジムにも見せた足の指の傷を根拠にしようとする。とりあえず、いきなり痛みを訴えたので、寝ていたシドは、「トムが死にそうだ」と騙されてしまうが、ポリーおばさんはまったく動じない。そこでトムはグラグラしていた上の前歯を口実とするのだが、ポリーおばさんは歯を抜くための道具を用意して、抜いてしまうのだ。だが、抜けたところからツバを飛ばせるので、その後学校でちょっとした人気者になったのである。

一連の騒動で、トムの「想像力(imagination)」が大いに発揮される。イタズラ好きなので何も考えず行動する者とトムを理解しがちだが、想像力を働かせるのが得意なのである。すでに、第3章で、ポリーおばさんが間違えてトムを叩いてしまいそのことに反省している様子に、「ここで死んだら困るだろう」と悲しませるための想像をめぐらした。今回は医師から聞いた病気の話に、自分なりのアレンジを加えたのだ。トムは得た知識を決してそのままなぞりはしない。病気の話であっても、自分の足の指の傷や、グラグラしている歯へと当てはめてみる。今回の作戦はどれも失敗したのだが、応用できる想像力こそ、ポリーおばさんが「次に何をやるのか見当がつかない」[第1章]と称讃するトムの能力の正体なのである。

トムがかかった「心の病」である、登校や出社の拒否を指す憂鬱な月曜日としての「ブルーマンデー」は、今ではすっかりおなじみの言葉となっている。一八三〇年代のアメリカですでに、土曜日の夕方に週給の賃金の支払いを受けた労働者の夫が夜通し酒を飲んで、月曜日には仕事に行きたくなくなる現象と、土日にたまった洗濯物を片づけなくてはならない主婦たちにとって、うんざりとする曜日を指して「ブルーマンデー」という語が使われていた。しかも、それが自動洗濯機の発明につながったとされるのである[http://ultimatehistoryproject.com/blue-mondays.html]。

ポリーおばさんやメアリーが担っている家事労働の観点からすると、トムがいつまでも二階の自分の部屋でぐずついて寝ていると、食器や衣服の洗い物が片づかないので、不満が生じるのだ。日曜日の晴れ着を洗濯して仕舞う必要があるのかもしれない。そして、月曜日からは泥だらけのトムの服を洗ったり繕ったりする日々がまた始まるのである。憂鬱なのはおばさんたちも同じなのだった。

【ハックとの出会い】

ポリーおばさんによる抜歯という実力行使があったとはいえ、トムは月曜日だから学校に行かなくてはならないという規則に支配されている。それがブルーマンデーとなった理由だし、金曜日の午後も泳ぎに行って学校をサボったのをはじめ、毎回遅刻や欠席が常態化しているにもかかわらずトムは学校へと向かうのである。

ところが、今朝は登校途中で、トムはそうした束縛から解放されているハックと出会った。ハックはセント・ピーターズバーグの「良家(respectable)」の少年たちの称讃の的であり、当然ながらその親たちには忌み嫌われていた。ハックは晴れた日には他人の家の軒先で、雨のときには空き樽に寝ているし、釣りも泳ぎもやりたい放題で、顔を洗わなくてもよい。服も大人のものを着て、学校や教会に束縛されていない「不可触賤民(untouchable)」だった。

ハックが英雄視されるのは、「勝手気ままに(his own free will)」生きているせいである。この箇所は「彼自身の自由意志で」とも読めるのだが、トウェインはのちに「自由意志」と「決定論」をめぐる対話である「人間とは何か?」(一九〇六)を書いた。そこでは、老人は自由意志に懐疑的になって、「人間=機械論」を展開する。そして、自由意志ではなくて、自由選択が重要という意見が出てくる。トウェインはハックの生き方を描きながら、こうした自由意志の問題としだいに格闘するようになったのだろうが、『トム・ソーヤーの冒険』の時点ではそこまでの機械論的な見方は出ていない。

イボを取ることをめぐって真剣な議論がトムとハックの間で交わされる。トムはよくカエルをいじってイボができるので、除去する方法を熟知していた。インゲン豆を使う方法に関して、二人の意見は一致した。だが、ハックが「木の切り株にたまった水」を使う秘術に言及すると、トムは懐疑的で、ボブ・タナーからの伝言ゲームのようにその秘術を伝えた者たちが全員嘘つきだとして、「正しいやり方」を主張する。そして、呪文とともに歩く方法などを指南するのだ。ここに列挙されているのは「まえがき」でトウェインが述べていたような迷信の数々である。

ハックは死んだ猫をもっていて、イボ取りに使うのだが、その儀式は夜中の墓地でおこなう必要がある。そして「ホプキンズ婆さん」という魔女の話も出てくる。黒猫と魔女との連想は昔からある。ローマ教皇のグレゴリウス九世は一二三三年の勅令で黒猫と悪魔とのつながりを指摘し、さらに異端審問書である『魔女への鉄槌』(一四八七)を推薦したインノケンティウス八世も猫の殺害を肯定した。セーレムの魔女狩り事件のひとつである一六九二年のアンドーバーでの裁判で、八歳のサラが、母親は魔女で黒猫の姿になって移動できると証言したのである[Le Beau: 123]。彼女の証言が決め手となり母親は絞首刑となったのである。また、ポーの短編の「黒猫」(一八四三)での、プルートーという猫が、妻の死体といっしょに壁に埋まっているイメージともつながっている。初版の挿絵は白黒なので、ハックが手にしている猫が黒猫とまでは断定できないが、少なくともポリーおばさんが飼っているピーターという黄色い猫と同じ種類ではないことは確かである。

情報の交換に物の交換が伴っているのが明らかとなる。物の交換はすでにトムが、板塀塗りで実践していて、今回もトムの抜けたばかりの新鮮な歯は、ハックが捕まえたばかりのダニという新鮮な物と交換されたのである。ハックがおこなう交換過程で、教会の青札が一枚ハックの手に渡ったのだが、教会に行かないハックには不要だった。そこで、すぐに家畜解体場からもってきた膀胱と合わせて、死んだ猫と交換された。牛などの膀胱は風船のように膨らむので遊び道具となるのである。こうした子どもたちの物々交換のなかで、ハックは珍品を見つけ出してきて「交易(trade)」をする仲買人の役目も果たしているのだ。

【女子生徒の席に】

トムがハックと会っていた、と先生に正直に告げたのは、良心からではなく、ベッキーの隣に座るための計算からだった。その一瞬のスパークのような判断は、「愛がもつ電気的共感(the electric sympathy of love)」からだと表現されている。まさに青天の霹靂なのである。

雷以外に電気的な現象を目撃することがなさそうなセント・ピーターズバーグであるが、凧をあげて電気の性質を調べ、避雷針を発明したベンジャミン・フランクリンの名は知られていた。共感と電気の関係を結びつけた作文で「特筆すべきフランクリン」と登場する[第21章]。フランクリンは、モールス符号の発明者であるサミュエル・モールスとともに、十九世紀前半のアメリカに、電気を使った電信によって共感の共同体を作り上げた人物とみなされる。同時期のロマン派のシェリー夫妻やバイロンたちも電気に同じような可能性を見出していた[Gilmore: 64-66]。トムもロマン派の名残として、雷に撃たれたように、ひと目でベッキーにビビッときたのである。

当時の学校は、丸太小屋で「複式学級(one-room school)」が普通だった。男女が別の席に座らされていた時代だったので、トムに「女の子と一緒に座りなさい」と教師が命令するのは、屈辱を与える罰としてなのだった。だが、社会のなかで低く見られている女の子と一緒に座ることをトムは気にしないし、恥じるとか反省もしない。それはハックに対して特別な偏見をもたないのと同じなのである。

ベッキーは、「黄色」と表現される金髪がかった二本のおさげをしていて、トムを魅了したのだ。東洋的な響きをもつ都会であるコンスタンティノープルの町から来た未知の少女(unknown girl)でもあった。ハックの父親をたぶらかした「ホプキンズ婆さん」が魔女だとすると、ベッキーは別の魅力をトムに投げかける「運命の女」ともいえる。前の婚約者となってしまったエイミーが土地の子としての魅力にあふれているのとは異なる。主人公が異性の転校生に心を惹かれるのは、児童小説から現在のマンガやアニメまで定番の設定である。トムはそうした系譜の先駆者の一人でもあった。

長椅子の隣に座ったトムに、ベッキーはようやく名前を明かしてくれるが、トムのことを「トマス・ソーヤーね」と認識できたのは、鞭で打たれる前に先生がフルネームで叱ったせいである。そして、白い板塀を塗るときに利用した芸術家ぶるという戦略を使って、ベッキーに近づく。彼女に褒められた絵は、遠近法を無視し、家よりも大きな火かき棒みたいな男が描かれていた。そして、昼間デートをする約束をとりつけたベッキーに「愛している」と石板に書いて見せて、好意的な反応を得たところで、先生に発覚してしまう。トムは自分の席へと戻るように指示される。

ベッキーから合意をとりつけたトムはその後、腑抜けた状態になり、授業でことごとく質問に対する答えを間違えてしまう。単語の綴りのテストが最下位となって、「白目《ピューター》のメダル」を剥奪されるのだ。白目は今でも金銀銅について四位を示すメダルであり、トムが学校の勉強もそれなりにできることを証明している。だが、怪力サムソンも自分が愛したデリラによって懐柔されて弱点を教えて滅んだ(「士師記」第十六章)ように、トムはベッキーにメロメロになってしまったのである。

◉第7章「ダニ遊びと失恋」

【あらすじ】

自分の席に戻されたトムは、ハックから手に入れたダニを取り出して、遊び始める。隣に座る腹心の友のジョー・ハーパーといっしょにダニ遊びに夢中になるのだ。その様子が先生に発見されて、トムたちは大目玉を食らう。昼食の帰宅のために午前の授業が終わると、ベッキーに家へと帰るふりをして戻ってくるようにトムは頼む。二人は、誰もいない学校で、仲良くチューインガムを共有し、さらにトムは婚約の印としてのキスに成功する。だが、エイミーと婚約していた過去がばれてしまい、失恋したことをトムは悟るのだ。そして、ベッキーもトムが去ってしまった憂鬱な午後を過ごすのである。

【ダニ遊び】

自分の席に戻っても失敗続きのトムは、とても教科書の内容に集中できない。二十五人の生徒も先生も陽気のせいで眠気を催しているなか、ハックからせしめたダニを使って遊び始める。森から拾ってきた新鮮なダニなので、動きが活発なようだ。ダニの進路をピンで邪魔して方向を変えて、囚人のように運動させるゲームだった。隣に座っているジョー・ハーパーがそのおもしろさに気づき、自分のピンで参加する。

トムとジョー・ハーパーはケンカ仲間で、張り合うライバルでもあるので、石板に境界線を引いて、それぞれの領域に来たら、ピンでダニを操作することになった。しだいにジョー・ハーパーが自分の領域にダニを独占するようになって、トムが「だれのダニだと思っている」などと大声をあげて先生に発見されてしまう。二人とも上着ごしに肩に鞭を入れられるのである。トムたちは熱中していたので気づかなかったのだが、他の生徒たちは二人が鞭打たれるまでの様子を「楽しんだ」のである。

この話は、他愛のないエピソードに思えるが、ベッキーとの婚約と失恋という次の展開を考えると予告編になっている。トムがピンによって進路を自在に変えていたときには、ダニは自分が操作できる対象だったのだ。ところが、ジョー・ハーパーの介入で、トムの所有物のはずなのに、ダニの行方が思い通りにはならない。それはベッキーとの恋の行方を予告しているようにも見える。うまく行ったと思えても、ある境界線を越えると、制御できなくなるのだ。先生に発見されたダニがどうなったのかに関する言及はないが、没収されたか、潰されたか、森のなかへと捨てさせられたのだろう。

このように、トウェインは、少年時代の記憶を次々と並べただけのように見えるが、作品としての全体構築が考えられている。小さなエピソードの選択と配置において、細かな計算をしていた。『トム・ソーヤーの冒険』は、トウェインはエピソードがもつ効果が計算されて、はめ込まれているのだ。「まえがき」にあるトム・ソーヤーが複数の人間の合成だという話で、コンポジット式（混合柱様式）という語が出てきた。それが、古代ローマ建築の列柱に関する専門用語であったように、トウェイン自身が『地中海外遊記』で堪能してきた古代ローマやルネサンス時代のイタリアの建築への興味関心が存在する。作品全体の配列をひとつの建築とみなして設計されていても不思議ではない。

【チューインガムの共有】

昼食のために生徒たちが学校から一時的に帰っている間に、トムはベッキーに帰宅するふりをして、戻ってくるように指示する。そして二人で誰もいない学校でデートをするのだが、絵を描いて見せるのに飽きると、トムはネズミの話をして、死んだネズミを首に巻いてあげるなどと不吉な提案をする。それに対して、ベッキーが持ち出したのが「チューインガム」である。「ちょっとの間噛ませてあげるけど、戻してくれないとだめよ」という提案で、ベッキーが持っているチューインガムを交互に噛んで楽しむのだ。

チューインガムは今ではありふれた代物だが、ニューイングランドのジョン・カーティスによって製造機械の特許が取得されたのは一八四八年のことで、パラフィンが原料のものだった。カーティスは一八五〇年には機械をミシシッピ川まで売り込みにきたので、ベッキーとトムが味わえたのかもしれないが、詳細は不明である。

さらにメキシコの元大統領サンタ・アナが、ニューヨーク州のスタテン島に幽閉されていたときに、トマス・アダムズがゴムに似たシクルの話を聞いた。そして、タイヤなどの材料としてではなくチューインガムに利用することを思いついたのは一八七一年なので、こちらが『トム・ソーヤーの冒険』の読者には多少おなじみになっていたはずである[Wright: 137-8]。原料のシクルは「チューインガムの木」と別名が与えられ、現在のチューインガムの原型となった。いずれにせよ、かなり時代錯誤の話にも見える。

けれども、チューインガム自体が古代マヤから始まり、先住民の文化から流入したものであることを考えると、ベッキーとトムが楽しんだチューインガムは、十九世紀のアメリカが生み出した商業的な代物ではなく、ましてや現在の私たちにおなじみのチューインガムとは異なり、もっと素朴なものだったのだろう。西部において大人(の男)たちは口元の寂しさを紛らわすために「噛みタバコ」を楽しんだ。また、タバコは、先住民のしきたりで回し咽みをすることが、友情の証ともなるわけだが、タバコに関しては、あとでトムはハックから強烈な洗礼を受ける[第16章]。ここでのトムとベッキーは、同じチューインガムを口のなかで噛みしめたおかげで、まさに愛情の段階が一段あがったのである。

【婚約と失恋】

次の段階として、トムは「サーカスのピエロになる」という将来設計を語り、さらに、お互いに耳元で「愛している」とささやくという戯れのあと、婚約がキスによって成立するのである。チューインガムを共有したことによって、やりやすくなっていたのは間違いないだろう。

だが、多くの悲劇と同じように、トムは幸せの絶頂から転落するのだ。婚約によって、登下校もいつもいっしょでいられるとか、パーティでも互いに相手を選べる、とトムは楽しさを解説した。そして、「ぼくとエイミー・ローレンスはね」とトムが口にしてしまい、別の女性との過去が明らかになってしまう。当然ながら、「トム、じゃあ、私があなたと婚約した最初(the first)の人じゃないのね」とベッキーは激怒するのだ。

ベッキーはトムにキスまで許して、他の人と結婚したらだめだ、と念を押したにもかかわらず、彼がすでに「婚約＝結婚」をしていた過去を知ってしまった。トムの言動のすべてが経験者によるものだとわかり、ベッキーは泣き出してトムの謝罪を拒否した。トムはベッキーの気持ちや恋の行方をダニのようには操作できないのである。ただ泣くだけのベッキーに、真鍮の取っ手という宝物を差し出しても、叩き落されてしまう。敗北したトムは、午後の授業を自主的に休んで、どこかへと消えてしまうのだった。

ベッキーが気づいてトムの名を呼んでもすでに姿はなく、午後の授業の間中「十字架を背負う」苦しみを味わうのである。マタイの福音書の一節を踏まえた表現で、さらに「異邦人の間で悲しみを分かち合う相手が誰もいなかった」とある。先週セント・ピーターズバーグにやってきて、教会でデビューしたばかりの転校生であるベッキーにとって、周りにいるのは、他人ばかりなので孤独だったのだ。それこそトムへと簡単に心を許した理由でもあった。もちろん、トムはそんなベッキーの懊悩《おうのう》など知るはずもないのである。

◉第8章「海賊になろう」

【あらすじ】

トムは、ベッキーから逃れるように、人の気配のない森のなかへと入っていった。そこで、将来設計をサーカスのピエロから変更して、軍人やインディアンの仲間になると想像し、最後には海賊になると決めるのである。森でビー玉を増やす迷信が失敗したのを確認するが、それは魔女の妨害のせいだと理屈づける。そこにジョー・ハーパーがロビン・フッドごっこの扮装をしてやってくる。トムも変装して、「台本」にあわせて役を交代しながら遊び回るのだ。そして山賊がいなくなってしまった近代世界を二人は嘆くのだった。

【森と孤独】

トムは、学校に戻ってくる生徒たちを避け、さらに川を渡って追跡を逃れ、森のなかへと入っていく。ダグラス未亡人の所有するカーディフ・ヒルの裏手にある森だった。そこは未知の森ではなくて、トムの遊び場の延長でしかない。そして、ビー玉などの宝物を隠したりしておく場所もある。その森から学校は見えない。つまり学校からも見えない谷であることが重要だった。

森には静けさが満ちて「キツツキの音以外聞こえない」ために孤独感が深まり、死を連想させる。トムは死んだばかりのジミー・ホッジズをうらやましくさえ思う。例によって、ここで直ちに死んでしまったら、ベッキーが悔やむだろうと暗い想像をして喜ぶのである。ポリーおばさんに対しても同じ思いを抱いたように、トムがもつ自分の死のイメージは誰かへの腹いせのためなのだ。

森のなかで「トムの魂はメランコリーに浸っていて、気持ちは周囲とぴったりと合っていた」。この孤独は、学校でのベッキーの孤独とは性質が異なる。トムは森のなかで「孤独」を味わい「瞑想」することで、周囲の自然によって癒やされていく。ヘンリー・ディヴィッド・ソローは『ウォールデン』(一八五四)の「孤独」の章で、森のなかではメランコリーにならないと効能を述べていた。

ところが、森はトムが期待していたほどの魔力をもってもいなかった。宝箱のなかに二週間前に隠したビー玉が呪文とともに増えるか、なくしたビー玉が集まってくるはずなのに、何の変化も起きなかった。怒りから捨ててしまったビー玉を探すために、もう一つのビー玉を投げて、すぐ近くにビー玉が並んでいるのを発見する(このエピソードは、『ヴェニスの商人』の一幕一場に出てきた、矢を失くしたら同じように矢を射ることで探しだせるはずという、セカンド・チャンスを試す話に通ずる)。トムは、迷信が失敗した理由を魔女の妨害のせいだと理解して納得するのだ。これはどんな失敗にでも通用する理屈であり、「魔女」の存在がどうして必要とされてきたのかも説明がつく。トムはたびたび魔女による妨害を口にするのだ。

森のなかでしだいに自己回復していくトムが夢想したのは、自分の将来像だった。セント・ピーターズバーグを出て、何者になって活躍するのかを考えるのだ。まず、ベッキーに告白した「サーカスのピエロ」という将来設計を変更する。理由は軽薄だからで、軍人となって戦さで名誉を得て凱旋し、あるいはもっと西部に行ってインディアンの仲間に入り大酋長となって帰ってこようとも考える。最終的に、海賊になろうと決意するのだ。そのどれもが、たとえ悪名であっても他人に噂され、称讃され、驚異の目で見られる期待に満ちている存在なのだ。トムにとって、何かを成し遂げるのが目的ではなく、あくまでも他人からの承認や称讃がほしいだけなのである。単語テストで白目のメダルをもらうのとあまり違いはない。

こうしたトムの夢想は、海軍のテストパイロットや優秀な外科医や弁論がたくみな法律家など、あらゆる英雄になることを夢想するジェイムズ・サーバーの「ウォルター・ミティの秘密の生活」(一九三九)の主人公とつながる。平凡なミティは、車を運転して週末のショッピングをし、妻の美容院に付添うだけなのだが、その間にあれこれと空想するのは、明らかにトムの文学的な子孫といえる。「ポケタ、ポケタ、ポケタ」という音が印象的な小説だが、妻の名前がベッキーでも不思議ではない気がしてくる。

トムは、「スピリット・オブ・ストーム(嵐の精霊)」という海賊船に乗った「海賊トム・ソーヤー、カリブ海の復讐鬼」となる空想に酔うのだ。カリブ海(The Spanish Main)は、ミシシッピ川を下ったところにあるわけだが、名だたる海賊たちが活躍した時代は過ぎ去り、十八世紀に整備された海軍に退治されるか、海軍そのものに組み込まれてしまった。夢想をしている時点ですでに過去の存在になっていた。そして、海賊になるトムの決意に応じるように、中世の山賊であるロビン・フッドの話が始まるのである。

【ロビン・フッドごっこ】

どうやら、トムが学校に帰っていないことに気づいて、ジョー・ハーパーもやはり抜け出してきたようだ。翌日、午後の授業を二人ともサボった罰として先生に鞭で打たれることから、その事実が判明する［第10章］。セント・ピーターズバーグの学校では、体罰が常習化していて、教育的な効果などはまったくない。二人とも体罰に慣れてしまい、むしろサボるための先生との取引材料となっていた。

ジョー・ハーパーがラッパを鳴らし、コスプレをしてやってくると、トムもどこかに隠してあった衣装にいそいそと着替えるのである。ここでトムとジョー・ハーパーがやっているのは、ダニ遊びの続きである。お互いがロビン・フッドや悪代官に役割を変更できるのは、境界線を越えたダニの支配権が代わるようなものである。

二人のロビン・フッドごっこの手本となったのは、イギリスの「無法者」をめぐる物語の本である。どうやらトムは単語テストで鍛えた語彙力を活かして本を読んでいるらしい。しかも「台本」のように、それに沿った物語を演じるのだ。「汝（Thou）」や「卑劣漢（caitiff）」といった古めかしい表現を使ってみせる。ひょっとすると、ロビン・フッドごっこをしたくて言葉を覚えたおかげで、単語テストで賞をとる実力を得たのかもしれない（実際にトウェインも単語を正しく綴るのが得意だった）。

児童文学史では、一八四〇年にイギリスで刊行されたピアス・イーガンによる『ロビン・フッドとリトル・ジョン――シャーウッドの森の愉快な男たち』が子ども向けの最初のロビン・フッド物とされる［Carpenter & Prichard: 454］。三八年から雑誌連載され、単行本化されると細かな活字を二段組にした三百ページとなる大長編だった。翌年それに刺激されて、平易に書き直してカラーの挿絵も入ったスティーヴン・パーシー（写真家で出版業者のジョセフ・カンドルの筆名）による『ロビン・フッドと愉快な森の仲間たち』（一八四一）が刊行された。

このパーシーの本はトウェインの蔵書にあり、直接のネタ本とみなされている。子ども時代のロビン・フッドへの憧れの回想から始まり、「今から六百年以上前、ヘンリー二世とリチャード獅子心王の二つの御世に、イングランドの北部に、有名な無法者、ロビン・フッドが住んでいた」と調子よく始まる［Norton: 232］。視覚的で読みやすい文章がトウェインに影響を与えたかもしれない。ただし、比較してみるとトムたちの引用は正確ではないのだが、「記憶に基づいている」ときちんと断り書きさえある。ロビン・フッドの物語は、バラッドの形でも移民たちによってアメリカに伝わっていた。のちにトムはハックにロビン・フッドの存在を教えて遊ぶことになる［第25章］。

もちろんセント・ピーターズバーグの森はシャーウッドの森とはならない。そもそも、独立戦争後のアメリカ合衆国は大統領制の共和国であり、王も貴族も制度として存在しない。その意味ではロビン・フッドの話は純粋にフィクションで楽しむ以外にないのである。けれども、ヨーロッパからの移民の末裔たちには、アメリカ合衆国がもたなかった「中世」への憧れと反発とが存在する。

トウェイン自身も『王子と乞食』（一八八一）で十六世紀、そして『アーサー王宮廷のコネティカット・ヤンキー』(一八八九)で中世のイギリスを舞台にしていた。どちらも十九世紀末のアメリカと比較して皮肉な展開を描くために必要な設定でもあった。中世ヨーロッパへのアメリカのあこがれは、ジョージ・R・R・マーティンの中世風ファンタジーの連作『氷と炎の歌』(一九九六―)が人気を得てビデオゲームやドラマになるとか、ウォルト・ディズニーが、アニメで童話のディズニー・プリンセスを描き続け、シンデレラ城をディズニーランドの象徴的な建築として建てるところに見いだせる。プリンセスの身分や城主の城などは、本来共和政であるアメリカ合衆国ではありえない存在なのだ。

そして、トムたちは近代文明が何をくれたと文句を言い、「永遠に大統領になるくらいなら、一年間ロビン・フッドになったほうがましだ」と中世への回帰を望むのである。このようにミズーリ州に住む彼らが、大統領よりもロビン・フッドに憧れるのは当然かもしれない。なぜなら、二十一世紀の現在に至るまで、歴代の大統領の多くは東部出身で、ヴァージニア州(八人)、オハイオ州(七人)、ニューヨーク州(五人)、マサチューセッツ州(四人)に集中している。かろうじて西部出身と言えそうなのはネブラスカ、アイオワ、アラバマが各一人、あとはテキサスの二人だけである。

マーク・トウェインが生まれたミズーリ州出身なのは、ハリー・S・トルーマン一人である。しかも、一九四五年にフランクリン・ローズベルト(ルーズベルト)大統領の急死に伴い副大統領から昇格したのだった。そして、トウェインが亡くなった東部のコネティカット州の出身なのは、二〇〇一年に就任したジョージ・W・ブッシュだけである。親の七光りで大統領になった「子ブッシュ」などと揶揄されて、「セルフメイドマン」の理想からは程遠い。もちろん十九世紀育ちのトウェインやトムが両者を知るはずもない。

十九世紀前半のセント・ピーターズバーグの村で暮らすトムたちが、自分たちにもなれる職業として「大統領」を考えるのは、王や貴族になるのと同じくらい難しいし、遠く隔たった存在だった。大統領とは東部の人間のことだったからである。トウェインはネヴァダ州選出のウィリアム・M・スチュワート上院議員の私設秘書を一八六七年に短期間務め、首都ワシントンにも滞在して、議員たちの政治活動も垣間見てはいた。もっとも、自分の原稿を書くことを優先していたので早々にクビを切られてしまった。腹いせに『西部放浪記』でスチュワートの悪口を書いたほどである。首都滞在で、大統領など政治家との距離も体感していたのだ。

フランシス・ホジソン・バーネットが書いた『小公子』(一八八六)の主人公で、ニューヨークの五番街で育ったセドリックは、向かいの八百屋のホッブズから影響されて、熱烈な大統領支持者で、貴族たちの「イギリスが嫌い」だった。その彼が父親の急死で、貴族の地位につくという皮肉な展開となるのである。東部育ちで共和党支持のセドリックは、新聞を毎日読んでいて、トムよりはずっと大統領やワシントンの政治に関心をもっていたし、身近に感じていた。

トムがサーカスのピエロから軍人、インディアン、海賊、そしてロビン・フッドと物語のヒーローから自分の将来の姿を探そうとするのは、選択肢が最初から限られた田舎の村で育った以上、ある意味で当然なのである。しかもロビン・フッドごっこの最後で、死ぬ場面をトムが演じるのだが、地面に倒れたらイラクサの上だったので、痛くて飛び上がり死体を演じることもできなかった。職業としてのサーカスのピエロ志願は捨てたはずだが、人生でピエロを演じるのはまた別の話である。

森に入ってきたときのトムのメランコリーな気分はすっかりと消えてしまった。学校を抜け出した森での孤独は、ソローの『ウォールデン』が伝える森の癒し効果をもつことを証明しているのだ。そこにロビン・フッドの森の効果が加わったせいで、トムはハックとともに夜中の墓地に出かける準備が整ったのである。

◉第9章「墓地での殺人」

【あらすじ】

死んだ猫を使ってイボをとるためにトムとハックは夜中の墓地に出かける。人魂かと思ったら、ロビンソン医師とインジャン・ジョーとマフ・ポッターがやってきて、墓を暴いて死体を取り出すところだった。ところが、ロビンソン医師とジョーの争いとなり、間に入ったマフが墓標で殴られて気を失ってしまうと、その間に医師はジョーによって殺される。ジョーは、意識を失っていたマフ・ポッターに凶器のナイフを握らせて、殺人の罪をなすりつけてしまうのだ。トムとハックはその一部始終を目撃してしまったのである。

【墓暴きと死体泥棒】

約束どおりに夜中の十一時に猫鳴きをしたハックに呼び出されたトムは、いっしょに墓地へと向かった。それは村から一マイル半離れた丘の上にあった。土曜日に死んで埋められたばかりのホス・ウィリアムズの墓が目当てだった。ホスとは、方言で馬のことを指し、「やっこさん」とか「兄弟」にある称号として使われ、ミスターより格下の扱いとなる。月曜日になると悪魔が活躍するはずなので、ウィリアムズの魂を連れて行くのに便乗して、悪魔に猫をぶつけて、「悪魔は死骸に、猫は悪魔に、イボは猫についていけ」と呪文をとなえるのだ。トムたちは悪魔の到来を待っていたのである。そこにまさに悪魔のようなインジャン・ジョーがやってくる。

月が陰《かげ》って闇になった状況でやってきたのは、最初はトムたちが人魂かと思ったカンテラを下げた三人の男たちだった。彼らの目当てもホス・ウィリアムズで、若いロビンソン医師がインジャン・ジョーとマフ・ポッターに依頼して墓暴きと「死体泥棒(body snatcher)」をやってもらうのだ。不正行為なのだが、医師は解剖用の死体を手に入れたいのである。ロビンソンは、外科医の別称である「骨を切る者(sawbones)」とインジャン・ジョーに呼ばれている。

一八二八年には、解剖用の死体が不足していたスコットランドで、エディンバラ大学の外科医で人類学者のロバート・ノックスに死体を供給するため、十七人を殺害した二人組の「バーク&ヘアー事件」が起きた。こうした背景が三人の墓暴きにはある。

セント・ピーターズバーグの村で「新鮮」な死体を手に入れるには、土葬されたばかりのものを奪うしかない。埋葬されたオフィーリアを墓穴に飛び込んでハムレットが抱きしめることができるのも、ジュリエットの墓で仮死状態の彼女を死んだと間違えてロミオが毒を飲み自殺してしまい、ジュリエットが短剣で後を追うという二人の行き違いの悲劇が生じるのも、吸血鬼からゾンビまでもが墓地から復活してくるのも、死者を火葬せずに土葬するからなのである。埋葬した死体が朽ちてしまうと、そこが凹んで墓石も沈んでしまうのだ。

死体や解剖学への興味関心が『トム・ソーヤーの冒険』全体にちらつく。トムはベッキーと最初に会ったとき、見せびらかすために逆立ちをしてもらったパンジーを服に挿したのが胸の上ではなく胃の上だったかもしれないとして、「解剖学を知らないからだった」[第3章]とされる。しかも、ベッキーは解剖学の本を破ってしまうのである[第20章]。こうした身体への関心が描かれたのは、心身ともに大人に成長する子どもたちが主人公だからなのだ。

本物の悪魔は出てこなかったので、ハックが猫の死体をぶつけてイボが取れるのかを確かめることはできなかった。ホス・ウィリアムズの死体は掘り出されて、運ぶ途中で放置されてしまった。インジャン・ジョーは、行きがけの駄賃のように、ウィリアムズの死体から持ち物を奪ってしまうのだ。そして雲で陰っていた月が姿を見せると、悪事の名残をすべて月光だけが照らしているという劇の舞台か絵画のような場面で、墓地と死体をめぐるこの章は閉じるのである。

【インジャン・ジョーの呪い】

殺人を目撃したトムたちだけにとってインジャン・ジョーが脅威になるだけでなく、インジャン・ジョー本人そのものの運命もこの殺人によって大きく変わるのである。同じジョーでも、腹心の友であるジョー・ハーパーと役割は対照的である。インジャン・ジョーの苗字はわからないが、「インジャン」という属性ははっきりと示されている。

先住民の蔑称でもある「インジャン」という言葉は、すでにトムの口から出てきていた。一度目は「正直なところ(honest injun)」という表現だった[第2章]。二枚舌を使わない、つまり「インディアン嘘つかない」という誠実さを利用した表現なのである。ところが、インジャン・ジョーは、ハックでさえも悪魔に会ったほうがましだとみなす、二枚舌の持ち主である。

またトムがハックに教える切り株のたまり水を使うときに唱える呪文に「大麦、大麦、トウモロコシ粉(injun meal)はこなごなに、たまり水、たまり水、イボを飲み込め」とある[第6章]。大麦やトウモロコシの粒をイボに見立てて、粉々にすることとイボの消滅をかけたのである。粉にするのはパンを作るためだった。ローラ・インガルス・ワイルダーの『大きな森の小さな家』(一九三二)で、クリスマスのごちそうとして、母さんは小麦のパン以外にライ麦とトウモロコシの粉のパン(Rye'n'injun bread)を焼いていた[「クリスマスの章」]。そもそも英語の「コーン」とは小麦のことであり、アメリカでの代用品としてトウモロコシを指すようになったのである。言葉にも先住民文化との交流の痕跡がある。

インジャン・ジョーと仲間のマフ・ポッターは、前払いでは足りないとして作業を中止し、さらに五ドル出せと医師に要求する。一八四〇年には、通称ハーフイーグルの五ドル金貨のデザインも新調されたので、金貨が一枚欲しいという要求なのかもしれない。ロビンソン医師は拒否し、インジャン・ジョーが殴りかかると反撃された。そこでマフと医師の争いになる。医師がホス・ウィリアムズの墓標でマフを殴って気絶させると、その間にインジャン・ジョーがナイフで医師を殺害するのだ。その理由は、五年前にインジャン・ジョーがロビンソンの父親の家へ食べ物を求めて行ったときに、ロビンソン医師が台所から追い出して罵声を浴びせ、さらに医師の父親が自分を「浮浪罪」で逮捕させたことへの意趣返しでもあった。

インジャン・ジョーは「インジャンの血」のせいだと言うが、正確には彼は純粋な先住民ではない。たえず「混血(half-breed)」と呼ばれている。セント・ピーターズバーグには、他にも「混血(ムラート)」と呼ばれる子どもたちも含まれると、ジムの水汲み仲間の話に出てきた[第2章]。重要なのは、先住民や黒人の血が入っている子どもが存在することで、それが異人種間結婚の忌避に触れるのである。しかも、圧倒的に、白人の男性と非白人の女性という組み合わせが多かった。インジャン・ジョーにジョーという英語の名前がついているのは、その証拠ともいえる。

だが、インジャン・ジョーは決して白人の側に入れられることはない。前の章でトムが仲間に入ることを夢想した「インディアン」と、現実のインディアンであるインジャン・ジョーとは大きく乖離している。人種や民族の血の「汚染」という視点が社会にある限り、インジャン・ジョーは、物乞いか犯罪をしないと食べていけない状態にある。彼の性格や血筋だけでは復讐や殺人の動機の説明はつかないのである。

インジャン・ジョーは、ウィスキーで酔っ払っていて、墓標で殴られて意識を失ったマフ・ポッターに罪をなすりつけ、自分が殺人に使ったナイフを握らせる。意識を取り戻したマフは、インジャン・ジョーの言葉に誘導されて、罪を犯したと錯覚するのだ。マフが飲むウィスキーは、あとでトムが宿の二号室で見つけたウィスキーの山とつながるのだろう[第33章]。独立後、連邦政府が課した酒税への反発から、業者によって一七九一年に「ウィスキー反乱」が生じたこともあった。それ以降、各地で税金逃れの非合法のウィスキーも密造されていたので、マフが飲んでいるのも、安物のライ麦かトウモロコシのウィスキーの可能性が高いのである。

◉第10章「沈黙の誓い」

【あらすじ】

墓地から逃げ出したトムとハックは、インジャン・ジョーがマフ・ポッターに罪をなすりつけたという秘密をもらすと自分たちが殺されてしまう不安から、沈黙の誓いを立てることにする。そこで誓いの言葉をトムが板に書き、それぞれのイニシャルの署名と血判をして埋めるのだ。犬がマフ・ポッターに吠えているのと出くわし、最初彼らは地獄に落ちるのではないかと怯えるのである。夜中に抜け出したとシドから話を聞いていたのに、ポリーおばさんは叱らなかった。かえって罪の意識をもってしまったトムは許しを請うのだ。そしてベッキーから返却された真鍮の取っ手が、彼の惨めな気持ちに追い打ちをかけるのである。

【沈黙の誓い】

インジャン・ジョーによる殺人とマフ・ポッターへ罪をなすりつける現場を目撃したトムとハックは、墓地から逃げ出してしまう。そして、村のへりの廃屋にたどり着いて身を隠すと、ロビンソン医師の殺害は絞首刑になるだろうと確認し、次に真犯人が目撃者の存在に気づいたら殺しに来ると不安になる。そこで、インジャン・ジョーに気づかれないためには、他言をしない方がよい、と二人は結論づけたのだ。

トムはハックに手を握って誓おうと提案するが、ハックは、口で誓うのは小さなことに関する場合であり、女の子とやる軽い誓いだとみなすのである。しかも、口で誓ったものは、どうせ裏切られて誰かに漏れてしまうのだとハックは心配した。口頭ではなくて、文字による契約が必要だとハックは主張し、「血の契約書」が持ち出される。

どうやらトムの才能は、ベッキーに見せた絵よりは文字にあったようで、「ハック・フィンとトム・ソーヤーは、この件について沈黙を守ることを誓い、もし誰かに話したら野たれ死んで腐ってもかまわない」と文法のミス以外は立派な誓いの言葉を板に赤いチョークで書いた。そして、文字が書けないハックのために、トムはイニシャルの「H」と「F」の書き方を教える。さらに血の絞り方も、ピンをそのまま刺したのでは「緑青」という毒が入るかもしれないと忠告する。そこでトムは自分の縫い針を取りだして、互いにそれを指に刺して、血の印をつける。トムはケンカでボタンが取れたときのためにつねに針と糸を携帯しているのである[第1章]。

こうして作成された契約書により、ハックとトムは秘密を共有し、友情が深まったのである。トムがジョー・ハーパーとの間とは別の段階にまでハックと親密になったのは、インジャン・ジョーのおかげだったともいえる。

ハックが口頭の誓いを女性向きだと軽くみなしたのは、トムへの暗黙の批判となっている。トムは、ベッキーとの婚約も、一週間前のエイミーとの婚約も口頭でおこなったからだ。前の婚約をすぐに破れたのも、それが口頭の契約だったからである。それに対して殺人の目撃をめぐる「深く、暗く、おそろしい」契約により、ハックとの男どうしの絆が強くなったのである。だが、それとともに、他言無用の秘密をもったことが、トムの苦悩の始まりにもなるのである。

【吠える犬】

墓地から逃げ出したトムとハックが潜り込んだのは、「皮なめし工場(tannery)」の廃屋である。ハックが膀胱を手に入れた食肉解体場と同じく、動物を解体し「皮をなめす」イメージが、死体を掘り起こした墓地から続いている。ここは、血の契約書が結ばれる場所にふさわしいのである。

『トム・ソーヤーの冒険』の舞台となっているハンニバルやパルマイラの西にあたるミズーリ州ベセルに、ウィリアム・キールというドイツ人のメソジストの牧師が、宗教的共同体を作った。キールは一八四五年に五百人のドイツ系の農夫とベセルに入植したのだが、そのときに「皮なめし工場」も作っている。鹿の皮から手袋を製造するためだった[Wittke: 351]。セント・ピーターズバーグで、聖書の聖句を覚えて四、五冊の聖書を手に入れたのも両親がドイツ人の子どもだった[第4章]。ミズーリ州には、東部から移住してきたドイツ系の住民が住んでいる。トムたちが立ち寄ったのも、野生の動物を解体して皮を剥いでなめすための工場が、経営に失敗して廃屋になったものだろう。

トムとハックの二人が知らないうちに、廃屋に酔っ払ったマフ・ポッターが紛れ込んでいて、すぐそばで寝ていたのだ。犬がマフを嗅ぎつけて吠えているのである。実際は別の野良犬だったのだが、トムは「ブル・ハービソン」だと犬の名前を当ててみせる。しかも、この箇所にマーク・トウェインは「ハービソン氏がブルという名の奴隷を所有していたら、トムはハービソンのブルと呼んだだろう。だが、息子や犬の場合は、ブル・ハービソンとなる」と註をつけている。

この註はセント・ピーターズバーグの黒人奴隷の状況を鮮やかに浮かび上がらせる。一つには「ブル」つまり雄牛(それも去勢されていない雄牛)という名前の奴隷がありえるのである。トムの家のジムとは、対照的な名前である。もう一つ明らかになるのは、犬は家族の一員であり、奴隷とは境遇が異なり、奴隷は犬よりも下に置かれている。

しかも、ブルドッグが、イギリスで「牛いじめ」という遊び用に、雄牛と対決するために鼻面が改良された犬であるように、闘争のイメージが込められている。バッファロー(アメリカヤギュウ)が先住民から見た黒人兵士の表現だったことを考えると、「雄牛」という名前の奴隷に畏怖と侮蔑が込められているのだ。ひょっとすると、ハービソン氏が所有すると考えられた犬は、黒いニューファンドランド犬のような巨大な犬種なのかもしれない。

自分たちが吠えられていると勘違いして、地獄落ちが確定している、とトムとハックは騒ぐのだ。「ハッキー」と愛称で呼んでいるトムに対して、ハックは「トマス・ソーヤー」とフルネームで呼ぶ。真剣にそれぞれの現世でのおこないを悔いるのである。けれども、野良犬は眠り込んでいるマフ・ポッターに吠えていると判明して、彼らは首尾よく廃屋から脱出するのである。

【婚約の解消】

夜中にこっそりと、トムは家に戻ってきた。だが、シドは気づいていて、どうやらポリーおばさんに密告したようだった。トムが朝食に下りていくと、叱られることもなく、ポリーおばさんは鞭をふるう代わりに、聖書を引用して泣き出してしまうのだ。それがかえってトムの身にこたえたのである。

許しを請うが、その後も、シドへ復讐する気にもならずに、トムは学校でもぼんやりと過ごしてしまう。しかも、ベッキーとの婚約が解消されて修復の見込みがないことが、真鍮の取っ手が紙に包まれて返却されてはっきりとする。秘密を守るというひとつの契約が成立すると、別の契約が完全に解消されるのである。

トムとハックの間で結ばれた男どうしの「沈黙の誓い」は、板に書いた証文と血判により正式な手続きを経てトムを束縛しているのに対して、ベッキーとの口頭とキスによる誓いはかんたんに破られた。どうにか維持するための最後の手段とトムが考えた真鍮の取っ手というプレゼントも無効だった。ベッキーからすると、学校で孤独を感じている肝心なときに支えとならないトムへの信頼など湧くはずもなかったのだ。

トムが、表面だけが金色の真鍮(brass)というまがい物ではなく、ベッキーのために本物の金貨を見つけ出すのはずっと先のこととなる。しかも、トムが血判のときにハックに忠告した真鍮のピン先についた「緑青」という毒が、まさにトム自身へと効いてきたのである。

この章は「最後の一枚の羽根が、ラクダの背中を折った」という文で閉じる。ラクダの比喩が出てきたのは、重荷を背負って砂漠を行くラクダをトムに見立て、ベッキーから返却された取っ手という一枚の羽根が、さらなる荷重となって彼の気持ちをへし折った事実を示すためである。そして、マタイの福音書の第十九章の「富んでいる者が神の国にはいるよりは、ラクダが針の穴を通る方が、もっとやさしい」(口語訳聖書)を踏まえてもいる。インジャン・ジョーの秘密を口外しないという男の約束を守ることと、ベッキーとの恋をゼロどころかマイナスの地点から新たに得なくてはならない、という二つの試練を神がトムに与えたのである。

◉第11章「良心に悩む」

【あらすじ】

ロビンソン医師の死体が発見されたというニュースはたちまち村に広がり、学校も午後は休校となった。トムも群衆といっしょに墓地へと出かける。墓地に落ちていたナイフがマフ・ポッターのものだと判明し、インジャン・ジョーは殺害について偽証をする。だが、トムたちが望むように天から雷が落ちてはこなかった。そして、マフが殺人犯と決めつけられ、捕まってしまう。トムは夜中に寝言で血だと騒ぎ、学校で友だちがやる猫を使った検死ごっこにも参加せずに、シドから不審に思われる。トムは良心が痛んで、牢屋に入っているマフに窓からそっと差し入れをするのだった。

【噂の拡散と雷】

昼近くになると、墓地での殺人というおぞましいニュースは、セント・ピーターズバーグの村を駆け巡って、全体が「電気ショックを受けた状態(electrified)」となった。まだ村人には夢のような電信(telegraph)が不要なくらいのスピードで駆け回ったのだ。電気の通っていない世界の話であるが、トムが第3章でベッキーに「電気的な愛の共感」を感じたように、村の人々の間に情報がすばやく拡散したのだ。

しかも、電信という新しい技術を広めて名声を獲得したのは、画家であったサミュエル・F・B・モールス(モース)である。彼が電信を発明しようと考えたのは、妻の死に間に合わなかった個人的な体験からだとされる。死がそこに関わっているのだ。そして、特許競争と資金難のなかで、一八四四年五月にワシントンとボルティモアの間で最初の電報を送ることに成功する。

トウェインが同時代を描いた『金メッキ時代』(一八七三)の第25章には「昨日電信したかい(You telegraphed yesterday?)」などと出てきて、「メールする」という言い方の先駆けとして定着していた。十九世紀後半には電信はそれほどまでに普及したのだが、『トム・ソーヤーの冒険』の舞台とされる四〇年代のセント・ピーターズバーグ(=ハンニバル)には、まだ電信技術は届いていなかった。鉄道建設と並行して敷設する計画が普及の鍵となる。トウェインの父親たちが計画していた「ハンニバル―セント・ジョセフ鉄道」の建設が始まるのは一八五一年からのことである。小説の時点では、鉄道も電信も実際には村まで届いてはいなかったが、口コミだけは発達していたのである。

集まった村人は群衆となり墓地へと向かうのだが、学校も休校となり、トムもいっしょについていく。それは好奇心というよりも、「恐ろしい説明のつかない魅惑(fascination)」に惹かれての行動だった。魔術などに魅了されるという意味の言葉が使われているのが、墓地での殺人がもつ人々の関心を集める力を感じさせる。ハックもやはり来ていて、二人は互いに目配せをしたのだが、周囲はそんな様子に気づくことなく、興奮して犯人探しに夢中になっていた。

血のついたナイフが発見され、持ち主とされたマフ・ポッターは戻ってきたところを保安官に拘束されてしまった。ナイフが決定的な証拠とみなされたのだ。インジャン・ジョーはマフの期待もむなしく、あくまでもケンカにおいてマフが医師を殺害したのだと偽証するのである。

この様子を見守りながら、トムとハックは電気の一種である落雷を待っていた。「神の稲妻(God's lightnings)」である。彼らが血判の契約書で沈黙を守ったのも、たとえ自分たちが口外しなくても、インジャン・ジョーの背後にいる悪魔の仕業を神がどこかで見ていて、公平な裁きをするという期待からだった。落雷は神による正義の処罰の道具のはずだった。たとえば「サムエル記上」の第二章で、神に願ってサムエルという子を授かったハンナは、「主と争うものは粉々に砕かれるであろう、主は彼らにむかって天から雷をとどろかし、地のはてまでもさばき、王に力を与え、油そそがれた者の力を強くされるであろう」(口語訳聖書)と祈りながら言う。

『トム・ソーヤーの冒険』には、雷鳴(thunder)や稲光(lightnings)が何度も登場するが、雷鳴は雨の予兆であり、フランクリンを称える作文のなかに出てくる。そして稲妻はショックを表す比喩表現となっている。しかも、落雷を避けるための「避雷針」の線は、『ハックルベリー・フィンの冒険』の第36章では縄梯子の代わりに使われるだけであり、神意を示した落雷は登場してはいない。

ところが、フランクリンが証明し、電信に応用される電気の科学的な原理も、トムたちの迷信を消し去りはしない。インジャン・ジョーの二度目の証言では、「誓い(oath)」までしたのに、雷が落ちる気配はなかった。トムたちの結論としては、彼は悪魔に魂を売ったので、もはや神の処罰も受け付けないのである。こうしてインジャン・ジョーはかえって悪魔化されてしまう。森に隠したビー玉が増えなかったのは、魔女が邪魔したからだ、というのと同じタイプの理屈が使われるのである。

【私刑と法】

墓地の殺人を目撃したせいで、一週間ほどトムは夜中に「血だ」と叫んでうなされているところをシドに発見される。だが、ポリーおばさんとメアリーが二人とも悪夢を見ていると告白したために、殺人とトムとの関連を疑う者はシド以外にはなかった。トムは歯が痛いせいだとごまかして、顎をしばって口走らない細工までするのだ。学校の生徒たちが猫の死骸で検死遊びをするのにトムが参加しないことを、たえずトムを見張っている半兄弟のシドは不審に思うのである。良心の呵責《かしゃく》から、トムは夜中にマフ・ポッターの牢屋にそっと差し入れをする。

村人たちは、ロビンソン医師殺しではなくて「死体泥棒」の件で、インジャン・ジョーを私刑にしたいと考えていた。ただし絞殺ではなくて、アメリカでよくおこなわれてきた「タールを塗って羽毛で覆う」とか「横木にまたがせる」といった追放刑が紹介されている。たとえば、ナサニエル・ホーソーンの「私の縁者モリヌー少佐」(一八三二)では、主人公が縁者のモリヌー少佐への就職を頼って夜になったボストンに会いにきたが、町で出会った誰も行方を教えてくれなかった。そして、悪魔のような黒と赤い顔をした男のあとに続く、「タールを塗って羽毛で覆われた」モリヌー少佐をとりまいて、松明を手にした群衆が嘲笑する行列を目撃することになる。そして、のちの『ハックルベリー・フィンの冒険』の第33章では、王様と公爵という二人の詐欺師が「タールを塗って羽毛で覆う」とか「横木にまたがせる」両方の私刑を受けることになる。挿絵もつけられていて、インジャン・ジョーに私刑を出来なかったことへの読者の不満に応じたのかもしれない。

「死体泥棒」そのものは、殺害されたロビンソン医師の発案であり、罪が問われるのは被害者本人でもある。だが、この件に関しては肝心の真犯人が殺害されてしまったので、真相はわからないまま終了してしまった。しかも、一種の法廷戦術として、インジャン・ジョーは、ケンカとマフ・ポッターによる殺害の場面しか証言しなかった。他の物証や目撃証言がない以上、ロビンソン医師の犯罪とインジャン・ジョーの加担については不問にせざるをえないのだ。

晒し者や追放だけでなく、時には死に至る私刑という行為そのものは珍しいわけではなかった。一八三〇年にミシシッピ川沿いのミズーリの南にあるアーカンソー準州でのリンチの出来事を新聞記者のジェイムズ・スチュワートが書き留めていた。船の上で起きた殺人事件のために治安判事が乗り込んでくるのに出くわしたのだ。アーカンソーの裁判所は遠く、被害者が船員たちの知り合いでもあり、すでに船の上で「リンチの法律」によって殺人者が処刑されて、治安判事はその「判決」を追認するだけなのだった。治安判事自身が、大規模農場の農園主で、船の持ち主でもあったので、手っ取り早い解決法を歓迎していたのである[Waldrep: 46-7]。

『トム・ソーヤーの冒険』では、「犯人を捕まえる」と保安官は断言をし、私刑に向かう動きは抑えられ、犯人探しの熱に憑かれた群衆が暴走することはなかった。あとで裁判がきちんと開かれるし、無法者が登場しても、合法的に処罰されるのだ。二十世紀の西部劇映画でも、怒りに燃えた群衆がおこなった私刑が冤罪につながった『牛泥棒』(一九四三)や、保安官が私刑を求める群衆から殺人犯を守って護送する『死の砂塵』(一九五一)などがあり、西部での法の遵守が試されてきたのである。セント・ピーターズバーグはその点でサッチャー判事もいるように法を無視した村ではない。

けれども、先程のスチュワート記者の記事で治安判事がリンチ行為を是認したのも、広範囲な土地を治めるために採用された治安判事という制度がもたらす弊害のひとつだった。こうした職はたいてい地元の名士が担っていて、法律上の資格が要求されていないのだ。スチュワートはカロライナ州にいたリンチ氏から「リンチの法律＝私刑」が始まると起源を述べていたが、南部から西部にかけて、十九世紀後半以降、とくに黒人に対する私刑事件は増えたのである。南北戦争後は、黒人を奴隷として「合法的」に処刑できないからこそ、法を無視した「私刑」という形をとり、「奇妙な果実」と呼ばれるような黒人奴隷を殺害して木に吊るす無法がまかり通ってきたのである。のちにサッチャー判事がトムを東部の最良のロー・スクールに行かせようと口にするのも、大学で法律を学ぶことが重要だと考えているせいなのである[第35章]。

住民の不満や不安があっても、インジャン・ジョーに対する私刑がおこなわれなかったのは、セント・ピーターズバーグには法が整備され、保安官や判事などが配置されていたことが大きい。凶悪な犯罪が少ないので、マフ・ポッターを入れた牢屋もめったに使われず、鍵をかけただけで番人もいないのである。けれども、犯人と目されているインジャン・ジョーに半分白人の血が混じっていなくて、先住民そのものだとか、ジムのような黒人だったとすれば、電気を帯びたように興奮した群衆が一気に襲いかかってきたかもしれない。その際に保安官が群衆の動きを止められたのかは不明である。私刑のきっかけに人種的な偏見も含まれる点は無視できないのである。

◉第12章「ネコと民間療法」

【あらすじ】

トムはしだいに墓地の殺人の件を忘れつつあったが、ベッキーが休校し続けていて、病気になったと知り、気分がさらに落ち込んでしまう。そうしたトムの様子に民間療法のファンであるポリーおばさんは、水療法などをあれこれと試すのだった。そして「ペイン・キラー」という万能薬の噂を聞きつけて入手しトムに飲ませるのだが、トムは床の下に流していた。また飼い猫のピーターに飲ませると、室内で暴れて家具などを壊してしまった。薬を飲んでいないことが発覚したあとも、トムは「猫にはおばさんがいない」という詭弁を使って難を逃れた。トムは待っていたベッキーが学校に出てきたので、見せびらかしをしたのだが無視され、最後には皮肉とともに軽蔑されてしまうのだ。

【民間療法の効能】

墓地の殺人の件について夜うなされなくなってきたトムだが、ベッキーの休校が病気のせいだと知って、別の心配をし始める。贈り物とした真鍮の取っ手を返却され、失意にあるトムは恋の病である「メランコリー」にかかっているのだが、ポリーおばさんはそうした事情を知るはずもない。そこで、さまざまな薬による治療法を試すのである。

ポリーおばさんの情報の入手先は「健康」に関する雑誌だった。こうした健康雑誌を発行しているのは東部のボストン、フィラデルフィア、ニューヨークといった都会だった。多くの内容が現在なら代替医療と呼ばれるものである。元ネタはヨーロッパ仕込みのものもあれば、インディアンからの秘術というのも出てくる。病気の原因をさぐる骨相術や、治療のためのニセ薬、さらに食事療法なども登場した。しかも、毎月の特集記事で推してくる療法が異なるので、月替りにポリーおばさんの療法も変更されるのである。

今のところポリーおばさんは水療法に夢中になっていたので、トムは、朝になると薪小屋で水を浴びせられるのである。この「水療法(hydrotherapy)」は、オーストリアのヴィンチェンツ・プリースニッツによって一八一〇年代に提唱されたものだった。その後賛同者が増えて皇帝の病を治すなどの効能が宣伝され、英語圏にはR・T・クラリッジが一八四二年に書いたパンフレットによって紹介された。四〇年代のアメリカでは最新式のやり方だったのである。水療法の専門雑誌も刊行されたほどである。水を浴びせるだけでなく、さらにホットバスを利用する。そしてオートミールの簡素な食事による食事療法が加えられた。機械のようにトムの身体はとらえられ、容量が測定されて、それに見合った分量の薬や食事が注ぎ込まれたのだ。

本章では、伊達眼鏡を喜ぶように、雑誌に踊らされるポリーおばさんの無知ぶりが笑われているように見える。だが、この頃のアメリカでは疫病が流行っていて、こうした自己防御策が欠かせなかった。フィラデルフィアやボストンは十八世紀末の黄熱病の流行でそれぞれ五千人が死亡していた。そのあと、黄熱病によりニューオーリンズ(一八五三)で八千人以上が死亡、ミシッシピ渓谷(一八七八)で二万人が死亡と多大な被害をもたらしたのだ[https://www.pbs.org/wgbh/americanexperience/features/fever-major-american-epidemics-of-yellow-fever/]。

また、一八三二年のニューヨークでのコレラの流行を、ポーが「スフィンクス」(一八四六)で書き留めているが、これは一八二九年から二十年間にわたるグローバルなパンデミックの一部でしかなかったと指摘されている[Altschuler: 86]。コレラが世界やアメリカ内部に広がる地図も各種作られて、その脅威は視覚化されていたのだ。

ヨーロッパから天然痘が持ち込まれて先住民の人口を激減させて以来、アメリカに疫病が絶えず押し寄せてきた(お返しのように梅毒などアメリカから世界に蔓延した病もあるが)。ボストンやニューオーリンズのような港町が疫病流行の入り口となるので、港町でもあるセント・ピーターズバーグの村も無縁ではありえない。

ミズーリ州は一八二一年に合衆国の二十四番目の州となったが、東部に比べて整備は遅れていた。ポリーおばさんが民間療法に頼らなければならないのは、治安判事の事例からもわかるように、対策は地元に任されていて、満足な公衆衛生が整っていないせいでもある。しかも、インジャン・ジョーによるロビンソン医師の殺害によって、現在のセント・ピーターズバーグの医療体制は悪化している。診察や治療にはお金もかかるし、トムの調子が悪いからといって、おいそれと医師にかかることはできないのである。

【動物虐待とポリーおばさん】

最後の手段としてポリーおばさんが持ち出したのは、「ペイン・キラー(痛み殺し)」という名前がついた薬だった。「良薬は口に苦し」ではないが、砂糖やドーナツが好きなトムが忌避する味がした。

ポリーおばさんがひと口試したのだが、「液体状の火(fire in a liquid form)」と形容された代物である。「インチキ万能薬」と評されている。トムは最初飲まされて、それまで周囲に「無関心」だった状態に火がついて倦怠感を打破できたので、あとは飲んだふりだけをしていた。

このペイン・キラーは実在する薬で、一八四五年にペリー・デイヴィスが製法の特許を取得した。インドや中国でのキリスト教の伝道にも使われて、世界的に知られるようになった。アルコールでハーブからエキスを抽出したものだが、実体は「香り付けされたアルコール飲料そのもの」だった[Norton: 211]。痛み止めに効くかもしれないが、トムのような子どもに刺激が強いのも当然なのである。コレラや腸の病とか、切り傷などにも有効とラベルで効能が述べられているが、よく読むと「すべての病の痛みを治せるわけではない」という免責の但し書きがついている。ポリーおばさんは伊達眼鏡のせいで、細かな免責条項は読めなかったのかもしれない。これはトウェインの母親が愛用していた話に基づいているのである。

ペイン・キラー以外にも処方箋のいらない「特許医薬品(＝売薬)」のブームがあり、ガラス瓶に入って薬効をうたった「瓶詰めの天然水」のビジネスも始まる。一八四四年にはニューヨーク州サラトガスプリングズの水が詰めて売られ始めた[Chapelle: 72-4]。ここの水がフレンチ・インディアン戦争で、イギリス兵の傷を癒やしたという伝説があるせいだった。霊験あらたかなのか、一八五六年には年間七百万本が生産されるまでになった。

ポリーおばさんは水療法から万能薬のペイン・キラーに乗り換え、しかも一度に大量に買い付けたので、毎日トムは摂取するはめになった。実際には床の割れ目が飲んでいたのだ。ある日、ピーターという名の黄色い飼い猫が物欲しそうな顔をしたので、ペイン・キラーを飲ませてやることにする。たとえピーターの合意(?・)があったとしても、現在なら動物虐待とみなされるだろう。猫がセント・ピーターズバーグという村の聖人の名前と同じなのは、ポリーおばさんの信仰心の表れかもしれないが、トムの代わりの殉教者として室内のあらゆるものと衝突して外へと逃げるのだ。発覚するとトムはおばさんから耳を取っ手のようにひっぱりあげられ、指貫をはめた手で制裁を受ける。日頃学校でも鞭などで虐待を受けているのだから、トムが猫への虐待を問題視するはずもなかった。

ポリーおばさんはトムがピーターに飲ませたことを突き止めて叱るが、トムは「猫にはおばさんのように面倒を見てくれる人がいない」と言い逃れをする。それが、おばさんの心に突き刺さるのである。こうしてトムは放免となるが、皮肉にもペイン・キラーを飲まなかったおかげで、猫へのいたずらを思いつくほどまでに心身が回復したのである。

【ベッキーに侮蔑される】

本章で重要なのは、トムがおこなう空想の質が変化したことだろう。マフ・ポッターへの同情心がわいたのもその一つだが、これまでの「自分が死んだら(あるいは殺されたら)どうなる」というポリーおばさんなどを困らせる利己的な内容から、「ベッキーが死んだらどうなる(What if she should die!)」という利他的な内容へと変わったのである。休校中のベッキーの病は、ポリーおばさんやメアリーのように墓地の殺人の心理的な影響ではなく、別な女性であるエイミーと婚約をしていたトムの裏切りによってもたらされたのは明白なのだが、自分が原因となった、とトムは気づいていないのである。それが次の試練となっていく。

トムの恋の病の特効薬となるのは、ベッキーの姿を見ることなのだが、そのために遅刻や欠席の常習犯であるはずのトムが、学校が開く前から校門付近でうろうろとするという不審な行動をとっていた。シドでなくても異常な行動だと察知できるはずである。病気が治って学校に復帰したベッキーの前で、トムは喜びのあまり「インディアンのように」逆立ちなどする。ベッキーのような女性が喜ぶかどうか、トムには判別がつかないので気を引こうとしたが、「偉そうにしている」とかえって侮辱されてしまうのだ。トムのとった行動は、ペイン・キラーを飲まされて猫のピーターが暴れたのとあまり変わらないのである。

本章の冒頭で、トムは自分から離れていくベッキーのことを「口笛を吹いて解き放ち、風に任せよう」と考えた。これは『オセロ』の三幕三場の台詞からの引用である。黒人と同一視されてきたムーア人の将軍オセロが、部下のイアーゴに妻のデズデモーナとキャシオとの関係をほのめかされて、しだいに嫉妬に狂う転換点となる独白の一節である。狩猟用の鷹の足緒を外して、自由にする決意を述べたものだ。この後第18章でベッキーとの間に生じる新しい三角関係(どころか四角関係)の予告でもあるし、トムの作戦もどうやら次の段階に進む必要があることを示している。しかも、引用の続きで、トムはオセロと同じくベッキーを自由に羽ばたかせて忘れてしまうことに「失敗した」とあるのだ。

ロミオとジュリエットも、オセロとデズデモーナも親には秘密に結婚の約束をした者たちであり、それゆえに悲劇へと進んでいく。しかも、デズデモーナに語ったのは戦場での活躍や自分の半生であり、愛の言葉や恋の手管は使っていない、とオセロは彼女の父親に述べていた[一幕三場]。トムが相変わらずサーカスのピエロ志願のときのまま、逆立ちやトンボ返りなどの身体的な誘惑をしたのでは、ベッキーは振り向いてくれない。オセロがオスマントルコの大軍に地中海での海戦で勝ったように、本物のカリブの海賊となって、本物の冒険の物語をベッキーに聞かせて、うっとりさせるしかないのだ。こうしてトムの失意はそのまま決意へとつながるのである。

◉第13章「海賊たちの船出」

【あらすじ】

トムは海賊になる決意を固める。途中で出会ったジョー・ハーパーが隠者になろうとしていたのを説得し、海賊稼業を選ばせ、ハックは自分の身分に興味はなかったので、仲間に加えた。夜中に、三人は家から食料などを調達して、村の上流につないである筏のところに集まり、それを盗んで下流のジャクソン島を目指したのである。トムは川の上から寝静まっているセント・ピーターズバーグそしてベッキーへの別れを告げる。夜中の二時に島に到着すると、二人は焚き火をたいて好きなものを食べるのだ。だが、トムとジョー・ハーパーは盗んできたという良心の呵責で寝られず、略奪をしない海賊という自分たちの目標を決めてようやく安心して眠るのだ。

【海賊とは何か】

トムは、ベッキーに侮蔑されて海賊になると決意を固める。そして、「誰も愛してくれる者がいない」という結論に達し、学校の鐘の音を背にして校舎から離れていく。だが、死のうとは思っていないことが、これまでの想像力の働かせ方とは異なっている。メドウ・レーンを歩いていると、母親に理不尽に叱られて、家出をし「隠者」として洞窟で死のうと思っていたジョー・ハーパーと出会い、隠者ではなく海賊という犯罪者として一生をすごそうと意見が合うのだ。

海賊となる決意をトムとジョー・ハーパーがするとき、「ただ一つの考えをともにする二つの魂」という引用が出てきた。これは、『野蛮人インゴマール』という古代のマッシリア(マルセイユ)を舞台にした劇に登場する歌の一節だった。オーストリアのフリードリヒ・ハルムによる一八四二年の劇『野生の息子』をイギリスの女優が訳して上演し、アメリカでの初演は一八五一年のことだった。第二幕で、父をとらえた野蛮なアレマン(ゲルマン)人の族長インゴマールと恋に落ちたパルセニアが、彼女の母から教わったとして聞かせる歌の一節で、「二つの心臓は一つとして鼓動する」と続くのである。恋の歌なのだが、ベッキーを失った今、トムにとって腹心の友であるジョー・ハーパーがそれほど愛しい存在となったのである。

しかも、一八六三年十一月には、マーク・トウェイン本人があらすじを紹介する形で一種の「濃縮小説(condensed novel)」を書いている。野蛮なアレマン人を先住民のコマンチ族と呼び、この「ただ一つの考えをともにする二つの魂」も引用されていた。この劇は、野蛮に見えたゲルマン人が、女性の美徳によって心変りする話だが、ある意味で『オセロ』の主題の変奏でもあるので、第12章の引用の続きともなっている。

インゴマールの劇が当時広く知られていたことは、ウィリアム・C・フォークナーによる『メンフイスの白い薔薇』(一八八二)の冒頭の仮装舞踏会で、重要な人物がインゴマールに扮していたことでもわかる。ウィリアムは有名なノーベル賞作家のフォークナーの曽祖父にあたるのだが、作品は殺人ミステリーで、舞踏会にはロビン・フッドと関係の深いアイヴァンホーに扮した人物も登場する。インゴマールはコスプレでの人気も高かったようで、それだけ知られていた証拠となる。一九〇八年には、動物作家のシートンがシナリオに参加したグリフィス監督の短編映画も作られたのだが、残念ながらフィルムは現存していない。

さらにトムとジョー・ハーパーは、自分の地位や身分に無関心なハックを海賊仲間に引き入れた。三人は夜中に落ち合う約束をするが、周囲に黙って行方不明になったわけではない。午後には「何かが起きる」という噂を広め、その何かを知りたい相手には「黙って、待っていろ」と念を押していた。大きなイベントを仕掛ける際の煽りの手法を採用していたのだ。海賊デビューをするために彼らは準備をしてもいたので、単なる衝動的な家出ではないのである。

落ち合ったときにトムは「カリブ海の黒い復讐者」と名乗るが、ハックは「血塗られた手(the Red-Handed)」、ジョー・ハーパーは「四海の恐怖(the Terror of Seas)」とトムによって決められていて、全員の合言葉は「血(blood)」だった。夜中にうなされてトムが口走っていた言葉が、ここでは積極的な意味をもつのである。トムやハックのあだ名は、どちらもネッド・バントリンによる一八四七年のダイムノベルに基づくとされている[the 135th: 266]。バントリンはのちにバッファロー・ビルなどの友人となり、実在する西部の無法者を紹介する作家となる。

トムがもつ海賊のイメージは、ロビン・フッドと同じく読み物に由来するのだが、「海賊は何をしなくちゃならないんだ」とハックは質問する。それに対して、トムたちは、船を奪って燃やし、金を略奪し、女を連れてくるが殺さない、と返答する。ところが、ハックが寝てしまうと、「汝盗むべからず」という聖書の教えが、トムとジョー・ハーパーを苛むのである。そこで反省をして、盗みをしない海賊という姿を思いつくのである。こうして略奪者から自給自足の島の生活者へと変化することで、トムは、殺害されたロビンソン医師の事件から逃れる代わりに、ロビンソン・クルーソー的な冒険をしようと考えるのである。

【海とミシシッピ川】

筏でジャクソン島へとたどり着くために、上流から乗らなくてはならないのは、川の流れを知っている者の常識だろう。流れに逆らうことは難しいのだ。夜中に筏のところで仲間と落ち合う以前に、トムの目の前に広がっていたのは「星あかりで、静かだった。巨大な川が海のようにひっそりと横たわっていた」とある。

カリブの海賊は見立てではあるが、トムたちは海賊船として、第2章でベン・ロジャーズが物まねをしたような蒸気船を所有することはできない。そこで丸太の筏を失敬して使うのだが、第3章でトムがベッキーへの物思いにふけった川辺でも丸太の筏は登場していた。トムは仲間たちと一緒にジャクソン島へと向かうために流れていく筏を帆船に見立てて、「最上檣帆《さいじょうしょうはん》まですべて帆をあげろ」とか「六人ばかり上がれ」など声をあげて指図をして盛りあがったが、筏にそんなものは存在しない。あくまでも海賊船ごっこだった。

けれども、ミシシッピ川を海に見立てることは、単なる比喩ではなかった。トムたちにとって対岸のイリノイ州は海の向こうのように、自分たちの日常生活とは隔絶した世界でもあった。しかもミシシッピの西側が西部と考えられていたが、それがどこまでの範囲なのかを規定する上で、海岸線が重大な意味をもっていたのである。

ミズーリ州の農場主で、準州だった一八一五年から上院議員を六期務めたトマス・ハート・ベントンは、一八四六年六月の上院議会で、三日間にわたりオレゴン準州を狙っているイギリスの野望を阻止するために、ただちに併合する必要があると熱弁を振るった。ベントンはトムが考える世界で最高の男でもあった[第22章]。ベントンの最終の演説が「マニフェスト・ディスティニー」を具体化したものとして知られる。議会の速記録を読むと、ベントンの主張の過激さがよくわかる[Congressional Globe, 29:1 (1846): 917-18]。

敵国イギリスが冬季には凍るカナダのハドソン湾からウィニペック(グ)湖を利用し、ロッキー山脈を迂回して、コロンビア川を下り、東インド会社のあるインドへの航路を目指しているのだとみなしている。しかも途中でミズーリ川を下ってミシシッピ渓谷へと攻めてくるかもしれない、とも脅すのである。太平洋岸を確保して、対岸のアジアとのつながりを樹立するためにも、オレゴン準州をイギリスに渡してはならないのだ。しかもそれはロッキー山脈にまで、先端をのばした白人というコーカサス系民族(とりわけケルト―アングロ―サクソン族)の責務でもあると主張する。どこかコーカサス山脈とロッキー山脈が重ねられている節もあるし、敵国のイギリス人こそコーカサス系民族ではないかという疑問も残る。

ベントンは、西部をミシシッピ川と太平洋とに挟まれた一帯と考え、そこへ入植する「マニフェスト・ディスティニー」と「ホームステッド」の考えを提唱していた。南北戦争中の一八六二年にリンカーンがホームステッド法を制定し、戦後になって西部開拓が本格化した。地元選出のベントンの考え方が影響を与えた。さらに、のちに大統領となるセオドア・ローズベルト(ルーズベルト)が、ベントンの評伝を一八八六年に書いた。ローズベルトはマンハッタン生まれだったが、西部での生活に鍛えられたと自認していて、この地を重視し、ベントンを西部の代表的な意見の持ち主とみなしたのである。

しかも、ベントンはこの演説のなかで人種の色分けを優劣と直結していた。黄色いアジアのモンゴル系をもちあげ、黒いエチオピア系、褐色のマレー系、赤いインディアンはその下だと断定する。とりわけ、アメリカ先住民が文明を拒否したからこそ、東海岸では滅亡したのだとみなす。そしてモンゴル系も含めたそれらすべてよりも、白人は上だと豪語するのである。ベントンの演説に黄禍を警戒する様子がないのは、太平天国の乱を逃れて大陸横断鉄道の建設のために多くの中国人労働者が到来するのは、演説よりもあとの一八五一年以降のことだったからである。

ベントンが熱弁をふるったおかげで一八四八年にオレゴン準州はアメリカ合衆国に編入され、北太平洋でのアメリカ合衆国の覇権は確かなものとなり、同時に人種に対する見方や価値づけが固定されてしまったのだ。ベントンを地元選出の上院議員として最高の政治家だと考えているトムたちが、この枠組を受け入れていたのは間違いない。

トムが海賊を選択したときに、「軍人、インディアン、海賊」と連想したのは、当時読まれていた冒険物のダイムノベルに出てくる英雄像から選んだに過ぎないのだが、そのまま西部においてぶつかる暴力の担い手が示されている。なかでも、軍人とインディアンはホームステッド法下の西部開拓において衝突する二大勢力となった。

ところが、海賊も大西洋やカリブ海だけを根城にしていたのではなく、太平洋とも無縁ではないのである。一八七〇年には、メキシコの海賊船を掃討するためにシナロア州のテアカパンを太平洋小艦隊が攻撃する「ボコ・テアカパンの戦い」が起きた。一八四六年の米墨戦争以来のアメリカ軍の海上での勝利であり、これが太平洋艦隊の設立へとつながっていく。トムが海賊にならないのならば、海軍という手もあるはずだが、海軍兵学校がメリーランド州アナポリスに設立されたのは一八四五年であり、サッチャー判事の頭にはどうやらその選択肢は入っていなかったようだ[第35章]。

【キャンプファイヤー】

筏に乗って、セント・ピーターズバーグの前を通り過ぎるとき、「二つ三つのきらめく灯りが村の横たわる場所を示していたが、星が散らばる水面のむこうで、平和に眠りこけていた。今起きているとんでもない出来事を知るよしもないのだ」とされる。トムは、そこに眠る「彼女」のことを思い浮かべるのだ。ロマンティックな別れが、灯りと星の二重の光のなかで美しく描かれる。

トムたちが島に上陸してから、家から失敬してきた食べ物を調理し、ハックがタバコを吸うためには、火が必要だった。そのために筏に乗る前に、他の筏から燃えさしをこっそりと盗んできていた。「そのころマッチがまだ普及していなかったから」と説明がある。黄燐マッチは一八三〇年に登場して、どこで擦っても頭の発火剤が燃えて点く「ルシファーマッチ」と呼ばれた。手軽だが火事になりやすい代物であった。洞窟にもぐって金貨を探すときに、トムはハックにルシファーマッチの調達を依頼していた[第33章]。ベッキーといっしょの闇のなかで、普通のマッチを点けるのに手こずった体験のせいである。

ジャクソン島に夜中の二時に到着し、筏にあった古い帆布をテント代わりにする。そして火種を移して焚き火をたて、フライパンでベーコンを炒め、トウモロコシパンも食べてしまう。ハックはコーンパイプのためのトウモロコシの芯とタバコの葉を手に入れてきて、食後に一服するのもキャンプファイアーの楽しみだった。

そもそもキャンプとは軍隊の野営を指す言葉である。焚き火の周りを皆で囲むのは、軍隊からの伝統でもある。西部劇などで、カウボーイやアウトローたちが、トムたちのように、ベーコンや肉を焼き、コーヒーを飲んで、ウィスキーを口にする。子どもなので、ハックが吸うタバコが精いっぱいだった。

また、ボーイスカウト運動の創始者であるロバート・ベーデン＝パウエルが書いた『少年のための斥候術』(一九〇八)には、アメリカ側の責任者でもある動物作家のシートンによる著作からイラストなどで先住民の知恵がたくさん引用されていた。たとえば、小屋用、社交用、狼煙用、料理用という四種類の火の区別、マッチがないときに弓を使って木を摩擦して火を起こす方法や、パンの焼き方などの調理法が紹介されていた。ボーイスカウトやガールスカウトの活動や、各種のサマーキャンプを通じて、子どもたちはキャンプファイヤーの手順や楽しみを知るのである。しかも歌などのパフォー

『トム・ソーヤーの冒険』
初版本の挿絵。

マンスがつきものだった。だがその知恵をもっていたはずの先住民たちは、一八九〇年のフロンティアの消滅以降は、完全に居留地に閉じ込められてしまっていた。

少年たちが学校や家の束縛を離れて、屋外で気ままに過ごすのは夢であり、このジャクソン島でのキャンプファイヤーの場面は原型として繰り返し使われてきた。たとえば、スティーヴン・キングの「死体」(一九八二)は、そっくりこの場面を利用している。親に黙って家出をした四人の子どもたちが、夜になるとキャンプファイヤーを囲んで他愛もない話をする。しかも、ホラーやミステリーといったダイムノベルを頭に詰めこんだ主人公のコディが創作した話を聞かせるのである。

キャンプファイヤーは物語が生まれる原初的な場所でもある。ロビン・フッドや海賊の話を聞かせて、あれこれと指南をするトムが、将来のマーク・トウェインであるように、物語を聞かせるコディはもちろんキング自身なのである。ファンタジー作家のアーシュラ・K・ル＝グウィンは、夜の闇に背を向けてキャンプファイアーの周りに集まることが、太古から物語生成と継承の場であると指摘している[Le Guin: 187-196]。そうした場面の原型として『トム・ソーヤーの冒険』のキャンプファイヤーがあるのだ。

キングの小説を映画化した『スタンド・バイ・ミー』(一九八六)では、原作の東部のメイン州ではなく、西部のオレゴン州へと舞台が移された。まさにベントンが熱弁をふるって、西部への帰属、ひいてはアメリカ合衆国への帰属を強く訴えた土地である。ロブ・ライナー監督が西部の物語へとすんなりと置き換えることができたのも、そもそもキングがトウェインによる『トム・ソーヤーの冒険』で語られていた西部の物語にあこがれて、東部のメイン州の森で実現したのを、元の西部の土地へと奪い返した、ともいえるのである。

◉第14章「楽しいキャンプ生活」

【あらすじ】

朝になってトムが目を覚ますと、ハックたちは眠っていた。トムは鳥や虫たちが活動する様子を眺めていた。三人で島の探検をし、筏が流されて孤立したことを喜ぶが、しだいに物憂くなってくる。そこに小型蒸気船から水死体を浮かび上がらせるために水中に向かって大砲を射つ音が聞こえてくる。村人たちが自分たちを探していると知り、彼らは英雄気分になるのだ。ホームシックになったジョー・ハーパーをなじりながらも、トムは様子を見るために、ハックたちにはないしょで夜中にセント・ピーターズバーグへと戻る決心をする。

【トムの自然観察】

他の海賊たちが眠っている間にトムはそっと起きて、鳥のさえずり、さらにキツツキの音を聞く。

そして尺取り虫、アリ、てんとう虫、コガネムシを観察し戯れる。そこにモノマネドリやカケスが鳴き、さらに灰色のリスやキツネリスが姿を見せ、蝶までが飛ぶのである。人を知らないので恐れない自然の生物たちであり、朝が明けていく風景をトムは独り占めする。

トムはてんとう虫に向かって、『マザー・グース』にも採られた「てんとう虫、てんとう虫、お家へ飛んでいけ。お前の家は火事で、子どもはみんな死んでいる」という歌を歌う。そしててんとう虫が飛んでいくのを確認するのだ。これには「小さなアン」だけが生き延びているという続きがあるのだが、トムは知らないのかもしれない[Opie & Opie: 308-9]。

また、丸いフンを転がす糞虫の一種であるタマオシコガネ(tumble bug)は、エジプトではスカラベとして知られていた。黒い色をしているのだが、時に金属の色を発するものがある。黄金色に変えた虚構のスカラベを扱ったのが、ポーの「黄金虫」(一八四三)だった。『トム・ソーヤーの冒険』にも大きな影響を与えたとされ、サウスカロライナ州のサリバン島で、カリブや大西洋岸を荒らした海賊キッド船長が財宝を隠した暗号を解読する話だった。

ジャクソン島はミシシッピ川にあり、海から遠く離れている。ところが、トムは刺激を与えるために「この島には海賊が埋めた宝がある」とハックたちをそそのかしたが、彼らは気乗りがしない[第16章]。トムがずっと心に秘めていた秘密だと説明されるが、雑誌でポーの作品を読んでいたと想像すると興味深いものがある。

トムは噛みつき虫つまりクワガタから、ハックからもらったダニまで、いたずらの材料となる虫を空き缶に入れて持ち歩いていた。こうした昆虫への関心はハックもジョー・ハーパーも共有している。

だが、この島では、トムは捕まえるのではなく、てんとう虫やコガネムシから蝶までをあくまでも観察し、好奇の目を向けるにとどまるのだ。

自然の音に満ちるなかでトムが夜明けを感じる様子が描かれるが、それは第2章の冒頭の朝とは異なる。そこではバニヤンや聖書といった宗教的な教えに満ちていた。また、第8章のトムが海賊となる決意をした森は、学校から見えない場所に位置していたが、遊び場の延長であり、セント・ピータースバーグの一部だった。そうした自然とは異なる原初の自然がここに描かれているのだが、静寂が畏怖を感じさせるものとして押し寄せてくる。トムは生態系のなかでの自分のあり方を意識してもいる。

これとは対照的に『ハックルベリー・フィンの冒険』で自然描写が少ないのは、人間関係が中心となる物語であり、一人称の語り手のハックの興味関心から外れるせいである。その第1章では、フクロウの声は死人、ヨタカと犬の声は死のうとする人のことを告げるとされ、さらにハックはクモを殺してしまったことを不吉な予兆とみなしている。ハックにとって動物や昆虫はどれも擬人化されているだけでなく、アレゴリーとして何かを告げている存在だからこそ価値をもつのだ。

【水浴びと溺死体】

トムたちは自由に水浴びをして、一時間ごとに泳いだりする。これはトムがポリーおばさんから施された「水療法」と対比されている。治療ではなく、ミシシッピ川で水泳をすることは、そもそもトムが学校をさぼってもやりたい好きなことであり、水が健康回復の効果を発揮したのである。しかも、自分たちで川からバスやパーチやナマズを釣って、調理すると美味であるのを発見する。淡水魚はすばやく料理をするとおいしいとか、野外での睡眠や活動や水浴びや空腹が最高の「ソース」であることを彼らは知らない、と説明されるのである。

ここでは、キャンプ、とりわけサマーキャンプの効能がうたわれている。キャンプ場は都会生活をする者がリフレッシュするために一時的に滞在する場であり、自然での生活が心身を鍛えて食欲も増すのである。これはのちにアメリカでも盛んになるボーイスカウトなどの理念とも合致する。アメリカで一八八一年に最初のサマーキャンプがおこなわれたのは、ニューハンプシャー州のスコム湖にあるバーント島だった[Paris: 17]。『トム・ソーヤーの冒険』が発表された五年後である。当時ダートマス大学の二年生で、のちにこの地の牧師となるアーネスト・ボルチは、島がもつ自然に子どもたちを鍛える場を見出したのである。

だが、とりあえず島の探検を終えてしまうと、イベントもない生活には、すぐにも退屈や寂しさが入り込んでくる。一時的にトムたちの退屈が吹き飛んだのは、小さな蒸気船からの大砲の音とその姿を目撃したからである。自分たちの捜索がおこなわれ、溺死したと思われているとわかる。砲弾を射ち込んで、溺死体の内臓を破裂させて、水面に浮上させるという原理に基づいていた。しかも『ハックルベリー・フィンの冒険』の第8章に、同じような話が出てくる。

章の冒頭のてんとう虫の歌には「子どもたちはみんな死ぬ」と不吉な歌詞があり、死んだふりをするタマオシコガネというコガネムシが出てくるのもどこか暗示的だった。海賊になるために家出を決行したが、トムたちは失踪する前に、大変な事が起こるという予告を周囲に吹聴してきた。ところが、人々はトムたちが海賊になったからではなく、溺死の話で騒いでいるのだ。それでも構わないのは、世間をあっと言わせて大騒ぎになればネタは何でもよい、という心理が働いているせいである。これは世間をかつぐ「ほら話(hoax)」につながるのである。

【ホームシックとトム】

寝ている間に筏が流されていたことで、三人は島にいるのが自分たちだけだと確認する。自由な冒険を保証してくれるが、実際には「何も目新しいものがない」ので、一種の退屈さを招くのである。島の自然のなかでは、社会的な事件が何も起きないので、変化を求める気持ちがわいてきた。

そして、文明のある本土と切り離された途端に、「ホームシック(homesick)」に襲われるのである。トムやジョー・ハーパーだけでなく、「浮浪児」であるハックでさえも、寝座にしている軒下や空き樽が恋しくなる。海賊志向にもかかわらず彼らがかかる「郷愁の病(heimweh)」とは、十八世紀のスイスの傭兵たちが故郷に感じたものだが、英語に翻訳されてたちまち広まった。

ところが、里心がつくためには、「家」が必要となる。トウェインの姪の娘であるジーン・ウェブスターによる小説『あしながおじさん』(一九一二)で、孤児院育ちの主人公のジュディは、大学の寄宿舎に入って個室を与えられたので、うれしくてたまらなくなる。ところが、第一夜に、同級生のサリーはホームシックで眠れないので、ジュディのところにやってきて苦しさを訴える。それに対して、自分の家をもたないジュディは、「孤児院シック(asylum-sick)」なんて聞いたことない、と笑ったことをおじさんに報告するのである。

トムたちも滞在一日で音を上げるくらいなので、どうやらサリーの仲間のようだ。ジャクソン島は長く滞在する場所ではないし、海賊の生活とはそもそも自然のなかで生きることではない。じつは仲間との友情だけでなく、襲撃するライバルの船や略奪する富や宝をもった町を必要とする。つまり海賊生活は人間臭さにあふれている。トムとジョー・ハーパーが考えた「盗みをしない海賊」というのは矛盾している。社会的な生産をしない海賊は、社会に寄生してしか存在できないのである。

気ままな稼業に見える海賊生活だが、じつは勤勉さが要求されるのだ。スティーヴンソンの『宝島』のフリント船長の宝探しでも、主人公のジムが手に入れたのは宝島の地図だけではない。あちらこちらで略奪した宝を記録し計算した表がいっしょにあった。この計算表が存在していたので、島に隠された宝の評価額がおおよそつかめたのである。無人島のロビンソン・クルーソーの生活も、決して気ままなものではなく、難破船から持ち出した品物の点検から、生活の収支決算までなされていた。

ソローの『ウォールデン』も、冒頭は「経済」の章であり、一人暮らしの年間経費の計算から始まったように、孤独になるのにも、それを維持するのにも、計画や下準備が必要なのである。決していきあたりばったりの生活をしているわけではない。その意味で、西部の山奥でビーバーの狩猟のために大半を過ごすマウンテンマンのような孤独な暮らしさえ、トムたちにはできそうもないのである。

ジョー・ハーパーがホームシックをほのめかすと、弱さを見せてはいけないとする男どうしの暗黙の了解のもとで、帰宅するという選択は撥ねつけられた。架空の海賊船の船長であるトムは、実際の船でも起きる「叛乱(mutiny)」を抑えなくてはならなかった。十八世紀に太平洋で起きたイギリス船バウンティ号での船員の叛乱はすでに知られていた。船を乗っ取られたブライ船長は救命艇で逃げ出したが、船そのものは最終的に海図にない島へとたどりつき、乗組員はそこで暮らしたのだ。そんな大規模なものでなくても叛乱は起きる。しかも、三人というのは、何かのきっかけで多数派がすぐに入れ替わる点で、二人組のバディよりもあやうい関係なのである。

トムは、夜中にジャクソン島から抜け出すが、その際に文字を書きつけた木の皮を、文字が読めるジョー・ハーパーのそばに残しておいた。叛乱を制圧できるかどうかという、トムのリーダーの資質が問われていた。セント・ピーターズバーグの少年たちを二分する陣営の一方の指揮官として、ジョー・ハーパーとの違いを示す必要があったのである。

◉第15章「そっと家に帰る」

【あらすじ】

トムはイリノイ州側へと泳いで渡り、フェリーにこっそりと乗り込み、最終便でセント・ピーターズバーグの村へと戻った。そして誰にも見つからないように、家へと入り込み、ベッドの下から様子をうかがうのである。テーブルに座って、死んだと思いこんでいるトムたちの思い出をポリーおばさんやジョー・ハーパーの母親は語っているのだ。日曜日に葬式がおこなわれると聞きつけ、おばさんが寝静まったあと、キスをしてその場を去る。そして元のコースを小舟でたどって、ジャクソン島へと泳いで帰るのだ。朝食前にトムはハックとジョー・ハーパーに「戻ってきた」とあいさつをして、三人は再び合流する。

【ミズーリ州側とイリノイ州側】

ジャクソン島にたどりつくために利用した筏は流されてしまったので、トムが自分の家へとこっそりと戻るのには使えなかった。そこでまずはイリノイ州側へと泳いで渡るのだ。現在は道路用のマーク・トウェイン記念大橋がかかっているが、当時は小型蒸気船のフェリーがミズーリ州のハンニバルと、現在のイリノイ州のイースト・ハンニバルの間をつないでいた。トムは往復のためにこれを利用する。

セント・ピーターズバーグからすぐには泳いでいけないほど遠いからこそ、ジャクソン島は子どもたちの遊び場ともならずに、無人の島でありえた。ミシシッピ川を横切るには、蒸気船のフェリーでも「十二分から十五分かかる」とあり、とても自力で泳いで渡れそうにない。ビル・ターナーが溺れたという話が第14章に出てきたように、ミシシッピ川に流されて死亡するのも珍しくないのである。

そして、フェリーにつながれた小舟に乗り込み、トムは夜中の十時の最終便によって、対岸のセント・ピーターズバーグへと運ばれていった。トムがハックたちのもとへと戻ってくる際も、フェリーにつないであった小舟を失敬して、川上に漕いでいき、ミシシッピの流れを計算して、対岸のイリノイ州側の船着き場に到着する。小舟を盗むと大事になるので、そのままにして、森のなかで休息してから、朝の川を泳いで島へと渡ったのだ。

ミシシッピ川の両岸をむすぶフェリーとなったのは、外輪のある小型の蒸気船だった。それとは別に、第2章でベン・ロジャーズがなりきり演じた「ビッグ・ミズーリ」号は、ミズーリ号という実在の蒸気船がモデルとされる。八百トン以上ある大型船だったが、一八六九年にミシシッピ川の支流の一つのミズーリ川で沈没した。

こうした大型の蒸気船の沈没事故は頻繁にあり、数百隻がミシシッピ川やその支流に沈没している。海賊の宝ではないが、沈没船にあった食器などが、現在でも発見されることがある。一八五六年に樹木と激突して沈没したアラビア号は、一九八八年に泥の下から掘り出され、現在はカンザス・シティに博物館が作られている[https://www.1856.com/]。

事故の理由の一つはミシシッピ川で洪水がたびたび起きたせいである。しかも船を沈没させるだけでなく、増水によりさまざまなものが流されてくる。『ハックルベリー・フィンの冒険』でも、材木筏や家が流されてきて、ハックとジムは生活に必要なものやお金を手に入れることができたのだ[H第9章]。

また、船の爆発事故もよくあった。一八五八年六月十三日に、四百トンクラスの貨物船「ペンシルヴァニア号」が、テネシー州のメンフィスで、ボイラーの爆発事故で沈没した。トウェインが数日前まで乗務していて、クビを切られたせいで下船していて命は助かった。だが、この事故で下働きをしていた弟のヘンリーが亡くなってしまう。このヘンリーこそはシドのモデルになり、トウェインが溺愛していた人物なのである。

【演劇的な設定】

トムが自分の家に潜り込むという展開には、演劇それも喜劇的な舞台設定がなされている。テーブルがあり、周りにはポリーおばさんをはじめ関係者が並んで座っていて、そばのベッドの下に当事者であるトムが潜り込んでいる。しかも、トムは全員の足に触れないように注意を払いながら、距離をとって動き回る。こうしたトムの行動が舞台上で演じられたならば、観客席から見ると笑いが起きるのは間違いない。

『トム・ソーヤーの冒険』の原型として「男の子の手記（Boy's manuscript）」という一人称の語りの日記体のものが残っているが、冒頭の三百語ほどの部分は欠けてしまっている。エイミーなどの名前も出てきて、エピソードも重なっている。そうした初期の形態のひとつに演劇もあった。第1章の冒頭部分の手書き原稿はこう始まっている。

〈一幕一場〉

村の小さな家で裏戸から庭が見える。衣装だんすとありふれた家具。五十歳の老婦人が安物だがきちんとした身なりで、眼鏡をかけて、編み物をしている。

ウィニーおばさん　「トム！」（答えがない）「トム！」（答えがない）」[the135th: xviii]

ここではおばさんの名前がポリーではなくてウィニーだったとわかるが、場面はそのまま流用された。言葉の応答による室内劇として構想されている。ト書きの部分を詳しく書き込むことで小説化したようにも読みとれる。劇では説明しきれない伊達眼鏡についての記述などが追加されると、一種のノベライゼーションとなる。

しかも、劇の著作権を登録して確保するために一八七五年にはトウェインによる梗概が書かれた。ほぼ小説の展開をなぞっているが、大人になったトムが将軍として凱旋してくるというエピソードが付け加えられている。また、トウェイン本人による一八八四年に完成した四幕の演劇版も残っている。こちらは、グレイシー・ミラーとエイミー・ローレンスが対話をするところから始まる。最後にトムがエイミーとベッキーの両方と結婚したい(!)とポリーおばさんに申し出ると、「本当に結婚したいのかい」と耳を引っ張り上げられて、トムが取り消すところでカーテンが降りるのだ[Blair: 243-324]。

さらに、一八八七年に旅回りの劇団のマネージャーから、出版から二十年を経過し演劇化する自由があるので劇を制作し、ついては作者の名前を借りたいし、初演に招待するという手紙を受け取る。当初次のような返信を書いたのである。「あなたは申し出の第一三六五番目の方です。作者である私を含む、あなたよりも感じがよくて巧みな一三六四人がトム・ソーヤーの「演劇化」に挑戦し、達成できなかったのに、どんな舞台をあなたは打ち立てられるとお考えなんですか。あれはですね、演劇に出来ない代物なんです。他の讃歌を演劇にするならまだましかもしれません。トム・ソーヤーは讃歌そのものなんですよ、世俗の雰囲気を与えるために散文形式にしたね」[Paine: 258-9]。

かんたんに演劇にできると考えている相手に、トウェインはかなり辛辣に演劇化を否定してみせた。さらに、ハートフォードからサスケハナまで四百三十二マイルも離れているのだから、交通費にまず四万三千二百ドルを前払いしてくれなどと述べている。けれども、この手紙は未投函のまま終わり、実際にはトウェインは事務的で短い手紙を出しただけだった。ここで、演劇化できないことをトウェインは力説するが、「讃歌」という作品の内容と、「世俗の雰囲気」を取り込むために「散文」という形式をとったので難しいと指摘している。それでも、室内劇的な構成はあちらこちらに見当たり、当初の演劇を目指していた名残がある。その一つがこの章の設定なのである。

トムのように他人が自分についての噂をしているのを盗み聞く展開は珍しいものではない。十八世紀のイギリスの風習喜劇などでは、室内の衝立やカーテン越しに盗み聞きをして、事を有利に進める設定がよく使われる。シェイクスピアの『ハムレット』でも、オフィーリアの父親は、カーテンの陰に隠れて盗み聞きをしているところをハムレットに義父と誤認されて殺害されてしまった。そうした舞台上の盗み聞きの構造と似ている。キャラクターがもつ情報量の違いによって、その後の優劣が決まるのである。

葬式を前にして死者の思い出を語るのは、本来は厳粛な行為のはずである。ポリーおばさんは、生前(?)のトムに対する行為を、ジョー・ハーパーの母親は息子に対する言動を悔いる。そして「ヨブ記」の第一章の「主が与え、主が取られたのだ。主のみ名はほむべきかな」という言葉を口にする。サタンによって身内におこなわれた数々の悪行を、ヨブは神の思し召しと納得するのである。メアリーはもちろん泣いている。シドさえも最初は憎まれ口をきいていたが、ポリーおばさんにたしなめられ、悲しみの思いに浸るのである。けれども、トムが生きていることを読者は知っているおかげで、彼らの悔やむ言葉や態度さえも相対化されてしまう。

ポリーおばさんたちはテーブルに集まって、トムとジョー・ハーパーの思い出を語っているのだが、もしも死者としてトムやジョー・ハーパーの声を聞こうとすれば、これはスピリチュアリズムの交霊会の様子にも似ている。一八四八年にフォックス姉妹によって始められ、たちまちヨーロッパなどでも流行した。これが詐欺なのか、真実なのかを巡っての議論もあった。

トウェインは、『ミシシッピ川での生活』第四十八章で、マンチェスターという霊媒による友人と死者との質疑応答を書きとめながら懐疑的な態度を保っていた（後年は、クリスチャン・サイエンスやスピリチュアリストへの関心や興味が深くなって意見も変わってしまう）［Fishkin: 83］。死者とみなされているトムがこの場で声を出した瞬間に、厳粛な雰囲気は壊れてしまうのだ。実際、トムはポリーおばさんの言葉に感激したあまり飛び出してしまおうとさえ考えるが、押しとどまる。その緊張感がおかしさにつながっていた。

【バーレスクの手法】

トウェインはバーレスクの手法を自家薬籠中のものにしている。バーレスクとは、真剣なものを笑いのめし、パロディや捩《もじ》りをすることである。この場合は聖書の句まで引用している場面に、トムが足下に潜んでいるせいで、悲劇的な要素が消えてしまうのである。フランクリン・ロジャーズは、古典的な研究である『マーク・トウェインによるバーレスクのパターン』（一九六〇）で、ディケンズやフィールディングからの影響を明らかにした［Rogers: 9］。ロジャーズは、フィールディングやオースティンやサッカレーといったイギリスを代表する小説家が、若い頃には先人のパロディのような喜劇的な作品を書き、それからシリアスな作家へと転身していった系譜のなかにトウェインを入れる。とりわけ『トム・ソーヤーの冒険』には、バーレスクの始祖とされるフィールディングの『ジョセフ・アンドリューズ』（一七四二）からの借用があると明らかにする。

トウェインの小説には、アメリカの南北戦争後の「悪ガキ物」の流行だけでなく、イギリスの悪漢小説やディケンズなどの悪党の造形も入っているのである。しかも、フィールディングもディケンズも演劇に取り憑かれた作家だった。演劇評などを担当し演劇通であるトウェインが、自分の小説の造形に、室内への人の出し入れで展開を進める演劇的な手法を利用しないはずもなかった。

ポリーおばさんの反省と生前のトムを持ち上げる言葉がもつ「劇的な派手やかさ(theatrical gorgeousness)」のせいで、トムは感激のあまりすぐにも顔を出したくなってしまった。けれども、ぐっと心を抑えて我慢をし、ポリーおばさんが眠りにつくと、自分が生きている証拠となる木の皮に書きつけたメモを残すのも断念して、壮大ないたずらを思いつくのである。そして、キスをして我が家を去っていったのだ。島に戻るとハックとジョー・ハーパーはトムが約束を守って戻ってくるのかを議論している最中だった。トムが満を持して姿を見せるのは「すばらしい劇的な効果とともに(with dramatic effect)」なのである。戻ってきたトムを囲んで、ハックたちはベーコンと魚のぜいたくな朝食を食べながら、その誇張された冒険譚を聞くことになった。

この章には演劇由来の小説がもつ誇張に満ちた表現があり、挿絵の題材にふさわしい場面が設定されている。初版のトゥルー・ウィリアムズによる「トムが見たもの(What Tom Saw)」と題された挿絵がある。ロウソクの明かりの周りにおばさんたち四人が集まって話をして嘆き悲しんでいる様子が描かれている。だが、トムはベッドの下に潜り込んでいて、足元しか視界に入っていないので、実際には見るのは無理である。神の視点とも呼ばれる三人称の語りのおかげで、作家はカメラを好きな位置に設定できるのだ。これに制約をかけて一人称を採用したのが、『ハックルベリー・フィンの冒険』なのは言うまでもない。続編では、トウェインは演劇的な小説とは異なる声と語りによる別のタイプの小説を目指したのである。

◉第16章「はじめてのタバコ」

【あらすじ】

砂州で亀の卵をとって卵焼きを作るなど楽しんでいたが、金曜日になってジョー・ハーパーがホームシックを広言すると三人とも落ちこんでしまう。そこでトムは二人に海賊がこの島に宝を隠したという秘密を話すが、それでも乗り気ではないので、自分たちの葬式に参加する大計画を話した。そして、さらにタバコを試すのだが、トムもジョー・ハーパーも気分が悪くなってしまう。夜になると雷と雨が襲ってくる。キャンプは台無しになるが、残った焚き火で食事をし、その後トムは海賊ではなくてインディアンごっこをしようと提案した。ひとしきり遊ぶと、和解のためにタバコの回し咽《の》みをするが、今度は気分も悪くならずに、全員が団結するのである。

【砂に書いた名前】

砂州のなかで遊んでいて、太陽が沈むなか、ジャクソン島から見て西にあたる村のあるあたりをトムたちは眺めるのだ。霞んで見えない村に里心がつくなかで、トムはふとベッキーの名前を足先で砂に書いてしまう。一度は消すのだが、二度目も書いてしまうのだ。

恋人の名前を砂に書くというのは印象的だが、たとえば「砂に書いたラブレター」(一九三二)のような歌もある。これは、かつて恋人どうしが砂にお互いのラブレターを書いていたが、片方が心変わりをして、別れてしまったことを嘆くものである。パット・ブーンの歌で一九五七年にリバイバルヒットもした。トムはもちろん百年前の一八四〇年代の子どもであり、そんな歌を知るはずもない。

しかしながら、砂辺に恋人の名を書くことはトムの発明とはいえない。二百年以上前のイギリスの詩人エドマンド・スペンサーがすでに詩に書き留めていた。ソネット集『アモレッティ』(一五九五)の第七十五番の冒頭はこうなっている。「ある日浜辺に彼女の名前を書いた。波が寄せて消し去った。二度目に名前を書いたところ、潮が押し寄せ、私の痛みを飲み込んでしまった」。結婚するエリザベス・ボイルへの思いを託し(密かに妖精の女王ことエリザベス一世もうかがわせる)、しかも下敷きになっているのがキリストの復活を語る聖書のイメージでもあった[Larsen: 208-9]。

スペンサーの詩が直接のヒントになったのかはもちろん定かではない。確かにトウェインは、セルバンテスの『ドン・キホーテ』からトムとハックの組み合わせを借用し、『オセロ』を引用するほどシェイクスピアを使っているし、『ジュリアス・シーザー』を新聞記事にパロディにした「ジュリアス・シーザー・ローカライズド」という文章まで書いている。ダイムノベルだけでなく、ルネサンス文学にも目を通していたのである。それでも、トウェインを持ち上げたヘミングウェイのように、イギリス・ルネサンス文学からタイトルを借用するといった離れ業までおこなってはいない。

ヘミングウェイの『武器よさらば』(一九二九)はシェイクスピアの共作者でもあったジョージ・ピールの詩、『誰が為に鐘は鳴る』(一九四〇)は十七世紀の形而上詩人ジョン・ダンの病などへの瞑想に関する作品から採用していた。体験にもとづいた口語英語の小説を書きながらも、その下敷きや素材に古典や同時代の作品を利用する「テクストからテクストを作る」手法そのものもヘミングウェイがトウェインから学んだわけである。しかも、二人ともタイプライターを利用することで、口語英語のスピード感を定着させることに成功したのである(トウェインはレミントン社製を、ヘミングウェイはコロナ社製を愛用していた)。

【退屈と叛乱】

ジョー・ハーパーが最初に「ホームシック」に陥った。ではセント・ピーターズバーグという「ホーム」は刺激的だったのかといえば、むしろ逃げ出したくなるくらい退屈で制約が多いところだった。停滞としての「退屈」は、セント・ピーターズバーグの村にも、学校にも蔓延しているとされ、トムこそがそれを覆す存在にも見えたのである[Fetterley: 279-290]。

ところが逃げたはずのジャクソン島で、繰り返される日常がハックたちを蝕んでいく。目新しいものが何もない現実にしだいに「退屈」や「脱出」や「叛乱」の気分が入り込んでくるのだ。家から盗んできた食料がなくなっても、ナマズなどの魚や亀の卵に置き換わり、食べ物は確保できるようになった。遊び放題で、大人たちからのストレスもないのだが、かえって刺激もない空間となってしまう。筏が流されて外とのつながりが絶たれたジャクソン島での生活には、「曜日」の感覚と、各種の「交換」とが欠けているのである。

三人の無人島生活に曜日の秩序を再び持ち込んだのは、自分の家へと忍び込んで帰ってきたトムだった。出かけたのは「水曜日の夜」で、日曜日まで捜索しても溺死体が出てこなければその日に葬式をするという話を聞きつける。そのためトムは、曜日を計算する必要が出てきた。日曜に三人で出かけなければ、最大の劇的な効果を得られない。みんなに吹聴してきた大事をやるというイベントの予告の実現にふさわしいのは、まさに村の主だった人が集まる日曜でしかない。それまでジャクソン島で持ちこたえなくてはならないのだ。

時計もカレンダーもない無人島だが、暦のなかでも、「年」と「月」と「日」は、自然の摂理が作り出すリズムによるので体感しやすい。一年は四季という形で示され、夏休みをはさんだ『トム・ソーヤーの冒険』でも、「五月」といった月が表示され、自然描写もそれに対応している。しかも太陰暦を作るもととなった本物の月に関しては、まさに月光そのものが、ロビンソン医師の殺害現場を照らし出していたので、おそらく満月の前後なのだろう[第9章]。また、一日に関しても、夜明けの話が繰り返し登場し、ジャクソン島でも体験できるものである。そして、朝、昼、夜は、トムたち海賊には食事によって区切られているようだ。

ところが、「週」とは、月の満ち欠けの周期であるおよそ二十九日を七日ずつ四等分したもので、あくまでも人工的な区分である。ましてや、それぞれの曜日の役割などは、自然のリズムとは無縁な社会の制度に他ならない。セント・ピーターズバーグを支配するキリスト教の暦において、平日と土曜日と安息日の日曜日それぞれの役割は厳密に区分されていた。たとえば、第2章でポリーおばさんがトムに板塀のペンキ塗りの罰を言いつけることを最初ためらったのは、子どもには労働をさせない土曜日だったからだ(もちろん黒人のジムに水汲みの労働をさせることに何のためらいもない)。

トムたちがいるジャクソン島では、秩序を作る学校や教会の鐘が聞こえないし、島で繰り返される日常では、曜日の感覚を失うことになる。トムはブルーマンデーにはならないかもしれないが、放置しておくとトムたちは昨日と今日の違いが曖昧になってしまうのだ。トムたちが復帰できたのは、週が作るリズムにもう一度乗ることができたからである。

もう一つ、子どもたちは物か言葉(物語)の交換で刺激を作り出してきたことも挙げられる。飽きるからこそ、物は別の物と交換されていくのである。白い板塀を塗っているときにリンゴから始まりビー玉や瓶のかけらやおたまじゃくしなどトムのもとに集まったガラクタ[第2章]や、ハックが子どもたちと交換する動物の膀胱や輪回しの棒なども同じである。そして、トムが抜け出して戻れなかったとき(それはミシシッピ川で溺れ死ぬことも含まれていたはずだ)のために、ジョー・ハーパーとハックのために残してきた宝物は、チョークのかけらやゴムボールだった。

トムは「てんとう虫」の歌のようなマザー・グースも知っているようだが、「男の子はなんで出来ている?　切れ端とカタツムリ、子犬のしっぽ」というイギリスの詩人ロバート・サウジーが一八二〇年頃に書いた詩がトムたちの宝物の表現にふさわしい。これは「カエルとカタツムリ」などさまざまな言い換えもあり、今ではマザー・グース集に入っている。この詩をトウェインも讃えた詩人のロングフェローが愛唱していたことでも知られる[Opie & Opie: 16-7]。こうした「ガラクタ」こそ、トムたちを形作っているのである。しかも、飽きてしまうと別の物と交換される運命にある。

もちろん物だけではない、情報の交換も大切である。イボとりの話が、ボブ・タナーから次々と伝わってハックまでたどり着いたように[第6章]、情報も交換されて伝達している。噂が電信のように伝わる村から離れて、そうした物や情報の交換が途絶えてしまえば、停滞が起きてしまう。トムは三人のなかで生じる「退屈」や「叛乱」の気分を拭い去るために、ゲームを持ち出し、秘密を語ることでつねに新しいイベントを仕掛けるしかない。それが、海賊の親玉としてのトムの役割であり、トムの将来のリーダーや物語作者の資質を認めることができるのである。

【雷とタバコ】

インジャン・ジョーが偽りを述べても、神は雷を落とさなかった［第11章］。また、雷と思ったのは蒸気船の大砲の発射音だった［第14章］。ところが、ジャクソン島が雷と雨に襲われることになった。夜中にジョー・ハーパーが気づいて、異様な雰囲気のなか、雷が空に走り、降ってきた雨を避けるために、古い帆で作ったテントに逃げ込むのだが、風でそれも飛んでしまう。そこで古いオークの木の下へと場所を移す。嵐のなかで木々も倒れ、吹き飛ぶのだ。そしてそれが通り過ぎると、テントの屋根代わりにしていたアメリカスズカケノキが残骸となり、「雷に破壊されていた(blasted by the lightnings)」のを発見する。もしもその下にいたら、トムたちは死んでいたかもしれない。

これはシェリーの『フランケンシュタイン』(一八一八)で、十五歳のときに主人公ヴィクター・フランケンシュタインが目撃した雷が木に直撃する様子を思わせる。そこから自分を「破壊された木(a blasted tree)」と考えるようになるのだ。ヴィクターは電気を利用して人造人間を動かし始めるのである。人間を動かす電気の問題は、人間機械論へと傾斜するトウェインと無縁ではない。たとえば、『ミシシッピ川での生活』(一八八三)では、オウムの声を人工的な笑いだとして、「フランケンシュタインの笑い」と表現している[第四十八章]。明らかに怪物＝フランケンシュタインと認識しているのである。もっとも、ヴィクターが落雷を目撃したのはオークの木であり、トウェインではそれは雷を避ける木となっているのだが。

ずぶ濡れの状態だったが、焚き火の残りを見つけてなんとか火を絶やさずに済み、トムたちは朝を迎えるのである。これはキャンプ生活を台無しにする天災だが、トムたちがタバコを吸ったことへの神による「処罰」にも「称讃」にも見えるのである。

タバコを吸うという行為は大人への階段をのぼる一種の通過儀礼だった。トムがタバコを吸うことをハックから習うという提案を持ち出したのは、ジョー・ハーパーだけでなくハックにも広がり、自分にも襲ってきた「孤独」と「ホームシック」を払いのけるためだった。それまで、トムたちは子どもが遊びでやるブドウの葉を丸めて葉巻のふりをして、酸っぱい味で舌をやられる体験はあったが、ハックのように本格的に吸ったことはなかったのだ。

ハックは、島に来るときにトウモロコシの軸とタバコの葉も失敬してきていたので、コーンパイプを作って食後の一服を楽しんでいた。材料があったので、トムとジョー・ハーパーにもパイプを作り、タバコの葉を詰めてやる。吸いながらトムたちは、最初は強がりを言っていたが、気分が悪くなり、それぞれ寝てしまうのだ。夕食のときには、ハックがパイプを勧めても断り、そこに雷雨が襲ってくる。

だが、トウェインがタバコ害悪論を述べるはずもない。ヘビースモーカーとして知られ、パイプをもった写真が何枚も残っているし、愛煙したアイルランドのピーターソンというパイプ会社の広告にも登場している。「タバコ論」も書いていて、そこでは絶讃されているのである。現在ではトウェインの顔の商標をつけたパイプや葉巻などが販売されているほどである。

落雷や嵐がタバコを吸ったことで大人になったことを祝うとともに、雨風そのものが、一種の「水療法」としてトムたちを根底で変えたように感じられる。テントの屋根代わりの木に雷が落ちたのは「偶然」(もちろんフィクションとしては必然)であろうが、アメリカスズカケノキが身代わりになってくれた。トムたちの溺死騒動が、本当の死の話となることを免れたのである。しかも、この木の皮こそ、トムがジョー・ハーパーやポリーおばさんにメモを残すために利用し、のちに証言の正しさを証明してくれる材料となったのだ[第19章]。

【インディアンごっことタバコ】

大雨のあとで、本当に倦怠感が襲ってきた。そこで、トムは海賊ではなくて先住民となる「インディアンごっこ」を提案する。無人島で嵐を乗り切る大変さがわかったからなのか、財宝も埋まっていないと確信したからなのか、海賊であることは、魅力的ではなくなった。そして新しく選んだのは、トムがかつて夢想した「軍人、インディアン、海賊」の選択肢の一つでもあった[第8章]。

インジャン・ジョーを除くと、『トム・ソーヤーの冒険』に具体的な先住民の影はないが、それはミズーリ州から追いやったせいでもある。たとえば、ハンニバルから西にあたるミズーリ川周辺には、かつてオセージ族が住んでいた。アパッチ族などと同じくバッファロー狩りをして農耕をおこなっていたが、一八二五年に連邦政府との間で締結されたオセージ協定で土地を手放し、オクラホマのインディアン居留地へと押し込められてしまった。トムたちが直接姿を見ることができないのも、セント・ピーターズバーグの周辺に居住していないせいである。

ここでトムたちが演じているのは、先住民対アメリカの白人のような戦いではない。インディアンとなってまず襲ったのは、イギリスの入植地(English settlement)だった。『トム・ソーヤーの冒険』が出版された一八七六年からあとの時期こそが、騎兵隊と先住民の戦いとして西部劇の小説や映画が描いてきた舞台となり、そして一八九〇年には「フロンティアは消失した」と断言され、先住民の抵抗は完全に封じ込められてしまったのである。

それからトムたちはインディアンの三部族どうしの争いを演じ、さらに勝利のしるしとして相手の頭の皮を剥ぐ(scalp)という行為を演じる。これは、野蛮さを示すものとみなされていた。現実のハンニバルに住んでいたインジャン・ジョーは、頭の皮を剥がされたオセージ族の赤ん坊で、大きくなると傷を隠すために赤毛のかつらを被っていたとされる[Norton: 334]。

最後にトムたちが仲直りをするときに、平和や和解の印として「聖なるパイプ」によるタバコの回し喫《の》みの儀式の模倣がおこなわれる。これは、ミシシッピ川流域を最初に探検し植民地化したフランス人が名づけたフランス語に由来する「キャリュメット(calumet)」と呼ばれる。

その後タバコの回し喫みは、男どうしの友情や連帯を表す表現として、西部劇からノワールやハードボイルドや戦記物など多くの映画で利用されるのである。トムたちが使用しているのはコーンパイプだが、シガレットが発明されたあとでは、タバコを千切って分けあい、火を借りるために相手のタバコに近づける行為が何度となく演じられるのである。インディアンごっこにおけるタバコは、このように大人となる通過儀礼としてだけでなく、何よりもあっと言わせる大事の前の男たちの連帯の印となっているのである。

◉第17章「自分の葬式に出席する」

【あらすじ】

土曜日の午後、ベッキーはトムが死去したという知らせに、校庭で泣いていた。学友たちはそれぞれトムと最後に会ったのは誰かとか、それぞれの殴られた思い出を勝ち誇ったりしていた。日曜日には、喪服姿の家族が参列して、トムたちの葬式が始まる。聖書の引用がなされ、生前のトムたちのおこないを美化する言葉が牧師から述べられる。そこにトムたちが忍び込んでくる。驚きのなかで、三人が無事であることを知り、会衆は讃美歌の百番を歌って、喜ぶのだ。そしてポリーおばさんはトムにキスとげんこつを交互に与えるのだった。

【トムたちの思い出】

トムたちがインディアンごっこに興じていたのと同じ頃、ベッキーは土曜日の校庭でトムの喪失に心を痛めていた。授業もないのに学校に訪れてトムとの思い出にふけっている。トムに突き返してしまった真鍮の取っ手をとっておけば思い出の品になったと後悔し、「メランコリー」になるのである。ベッキー以外のトムやジョー・ハーパーの遊び友だちは、最後に彼らと会ったのは誰なのかをめぐり競い合っていた。ささやかな出来事も大きな話題として扱われ、さらに「トム・ソーヤーに殴られたことが一度ある」と誰かが主張すると、他からも申し出がある。大人たちの間でもトムの思い出が美化される始末である。家族はもちろん、牧師までもが、葬式の説教をしながら、そのときは牛革の鞭にふさわしいと思ったひどい出来事が、トムたちの「感じの良い、気前のよい性格」を表していたのだと気づいて後悔するのである。

こうして子どもたちや大人の間で、死者についての記憶が共有され、互いに言葉を交わすことで思い起こされていく。しかも悪質ないたずらさえも「美談」に仕立てられてしまうのだ。これが、ジャクソン島にはないセント・ピーターズバーグの村の社会なのである。停滞し退屈に見えるが、そこには、コミュニケーションによるつながりがある。火が点く出来事があれば、たちまち全体に燃え拡がるのである。

ところが、こうした狂熱が一時的な現象なのも確かなのである。すでに村の墓地を見ているトムやハック、そして読者は、死者の行く末を知っている[第9章]。ロビンソン医師の殺害現場なので、インジャン・ジョーの犯行に気を取られてしまうが、古い墓地は沈み込み、墓石も消失している。そして残っていても、表面の誰それの「記念として(sacred to the memory of)」という表示の名前の部分が消えてしまって、誰の墓なのかわからなくなっている。セント・ピーターズバーグの墓地を形成する大半の墓は思い起こす人もいないのだ。そして全体も草が生えて荒れ果てていた。もしも、水死と考えられたトムたちの死体が見つからなければ、空の状態のままで墓に「埋葬」されていたのかもしれない。

【讃美歌百番】

日曜日に教会が鳴らし始めたのは、いつもとは異なる葬式の鐘の音だった。静かに鳴り響くのだが、通常の会衆を集めるための時を告げる音色とは異なるのである。エディット・ピアフが歌い、のちにアメリカでブラウンズが英語で歌ったシャンソンの「谷間に三つの鐘が鳴る」(一九四〇)では、「誕生、結婚、葬式」という三つの鐘が歌われた。人生の節目で鳴り響く特別な鐘があるのだ。ロビンソン医師の葬式もおこなわれたはずであるが、その話はとくには出てこない。

自分たちの葬式にトムたちがやってくるこの場面は喜劇的であるが、まさにヘミングウェイが引用した「誰が為に鐘は鳴る、そは汝のため(For whom the bell tolls It tolls for thee)」というジョン・ダンの瞑想詩の一節のような状況である。この鐘は弔いの鐘であり、しかも、ダンは、誰もが孤独な島なのではなく、本土や大陸さらに人類の一部だと主張していた。そして、帰ってきたトムやジョー・ハーパーはもちろんハックさえも、教会にいる「会衆」たちに取り込まれていくのである。

トムとジョー・ハーパーだけを迎え入れる状況に、トムは「ポリーおばさん、公平じゃないよ。誰かが、ハックを見てよろこばなくちゃ」と訴える。そこで、ポリーおばさんは「哀れな母なし子」として、ハックを迎え入れるのである。こうして、セント・ピーターズバーグの名物でもある酔いどれの父親をもつ「浮浪児」であり、立派な家庭の親ならば忌み嫌う存在であるハックにも、「本土の一片」としての居場所が与えられた。

葬式の説教として、牧師は聖書のヨハネの福音書の第十一章「わたしはよみがえりであり、命である」(口語訳聖書)を口にする。これは「わたしを信じる者は、たとい死んでも生きる」と続き、イエスは死んで四日たったラザロを蘇らせる奇蹟をおこなった。その言葉のままのように、死んだと思っていたトムたちが戻ってきたのだから、ある意味で神がおこなった復活の奇蹟でもあるのだ。

そして牧師の発案で讃美歌の「古の百番(Old Hundred)」が歌われる。セント・ピーターズバーグで歌われているのは「すべての賜物が流れ出る神を讃えよ(Praise God from whom all blessings flow)」で始まるものである。これはイギリス国教会のトマス・ケンの歌詞による「頌栄《しょうえい》」であり、日本では讃美歌五三九番として「あめつちこぞりて、かしこみたたえよ、みめぐみあふるる、父、御子、御霊よ、アーメン」として、プロテスタントの教派を越えて歌われている。

ただし現在のイギリス国教会は、「古の百番」の由来となった、ウィリアム・キースが聖書の詩篇百番を訳した「地上に住むすべての人は(All people that on earth dwell)」で始める歌詞を採用している。とりわけ一九五三年のエリザベス二世の戴冠式のためにヴォーン・ウィリアムズが編曲した版が、今でも公式行事に使われる。他のプロテスタントの教派とは英語の歌詞の上で一線を画している。それぞれ、もとはラテン語の歌詞がつけられていたルイ・ブルジョワによる曲だけが共通しているのである。

かつがれた会衆たちは、こんな風に古の百番が歌われるのを聞けるのなら、また笑いものにされたいくらいだ、と口にする。これは倒錯した願望なのだが、どうやら退屈なセント・ピーターズバーグに刺激を与えるイベントとしては大成功だった。

こうしてトムは、日曜学校での暗唱の失敗や説教を噛みつき虫で台無しにした過去[第5章]を挽回するチャンスを得た。蘇りは神の奇蹟ではなくて、トムの計画と準備がうまくいった結果なのである。ジャクソン島で、ハックとジョー・ハーパーのもとに再び姿を見せるときも、タイミングを見計らったように、村を手玉に取った「詐欺師」としてのトムが活躍する。サーカスのピエロではなくて、むしろサーカスの興行師や手配師としての才能を開花させたのである。

トムは、第1章から自分が死んだら、とポリーおばさんを困らせる想像をしていた。このトムの仮の死は、アメリカスズカケノキが身代わりになって、神の怒りを受け止めてくれたおかげで精算された。島に隠れたことで一時的に仮死状態を経るという通過儀礼がおこなわれたのであり、切り離されていた島から本土へと戻り、今度はトムを称讃する会衆の内部、つまりセント・ピーターズバーグの村の内部が抱える問題点に向かうのである。だからこそ「島」の物語のあとに、「洞窟」の探求が待っているのだ。

村の外には海賊トムが奪って持ち帰る宝はなかった。むしろ持っていった食べ物などを使い果たして終わった。ポリーおばさんは、トムの生還をまさに一種の放蕩息子の帰還として捉えている。ルカの福音書の第十五章では、兄弟のうちで弟が放蕩息子なのだが、トムの場合は立場が逆転して弟のシドが割を食うことになる。常識人で、トムの挙動を監視していたシドは、家族がトムの思い出を語っているときに、もっといい子だったら天国に行けるのではないかと意見を述べて叱られた［第15章］。そして帰ってきたトムが夢の話だとして盗み聞きした内容を語ると、「ただの夢だけどね」と言うと「おだまり、シド」と叱られるのだ［第18章］。そしてポリーおばさんは、トムに一日中平手打ちとキスを交互に与えたのである。いずれにせよ聖書と同じく、放蕩息子のほうが歓迎されるのである。

◉第18章「夢の話」

【あらすじ】

月曜日の朝になってトムは、夢のなかで家の光景を見たという作り話をするのだ。そして、水曜日の夜のことを問われるままに詳細に語っていく。それは、実際に起きたことを再話していて、シド以外は夢の話を真に受けるのである。そして、トムがブルーマンデー症候群もなく学校に行くと英雄視される。トムとジョー・ハーパーは増長し、タバコを吸ってみせる。栄光に包まれ、トムはベッキーによるピクニックの誘いを無視して、エイミーと話を続ける。対抗してベッキーは、アルフレッド・テンプルに接近するが、やはりトムは無視し続ける。アルフレッドは自分が対抗馬として利用されたと知り、トムの書き取り帳にいたずらをする。それを見ていたベッキーは復讐心から先生に真相を告げるのを思いとどまってしまうのだ。

【夢の話】

トムたち三人は、ルートを変えて、ジャクソン島にあった丸太を使って、ミズーリ側へとたどり着いた。それが土曜日の夜のことで、村から五、六マイル下流の森で明け方まで眠った。さらに、忍び込んだ教会の回廊にあった家具の陰で眠って、自分たちの葬式が始まるのを待っていたのである。

月曜日の朝になって、ポリーおばさんもメアリーもやさしくしてくれるなか、トムは夢のなかで水曜日の夜の場面を見たと言い始める。ロウソクが揺れたのは、トムが忍び込んだせいなのだが、それがまるで魂が抜け出して訪れたかのように思い出されるのである。そして次々と実際の発言や出来事が語られていく。最初疑っていたポリーおばさんも、「精霊」がトムに乗り移ったからだと解釈する。

『トム・ソーヤーの冒険』の下敷きの一つともいえるのが、ジョン・バニヤンの『天路歴程』(一六七八)だった。「この世の荒野を歩いてきたとき、ある洞窟が目についた、そこに身を横たえ、夢を見たのだ」と始まり、クリスチャンという主人公の歴程を描く一編の夢であることが、ポリーおばさんの念頭にあったのかもしれない。夢がもつ力がポリーおばさんの心を動かすのである。もちろん読者は舞台裏を知っているので、喜劇的な効果を与えるのである。しかも、『天路歴程』はハックがときどき読んだ本として『ハックルベリー・フィンの冒険』に出てきて、「家出をした男の話だが、理由は書いてない」と述べている[第17章]。家出をした理由のあるトムたちへの皮肉にも聞こえる。

トムは夢のなかで「僕らは死んでいない、ただ海賊になるために出かけただけ」だとアメリカスズカケノキの皮に書いた手紙を置いたと言う。だが、これは実際にはおこなわなかったことである。キスをして去ったと話すと、ポリーおばさんは感激してトムを抱きしめる。そして抱きしめられながら、トムは自分が極悪人になったような気分になっている。だが、シドは「ずいぶん見え透いている。あんなに長い夢なのに、間違いがひとつもない」と、夢が逸脱しない点を冷めた目で批判的に見ていた。シドは利口なので口に出さないが、批判的な註釈を述べる役目をはたしているのだ。

【マイラム・アップル】

トムの夢の話に感動したポリーおばさんは、「もしもまた見つかったらとお前のためにとっておいた大きなマイラム・アップルだよ」とリンゴを渡してくれた。どうやらトムの好物らしい。前にベッキーに教室でモモを渡そうとしたように[第6章]、このリンゴも学校にもっていくのかもしれない。

ここにでてくるマイラム・アップルとは、ヴァージニア州のマディソン郡から広がったリンゴの種類である。「マイラム(Milum, Milam)」という苗字をもった一族のトマス・マイラムの農場でのリンゴが有名となり、その子孫が各地へと広がるなかで、ミズーリも含めた西部へと広がったとされる[http://www.milam.com/frontpg/apples.htm、http://www.milaminvirginia.com/milam_apple.html]。伝道をしながら、オハイオやイリノイなどにリンゴを広めた伝説を彩るジョニー・アップルシードの話を思い起こさせる。

新大陸にはなかったリンゴは十七世紀に種子の形で持ち込まれ、それが栽培されて各地で果樹となった。当初は焼きリンゴや、リンゴを入れたダンプリング、リンゴのプディングの形で消費されていた。それがニューイングランドのパイ文化の隆盛により、フルーツパイの花形となり、しかも朝食にパイというスタイルをエマソンたちがとることで人気も定着した[Stavely & Fitzgeral: 225]。十九世紀にしだいにアップルパイはニューイングランドの「おふくろの味」となる。マイラム・アップルはこうしたデザート用に適しているとされるが、トムは丸かじりする生食が好みのようである。

さらに、マーク・トウェイン本人にとって、リンゴが日常的な果物であると同時に意味をもつものだったのだ。ベッキーのモデルとなったローラ・ホーキンズはトウェインと出会ったときに「リンゴを持っていた」と回想している。それがマイラム・アップルなのかは確認できない。しかも、原型となった「男の子の手記」も、現存する月曜日にあたる冒頭はいきなり断片から始まり「リンゴを置いた」とある。どうやら、恋愛とリンゴの結びつきの思い出は強いようだ。

何よりもリンゴはヨーロッパの文化と結びついている。リンゴは、聖書のアダムとイヴの話での禁断の木の実と関連させられるし、パリスが三人の女神のうちヴィーナス（アフロディテ）に黄金のリンゴを与えたことで、トロイア戦争が始まったという伝説もある。それに対して、ハックが嗜むコーンパイプに関連するトウモロコシと葉タバコ、ベッキーが持ち出すチューインガムというアメリカの土着の文化とが同居しているのである。

ポリーおばさんが差し出した「マイラム・アップル」が東部のヴァージニアから西部へと広がっていった種類だとすると、マーク・トウェインの父と母がヴァージニア出身の家系の一員で、ミズーリに新天地を求めてきた過去とのつながりが思い起こされる。ヴァージニア人に慣れた味だとして、ポリーおばさんはとっておきのリンゴをトムに与えたのかもしれない。そうだとすると、トムの故郷となるセント・ピーターズバーグという村の名も偶然に選ばれたとは思えなくなる。

南北戦争の激戦地の一つが、ヴァージニア州のピーターズバーグだった。一八六四年七月三十日に始まった「クレーターの戦い」は八ヵ月に及ぶ塹壕戦となり、南軍北軍双方に多大な被害をもたらした。全米図書賞を受賞したチャールズ・フレイジャーの『コールドマウンテン』（一九九七）はこのクレーターの戦いを扱った歴史ラブロマンスで、のちに映画化もされた。北軍が砦の一角を爆破したことで有利になるかと見えたが、じつは内部に入ったところを南軍に攻撃されて、結局長期戦になってしまうのだ。

もちろんこのピーターズバーグは、マーク・トウェインがサミュエル・クレメンズとして過ごした少年時代のハンニバルと直接の関係はない。一種の時代錯誤となるわけだが、南北戦争後に書かれた小説として、当時の読者の心に訴えた地名のはずである。しかも、トウェインは初版ではセント・ピーターズバーグに"Petersburgh"と「h」を入れた綴りを使っていたのに、次の版からは「h」を落としたのだ。誤植の訂正だったのかもしれないが、ヴァージニア州のピーターズバーグと同じ綴りとなるので、意図的な修整に思える。

ヴァージニア州のピーターズバーグでのクレーターの戦いは南軍の勝利で終わったが、その後の一八六五年のアポマトックスのコートハウスでの戦いで、リー将軍は敗北を宣言し、南北戦争は終結した[Janney :1-4]。南部義勇軍に参加した体験をもつマーク・トウェインにとって、父祖の地でもあるヴァージニア州での戦争の行方が記憶から消えたはずもない。

だとすると、もう一つの重要な地名であるベッキーがやってきたパルマイラ(パルミラ)が、コンスタンティノープルとされた理由も見えてくる。コンスタンティノープルは、一五四三年にオスマン帝国に陥落したことで、東ローマ帝国の滅亡とつながった地である。紀元前二一八年に象のアルプス越えで有名なカルタゴの将軍ハンニバルが、ローマ帝国を滅亡の縁にまで追いやりながら果たせなかった野望を、実現したともいえる出来事だった。どこかアポマトックスの南部の敗戦の意味合いを含ませた地名に思えてくるのである。

【三角関係から四角関係へ】

同級生ばかりか年下の子どもたちからも称讃されたことで、「高慢」という七つの大罪のひとつに、トムとジョー・ハーパーは陥ったのである。得意になって冒険の話をし、最後に二人ともパイプを取り出してみんなの前で吸ってみせると、周囲からの讃美によって栄光に包まれる。そこで、ベッキーはピクニックに招待することで、トムとの関係を修復しようと考えるのだ。

だが、トムは「栄光」があれば、ベッキーの愛は要らないと考える。そして、前の婚約者であるエイミーに、ジャクソン島での冒険や、アメリカスズカケノキに雷が落ちて死にそうになった話をして、オセロのように称讃を得ることに集中して無視をするのである。そしてベッキーからの招待を受ける前に、二人で消えてしまう。

それに傷ついたベッキーは、アルフレッド・テンプルを誘って、絵本をいっしょに読む姿をトムに見せつける。アルフレッドは、トムが第1章で対抗意識を燃やして争った転校生であり、平日なのに日曜学校のような服装をしていた「セント・ルイスから来たうぬぼれ屋（Saint Louis smarty）」である。トムは、ベッキーがよりによって、飾り立てた服を着て、貴族ぶっている男を選んだことに腹を立てるのである。セント・ルイスという実在する名前が使われているが、当時のハンニバルから見て、パルマイなどよりもはるかに大きな中心地であり、西部への入り口として栄えていた。別の名前に変えて虚構化して無視することなどできなかったのである。

まさにトムとベッキーの二人による嫉妬と見せつけの応酬となる。ところが、アルフレッドは、自分が対抗馬としてベッキーに利用されていることを知り、報復を考えるのだ。そこで、トムの書き取り帳に故意にインクをこぼすのである。ベッキーはその場面を目撃するのだが、その事実を先生に告げずにいようと考えるのである。

◉第19章「木の皮の手紙」

【あらすじ】

トムがベッキーとの関係を悪化させてしょげて帰ってくると、そこにポリーおばさんが待っていた。ジョー・ハーパーの母親から真相をすっかり聞いて、夢の話でかつがれたことを知ったのである。トムは悪い考えだったと弁解をし、生存を知らせるためで、木の皮の手紙は持ち帰って、キスをしたと告白する。それに対して、ポリーおばさんは、キスをした話は本当だと信じることにした。そして、ポリーおばさんはトムが海賊ごっこで着ていた上着に木の皮の手紙を発見して、たとえ百万回罪を犯しても許すと言うのだ。

【フィクション論】

この章は、短いがフィクション論として重要な内容をもっている。トムがポリーおばさんやメアリーに感心させ、気持ちよくさせるために夢の話をしたのは、一種のパフォーマンスだった。トム＝マーク・トウェインの物語作者の萌芽でもある。聞いたことを夢の話として語っているだけなので、特別な誇張はなくてまったくの「嘘」ではないのだ。

ポリーおばさんはトムの夢の話を聞いたときに、神の力を信じるのだが、それは「痛み止め」の薬ペイン・キラーのときのように、すぐに信じてしまうポリーおばさんの性質が出ている。そして、迷信を嫌うジョー・ハーパーの母親セレニーの「現実主義(realism)」を打破するために出かけたのである。だが、ジョー・ハーパーが母親に正直に話していたせいで、実際にはトムが家に忍び込んで、盗み聞きをしたのが露見しただけだった。何が嘘だったのかというと、トムが語った内容ではなくて、夢の話だと説明したのがまずかったのである。

これは『トム・ソーヤーの冒険』という小説そのものへの自己弁護となっている。トウェインが演劇化を迫られて自作を「讃歌(hymn)」であると述べたように、全体が夢のような話である。だが、夢にしてはシドが言うとおりに矛盾もない。本当の出来事や人物を素材にしていて、大きな飛躍はない。その意味では、セレニー・ハーパーが好む「現実主義」なのである。そして、自然主義を主張する編集者ウィリアム・ディーン・ハウエルズの眼鏡にかなう作品となったのである。ハウエルズが「子ども向け」に検閲して原稿に手を入れたのは、汚い言葉遣いや身体への言及であって、全体の構想ではなかった。

木の皮の手紙をポケットにしまったという話を聞き、ポリーおばさんは再びトムが嘘をついたと思う。その際に自分を喜ばせるなら「それは良い嘘だ(It's a good lie)」という嘘も方便的な考えが出てくる。ポリーおばさんは本当かどうかを確認するのを躊躇していた。心地よさを与えるという効用がフィクションにはあるが、嘘だとわかることでまさに夢が醒めてしまう危険もある。一方のトムの言葉を信じたいという気持ちと、他方のそれは嘘であるという疑いとの間に心が引き裂かれたのだ。

トムの話には複数のタイプの聞き手が存在する。トムの話の聞き手としてのポリーおばさんは、健康雑誌に書かれている内容を真に受ける素朴なタイプである。トムを擁護するメアリーもそうかもしれない。トムの英雄話を受け入れるエイミーも同類だろう。それに対して、セレニー・ハーパーは迷信を疑う現実主義者であり、さらにシドはときには冷笑的にトムの言動を見つめている。そして、ベッキーはあまり聞く耳をもたない。トムの周辺には異なるタイプの聞き手＝読者がいるのだ。そして全員を納得させるような「本当のほら話」つまり宝探しの話へと向かうのである。この章はその転点となっている。

【遅れて届いた手紙】

トムはポリーおばさんに夢のなかの出来事として、「僕らは死んでいない、ただ海賊になるために出かけただけ」と弁明を書いた木の皮の手紙の話をする。トムが利用したアメリカスズカケノキ(sycamore)は、ボタンのような丸い実をつけるので、ボタンボールと呼ばれて、マサチューセッツ州のサンダーランドにある樹齢三百五十年以上のものなどが有名である。日本でプラタナスと呼ばれる街路樹は、アメリカスズカケノキと日本のスズカケノキをかけ合わせたものである。茶色い木の皮は剥がれ落ちやすいので、裏の白い部分が紙の代わりにできたのである。どうやら上着のポケットに入ったままミシシッピ川の水にも持ちこたえて、文字も褪せなかったのだ。

トムはこれまでも、アルフレッドに汚されてしまった書き取り帳以外に文字を書いてきた。トムは教室の机の石板に絵を描いたが、そこは練習用に文字を書くこともできたので、ベッキーに向けて

「アイ・ラブ・ユー」と書いたのである［第6章］。ハックと結んだ殺人事件に関する沈黙の契約は、板に赤いチョークで書かれたものである。多くの本では、初版に掲載されていた手紙の文句をそのまま転載しているが、それは、いかにも金釘流である［第11章］。そして足のつま先でベッキーの名前を砂に書いてもいる［第16章］。手紙を含めて文字を書くのがトムには億劫ではないのは、書き取りのテストで白目のメダルをもらったことでもわかる。つまり、アルフレッドが汚した書き取り帳は、文字を書くトムにとって自分の能力を誇る重要なものだったのだ。

ここにはトウェインがもつ文字を書くことへの欲求がそのまま描かれている。十一歳から印刷工として働いたトウェインの文字とその表現への執着は強い。一八七四年十二月には、レミントン社のタイプライターを購入して兄のオリオンへの手紙を打っていた。「私はこの新しい風変わりな書記機械の使用法を得ようとしています」と大文字が並んでいる。今やっている行為がそのまま文字になっているのだが、修正液など存在しない時代なので、打ち間違いのまま投函されていた［https://www.marktwainproject.org/xtf/view?docId=letters/UCCL01162.xml］。トウェインは一八八六年にはペイジが発明した活字を拾う自動植字機に入れあげて、多大な投資をして大損をしてしまった。ここにも文字を活字にして印刷することへの執念がある。さらには、『アメリカの爵位権主張者』（一八九二）で、口述筆記のために音声録音を利用し、自分がアメリカで最初にやった作家だと誇らしく主張していた。

しかも、トムが島で書いた即席の手紙はどちらも正当な受け手に届いたのである。ジョー・ハーパーとハックとに残しておいた手紙は、朝食までに戻らなければ置き去りにした宝物を与えるという一種の遺書のような内容だった。それが実行される前に、トムは姿を見せて、宝物の所有権を手放すことは免れた。ポリーおばさんが上着にあった木の皮の手紙を読んで感激したのは、夢で見たという嘘に騙されたけれども、それが本当だったのだと納得したせいである。結局夢の話ではあったが、夢ではなかったのである。

◉第20章「身代わりとなる」

【あらすじ】

学校へ行く途中でベッキーに会ったトムは、仲直りを申し出たのだが撥ねつけられる。その後、ベッキーがドビンズ先生の解剖学の本を盗み見ている現場に入っていくと、隠そうとしてベッキーは図を破いてしまう。それを先生に言いつけられて鞭で打たれると思ってベッキーは泣いたが、トムは言いつけたりはしない。トムは書き取り帳にインクをこぼした件で鞭を食らうのだが、いつものことなので平気だった。ドビンズ先生は自分の本が破られているのに気づいて、生徒一人ずつに問いただす。そして、ベッキーの番になったときに、トムはひらめいて、自分がやったと申し出るのだ。ベッキーの称讃の眼差しに、永遠に鞭打たれても構わないとトムは思うのだった。

【ベッキーと解剖図】

どうやらベッキーは視覚的な要素に惹かれるらしい。ベッキーがトムに感心したのは逆立ちなどをする「見せびらかし」だった［第3章］。さらにトムの描いた遠近法を無視した絵に感心して「絵を教えて」と頼む［第6章］。お世辞だけではない称讃がそこにはあった。サーカスのピエロになりたいというトムの願望に賛成したのも、視覚的な要素を抜きにはありえないだろう［第7章］。そして、アルフレッド・テンプルといっしょに覗き込んで読んでいたのは「絵本」であった［第18章］。これは文字を書き、文字に書かれたものに執着するトムの志向とはずいぶん異なる。そして、視覚的なものへの関心の延長として、ベッキーは解剖学の本を盗み読むのだ。

読者にとっても、文字と絵画の二つの要素が『トム・ソーヤーの冒険』のもつ魅力だった。絵画を志向する読者に訴えたのが、初版本についていた挿絵である。先行したイギリス版に挿絵はなかったが、アメリカ版には、トゥルー・ウィリアムズによる二百枚程の挿絵がついている。それぞれの章の扉を飾るものから、生前のトムの思い出を語るためにロウソクの灯りの周りに集まるポリーおばさんたちといった重要な場面や、犬や噛みつき虫や書き取り帳などの小道具の類が描かれている絵まで多彩である。

たとえば、第20章は「発見」と題して、ドビンズ先生が大切にしていた本の口絵が破れていることを発見するところが章の扉を飾る絵になっていた。本の破れた箇所と眼鏡をかけたドビンズ先生の驚いた横顔が描かれている。文中では「某博士の解剖学」というタイトルだとされているが、ノートン版では、カルヴィン・カッター著『解剖学、生理学、衛生学論』という本の口絵が参照されたのではないかと推測され、一八五五年版の人体解剖図が掲載されている［Norton: 208］。ただし、見比べるとウィリアムズの絵とは下半身のポーズが異なり、「彩色された」と本文にはあるが、一八四七年と四九年の版本を参照しても図版は白黒である。四八年版をトウェインが所有していたというノートン版の推測が正しいとしても、トウェインの頭のなかで記憶が曖昧になっていたのかもしれない。いずれにせよ、こうした解剖図は男性の裸体なので性的な意味合いをもち、草稿にはベッキーの驚きの台詞も存在したのだが、ハウエルズの指示によって変更させられてしまった。だが、「墓掘り」という重罪をおかしたロビンソン医師の殺害から身体への医学的な関心は続いていたのである。

【視線の問題】

図版や挿絵といった直接的な形とは異なるが、演劇的な視線が前章から続いている。つまり、ベッキーはアルフレッドがトムの書き取り帳をインクで汚すのを目撃した。そして、今度はベッキーが解剖学の本を覗いているところをトムに目撃される。そのために驚いて口絵を破ってしまうのだ。この反復が二人を結びつけていく。

ベッキーが解剖学の本を覗き見たのは、ドビンズ先生が授業中に何を読んでいるのかが彼女を含めた生徒たちに謎だったからである。鍵がさったままの状況に、ベッキーは、誘惑に負けてリンゴを食べたイヴのように、ドビンズ先生の秘密を盗み見たのである。もちろん「解剖学」という本のタイトルの意味はわからなかっただろうが、鍵をかけているのは何か邪悪なものが隠れている、と思って誘惑されたのである。

ドビンズ先生が教師用の机に「解剖学」の本を隠し持っている理由は、貧しくて医師になる勉強ができずに、村の教師にとどまっているせいだ、と説明される。生徒たちに自習をさせて、その間に居眠りをし、解剖学の本を読むことで自分の鬱屈を解消しているのだ。もしもこれがカッターの解剖学の本だったとすれば、骨や内臓の構造の解説だけでなく、筋肉の理論を説明しながら正しい座り方を示し、傷などの止血の方法が図解されているので、実生活でも役立ちそうである。ドビンズ先生は鞭をふるうことで権威を保っているが、生徒に与えた傷の処置方法を知る必要もあったのかもしれない。

この本にはさらに「先生と親御さんへ」という但し書きがあり、解剖学の知見を述べた真面目な内容なので、「教室だけでなく家庭文庫にもふさわしい」と断言している。これはポリーおばさんの健康雑誌とは異なって、医学的なアプローチの本である。挙げられているのは、骨格や臓器や筋肉に関する医学的な知識に基づいた対処法であり、あやしげな薬や食品を売り込もうとする本とは違うのである。

著者が家庭文庫にふさわしいと述べているにもかかわらず、解剖学の本はドビンズ先生の教壇の机の引き出しに鍵をかけてしまわれていて、大切な知識が教室の外に広がる気配はなかった。むしろ解剖学の知識を独占して使うことによって、医師になろうというのが、ドビンズ先生の隠れた夢だったわけである。それは殺されたロビンソン医師が墓泥棒をしてまで解剖の知見を得ようとした欲求とも通じているのだ。本で手に入れた知識が、セント・ピーターズバーグの村レヴェルならば、名医となる機会を与えてくれ、名声を保証してくれるかもしれない。

H・G・ウェルズの『透明人間』(一八九七)で、主人公の科学者が亡くなったあとで透明人間化の研究の書類が、肉屋の手に渡り、毎晩その秘密を解き明かそうとする様子が出てくる[エピローグ]。肉屋はそれで世界を支配できると夢想するのである。ドビンズ先生の隠れた願望に近いだろう。解剖図とは透明人間化のプロセスに他ならなかった。皮膚が剥がされた筋肉だけの様子、さらに内臓などの層、そして骨格が描かれる。どの図もカッターの本に掲載されていた。視線の問題は、トムが石板で描く絵のような皮膚だけでなく、もっと深い層にまで達している。その一端が、ベッキーによって明るみに出てしまったのである。

解剖学の本以外のドビンズ先生の秘密が、まさに身体的な特徴である毛髪の衰退である。医学によっても治癒できないものであり、たとえカッターの本を使っても治療法は見つからなかっただろう。そこで頭皮の状態を隠すために、カツラをかぶっているのだ。次の第21章で、猫を利用した子どもたちのいたずらによって公衆の面前で明らかになる。こちらは公然の秘密でもあった。ドビンズ先生の身体への関心をめぐって、二つの章は連続しているのである。

【身代わりとなる】

トムの書き取り帳をアルフレッドが汚すのを「目撃」したことが、ベッキーのなかに優越感と罪の意識を作る。そして、解剖学の本の口絵を破ったという自分の秘密をトムに握られたことで、敗北感と罪の意識を覚えるのだ。覗き見るとか覗き見られることが「秘密」を生み出すことにベッキーは悩むが、これにより、インジャン・ジョーの殺人を目撃して「秘密」を抱え悩んでいるトムと共通点をもつことになる。

ドビンズ先生は一人ひとりを問いただして、解剖学の本の口絵を破った犯人を探し出そうとする。そして、レベッカ・サッチャーの番になって、彼女がほとんど告白する顔になったとき「雷のように」トムの脳裏に考えが走る。そして、雷に撃たれたアメリカスズカケノキが、トムたちの命を救ったように、今度はトムがベッキーの身代わりとなるのである。それは、自己犠牲にも見えるし、恋人のために献身的な力を発揮したように見える。だが、秘密をもつことの苦しみを分かち合い、二人だけの「秘密」を新しく作り上げた喜びがそこにある。

トムのこの発言は、教室中を驚かせた。先程書き取り帳を汚した件で、鞭打ちをされたばかりなのに、それ以上の処罰を受けるのは馬鹿げている。ところが、殉教者きどりのトムにとって、これは宗教的な恍惚感を与える「良い嘘」なのである。ポリーおばさんが考える良きキリスト教徒にとって必要なものでもあった。実際サッチャー判事は、のちにこの行為を高く評価したのである。

書き取り帳を汚した現場や本を破った現場を目撃した秘密をもつ同志として、この瞬間からベッキーはトムといっしょの物語を生きることになる。エイミーがトムの冒険の話を聞き、称讃するだけだとすると、ベッキーはトムと対立しながらも一緒に冒険をする相手となるのだ。何よりも共通の秘密をもつおかげで、「トム、あなたはなんて気高い人なの」という絶讃の言葉とともに、夢見心地でトムは眠れるのである。

◉第21章「トム、学芸発表会で失敗する」

【あらすじ】

夏休み前に町の人に成果を公開する学芸発表会がある。そのためにドビンズ先生は生徒たちをしごきまくったことで、全員に復讐心が生まれた。発表会は夜に始まり、「メリーさんの羊」の暗唱などがあり、トムも「自由を与えよ、しからずんば死を」という演説をやるが失敗する。英語やラテン語の文の暗唱や朗読、そして女子生徒たちが自作の詩や作文を読み上げるのである。おおげさな表現と、教訓的なオチが特徴だったとして、実例が三つ挙がっている。生徒たちは、天井から猫をぶら下げて、地理の模擬授業をしようとしたドビンズ先生の頭のかつらを剥ぐといういたずらを決行して復讐をとげた。こうして、夏休みに突入したのである。

【学芸発表会と夏休みへの突入】

夜の八時からの学芸発表会での成功をドビンズ先生は目指していた。生徒たちに完璧を求めて鞭や叱責がそれだけ飛んだのである。学校でおこなわれた本番では、村長以下の村の大人たちの前で日頃の成果を見せるのである。文字どおり出来栄えの「審査(Examination)」となる。日頃生徒に自習をさせてうたた寝をし、解剖学の本の読書にうつつを抜かすドビンズ先生の勤務評定がくだされる場でもあった。学年の最後に、教師も生徒も「公共の目(public eye)」にさらされるために、帳尻をなんとか合わせようとするのである。そして演劇さながらに厳しいリハーサルが何度も繰り返されたせいで、生徒たちの間に先生への「復讐心」がわいてきた。

発表会での暗唱、朗読、作文の披露などを通じて、当時の西部での教育の一端がうかがえる。「メリーさんの羊」は日本でも知られているものだが、「燃え盛る甲板に少年は立っていた」で始まるフェリシア・ヘマンズの「カサビアンカ」(一八二六)と、バイロン卿の「あのアッシリア人が来たりて」で始まる「センナケリブの破壊」(一八一五)の二つのイギリス詩には説明が必要となるだろう。

一九二八年二月五日の『ニューヨーク・タイムズ』紙に、ベッキー・サッチャーのモデルで九十歳となったローラ・ホーキンズ・フレイザーが、トウェインの母親に関するインタビューを受けた記事が掲載された。それによると、金曜の午後には、学校で「センナケリブの破壊」や「カサビアンカ」の暗唱がおこなわれていた。そしてバイロン卿の詩のほうは、トウェインのお気に入りだったと証言している[http://www.twainquotes.com/19280205.html]。こうした詩が選ばれたのには、何らかの目論見があったはずで、少なくとも単純なバーレスク的な風刺のためではではない。

「燃え盛る甲板に少年は立っていた」と始まるのは、イギリスの女性詩人フェリシア・ヘマンズの詩「カサビアンカ」である。ナポレオン戦争のさなかの一七九八年のナイルの戦いで、フランスのオリエント号に乗っていた士官のリュック＝ジュリアン＝ジョセフ・カサビアンカが、十歳とされる息子に甲板で見張るように指示を与えた。呼ぶまでその位置にいろと指示された息子が、周囲の火の手に「お父さん、ぼくはここにいなくちゃだめなの？」と確認する。だが、父親はすでに亡くなっていて返事がなかった。そして火薬庫に火の手が回り、爆発とともに船は海の藻屑となる。任務をまっとうした健気な子どもが英雄的に描かれた詩なのである。ナポレオン戦争でネルソン提督が叩きのめしたフランス海軍の勇気を戦後に称えるイギリス側の余裕も感じられる[McGann & Soderholm: 283]。そのためか、ブラム・ストーカーの『ドラキュラ』(一八九七)やサミュエル・バトラーの『万人の道』(一九〇三)にもこの詩についての言及がある。

もうひとつがヘマンズも影響を受けたバイロン卿による「センナケリブの破壊」である。セ(ン)ナケブリは旧約聖書の「列王紀 下」第二十章に登場するアッシリアの王である。紀元前七〇一年にエルサレムを包囲したが、その軍隊は神によって滅ぼされたとされ、その様子が語られる。一夜にして夏の緑の森の木の葉のように鮮やかだった軍旗が、秋の森のようにしおれてしまう。そして、死の天使が通り過ぎたように、軍馬は泡を吹いて倒れ、生きている者の姿はない。さらに異教のバール神殿も偶像も破壊されてしまうのだ。「異教徒の力は、剣によって打ちのめされたのではなく、神の一瞥によって雪のように溶けてしまった」と閉じる。極彩色の絵のようにその様子が描き出されていた。

どちらもトウェインに限らず、英米でよく知られた詩だが、反イギリスの立場からフランスの盟友として自由の女神像を贈られたアメリカの文脈で理解すると、異なる読み方もできそうである。それは、植民地への圧政をおこなったイギリスへの反感や反発である。カサビアンカの息子の死の向こうには、ネルソン提督のイギリス海軍がいる。また神に滅ぼされたセンナケブリの軍隊を、イギリス軍になぞらえるのもそれほど難しくはない。

しかも、トムは一七七五年にパトリック・ヘンリーがフィラデルフィアの議会でおこなったイギリスとの戦争への参加を訴える「自由を与えよ、しからずんば死を(Give me liberty or give me death)」で終わる有名な演説を担当する。「私以上に愛国主義に高まっている者はいない」と始まり、「自由か奴隷か」、「我々に選挙権はない」、「紳士たちは、平和、平和、と叫ぶが平和などない。戦争はすでに始まっているのだ」としだいに高揚し全体を鼓舞する台詞だが、トムには見せびらかしとしてやりたかった題材のはずである。

正式に全体を再現すると七、八分の長さとなり、聖句を覚えるのにも苦労していたトムにはかなりの重荷に感じられるし、あくまでも一部分だけだったのかもしれない。トムが途中でつまずいたのは、内容を忘れたからではなくて、「舞台負け」したせいだった。ヘンリーの演説の文にもあるように「議会(House)」でおこなわれたので、成功すれば共感を得られる内容であった。だが、途中でつまずいたせいで「学校(house)」には、笑いではなくて、沈黙が漂ってしまった。しかも、最後の決め台詞の前に退場になってしまったのである。

トムが愛国主義的な台詞を演じて失敗したのは滑稽に見えるが、他の「カサビアンカ」や「センナケリブの破壊」の詩と並んでいることを考えると、『トム・ソーヤーの冒険』そのものが一八七六年という独立宣言百周年にあたる年に出版された事実と無縁ではないはずだ。表面上は、四〇年代の回想に見えるが、「金メッキ時代」で建国の理念が忘れ去られるなかで、イギリスからの独立を勝ち取った戦いを称讃する文学を扱っている。聞いているのは理念を理解して身についているはずの村の大人たちなのだ。過去の出来事を思い起こすのには、独立記念日のパレードのような儀式化し形骸化した方法では不十分なのかもしれない[第22章]。どのように理念が継承されるのかに関して、喜劇の形で疑問を投げかけてもいる。

ところが、この公共の場でのトムの失敗が、じつはリハーサルでもあった。愛国主義者パトリック・ヘンリーの言葉を上手になぞることはできなかった。日曜学校で目立とうとして聖書をもらうのに失敗した「ダビデとゴリアテ」事件の繰り返しにも思える[第4章]。しかしながら、のちに、トムはロビンソン医師の殺害をめぐる裁判という場で、教会や学芸発表会の聴衆と同じ人たちを前にして、自分の言葉で語らなくてはならないのである[第23章]。聖書や演説集をなぞるのではなくて、自分で考えて台詞を述べることになるのだ。

【借用と盗用の間で】

第21章では、「良い嘘」をめぐるフィクション論の続きが述べられている。前半の勇猛果敢な詩や演説は、少年たちによって担われている。そこでは過剰な表現が批判の対象とはなっていない。なぜなら暗唱や朗読はあくまでも手本の再現だからだ。ところが、紋切り型が羅列する作文に対しては、容赦なく批判の言葉が浴びせられる。

トウェインはとりわけ女子生徒による不出来な例として、「ミズーリの乙女によるアラバマとの別れ」という詩と「では、これが人生か」と「幻影」という二つの作文を登場させた。原註でトウェインは「『西部のご婦人による、散文と詩』から改変せずに借用した」と記している。これはメアリー・アン・ハリス・ゲイの『羊飼いの物語』(一八七一)からだと判明している。じつは一八五八年に、二十九歳のゲイが匿名で出したものの改題再版であり、トウェインは元の形で引用したのだ。女子生徒ではなくて、すでに大人になっていたが、スタイルはそのままだと皮肉をこめて引用されていた。

比べてみると、借用された三つともまさにそのままなのだが、興味深いのは、ゲイの「アラバマとの別れ」という詩の引用である。トウェインはタイトルに「ミズーリの乙女」と加えているが、ゲイは、ジョージア州に生まれ育ったのであり、ミズーリの乙女ではなかった。しかも、原詩には「タイロン・パワーの『アメリカとの別れ』を模倣して」とある。これもまた借用だったのである。タイロン・パワーは当時人気のあったアイルランドの俳優で、アメリカで三年にわたり公演をおこなった。のちに二巻本の『アメリカの印象――一八三三、三四、三五年の間』(一八三六)を出した。第二巻の最終章にあたる「さらば(Adieu)」に引用された三連からなる詩があり、それをゲイは模倣している。

パワーの詩では、「コロンビア(＝アメリカ)よさらば」と始まるが、それをアラバマに変更していた。トウェインが削除した第二連はパワーと同じく故郷を思う内容である。そしてトウェインが引用した第三連はほぼそのまま借用され、「国(land)」を「州(State)」へ、アメリカをアラバマへなど四箇所変更したにすぎない。トウェインは、学校でその詩を聞いている聴衆のなかに、フランス語の「頭(tête)」の意味がわかる者はいなかったのに全員が感動していた、と皮肉をこめている。まさにそこは「州」に脚韻を合わせるためにゲイが変えたオリジナルな箇所であった。いずれにせよ、この第三連は全体として模倣を越えた盗用レヴェルの出来栄えといえそうだ。

トウェインがアラバマに別れを告げるジョージア州の詩人の作として引用したのは、アメリカに別れを告げて故郷に戻るアイルランド人俳優が感慨を述べた詩だったのである。形式さえ整っていれば、地名を入れ替えるだけで応用できてしまう。これは古典の効用であり、まさに教科書をひな形とする機械的な反復の成果だったのである。ちなみにパワーは、一八四一年にイギリスの蒸気船プレジデント号に乗って、ニューヨークからリバプールに向けての航海の途中で船とともに大西洋上で行方不明になった。そして、『地獄への道』や『愛情物語』といったハリウッド映画で有名な同姓同名のタイロン・パワーはこの俳優の子孫なのである。

他の二つの作文をトウェインは言葉の大げさな使い方などに「学校の女子生徒のスタイルが出ている」と軽蔑的なコメントをつけている。悪い見本としてゲイの詩文が引用されているが、ここで批判の対象となっているのは、女子生徒たちの出来栄えではなくて、「友情」や「歴史における宗教」や

「メランコリー」といった題材で、結論の決まった紋切り型の作文を作らせるだけのドビンズ先生の教育方針である。それは「模倣」しているだけで、地名などの言葉を入れ替えると成立してしまう作文教育全体への批判となっているのである。

【猫が暴く金メッキ時代】

初等教育のために東部からいろいろな手本が入ってきても、現場ではそれを表面的に模倣して終わるだけにとどまっていたのである。この章で、ドビンズ先生は、模擬授業をおこない、黒板にアメリカの地図を描いて地理を説明しようとする。このアメリカをどこまでの範囲と描こうとしたのかは興味深い。マニフェスト・ディスティニーをめぐりオレゴン問題に揺れているなかで、一八四六年にはオレゴン条約によって、北緯四十九度線をイギリス領カナダとアメリカとの国境線とすることが決まる。ドビンズ先生が太平洋岸にまで到達した地図を描いたのかはわからない。模擬授業をやろうとすると、天井から猫が吊り下がってきて笑いと混乱に包まれてしまったし、ウィリアムズの挿絵では黒板に描かれているのは東海岸のところだけだった。アメリカの西をどこまでとするかで作品に扱われた年代や創作者の意識がわかるのだ。

生徒たちによる復讐劇は、学芸発表会に向けた猛特訓だけが原因ではなく、体罰を与えられるなどの日頃の鬱憤を解消するためのものだった。ドビンズ先生夫妻は、看板屋に下宿をしている。医師になりたかったという過去も含めて、ハンニバルに生活の根を張った人物ではない。先生の妻が数日間田舎へ戻っているので、油断している間におこなわれたのだ。

復讐に使われたのは猫だった。死んだ猫は、ハックももっていたし、ロビンソン医師の検死ごっこにまで使われたが、ここでは生きた猫がかつらをキャッチするために利用される。まさに化けの皮を剥ぐことになるのだ。看板屋の息子が眠っているドビンズ先生の目を盗んで、頭を「金ピカに塗っておいた(gilded)」のである。看板屋なので金色のペンキがあったのだろうが、まさにトウェインがデビュー作として書いた同時代の「金メッキ時代」の上げ底の様子が体現されているのである。

◉第22章「トム、麻疹《はしか》にかかる」

【あらすじ】
夏休みに入り、トムは新設の節制少年団に参加するが、かえって喫煙や飲酒や悪態への誘惑が増してくるのだった。ところが退団すると、今度はやる気がうせてしまう。村にはミンストレル・ショーやサーカスがやってきて一時的に退屈な気分を解消してくれる。だがベッキーが両親とコンスタンティノープルへと帰ってしまったのでトムは退屈だった。そこに麻疹《はしか》と信仰復興運動が流行する。トムは麻疹にかかり、ハックたちは信仰に目覚めるのだ。嵐が来て去るとしだいにトムの病は治り、ハックたちも盗んだメロンを食べる元の状態に戻るのだった。

【退屈な夏休み】
トムに最大の失望を与えたのは、夏休みの間ベッキーが両親とともにコンスタンティノープルへと去ってしまったことである。せっかくベッキーとの仲が修復されたのに、これではデートをするチャンスが失われてしまう。男の子と女の子が参加するパーティも開かれたのだが、参加しても空虚さが増すだけだった。代わりに、セント・ピーターズバーグにいろいろな者が訪れ、各種のイベントが開催された。そうした出来事が退屈な日常を破るのである。大半は実際にトウェインが見聞したものに基づくのがわかっている[Wechtor: 188-96]。もちろん、回想録ではないので、小説のなかでは別の働きを与えられている。

トムの夏休みの日記に登場する最初のイベントは、「ミンストレル・ショー」だった。白人たちが黒人の生活を誇張して演じた喜劇的な芝居である。幕間劇から発達し、「ミンストレル」という語もフランス由来だった。歌や踊りや寸劇が繰り広げられるが、道化芝居らしく、型にはまった人物が登場するのである。第2章でジムが歌っていた「バッファロー・ギャルズ」が、ミンストレル・ショーからの流行曲だったように、外部から文化が流入する手段のひとつでもあった。何でもすぐに演じたがるトムたちは、ミンストレル・ショーを模倣したが、人気を保ったのは二日間にすぎなかった。

トウェインは『ミシシッピ川での生活』で、子ども時代を回想して、当時の皆の野心は、蒸気船乗りになる以外は移り気だったと認めていた[第一章]。そのなかで流行したのが村に訪れたミンストレル・ショーごっこだった。そのせいで、トウェインは終生好んでいて、一八九八年十二月三十日のハウエルズに宛てた手紙で、クリスマスの余興として、若者たちが演じたミンストレル・ショーのことを報告していた。フィラデルフィアから来た若者が司会役として話をつなぐミドルマンを演じる「古いスタイルのものだった」と述べている。南北戦争後の黒人によるミンストレル・ショーとの違いをトウェインは述べているのだが、ヴォードヴィル・ショーの発達により人気が廃れ、現在では白人が「ブラック・フェイス」にすることは、差別的であり、文化盗用ともみなされている。だが、子ども時代のトウェインにとって、ミンストレル・ショーは新しい文化の流入口だったのだ。

独立記念日の七月四日といえば現在では花火が有名だが、当時「パレード(procession)」が昼間の行事の中心だった。トムは楽しみにしていたのだが、雨のために中止となってしまった。建国の父であるワシントン大統領の誕生日ではなくて、独立記念日を盛大に祝うようになったのは、ワシントン政府への反発と、原点を忘れないという批判的な意味があった。現在の民主党につながる南部に支持基盤をもつ民主共和党が、白人の農場主などの後押しで、民兵が行進する大きな祭典へと育てていった[Newman: 83]。トムが期待していたのも、一種の軍事パレードだったのである。

今回の独立記念日の最大の目玉は、セント・ピーターズバーグをミズーリ州選出のベントン上院議員が訪れたことである。ベントンは「マニフェスト・ディスティニー」を体現するオレゴン準州の帰属問題を演説した人物だが、トムは「世界でいちばん偉大な人物」なので、二十五フィート(七・六メートル)の巨人だと想像していた。実際には普通の人間だったので失望したのである。十九世紀後半に西部で広まったポール・バニヤン伝説を彷彿とさせるが、ほら話の系譜に属するのである。

トムがパトリック・ヘンリーの愛国主義の演説を失敗したことも含めて、独立戦争をめぐる一連の出来事への関心がここにはある。トウェインは一九〇七年の七月四日にロンドンのアメリカン・ソサエティ主催の祝宴でのスピーチで、独立にいたる歴史を回顧してみせた。独立記念日の昼間の行事と、夜の行事は異なり、夜には花火やクラッカーで騒ぎ、酔っ払って殺人事件も起きると聴衆を笑わせる。後半では、大憲章(マグナカルタ)、権利の章典など、すべてイギリスからもらったものだと皮肉を語っている。

これは反帝国主義という立場をとったあとでのスピーチなので割り引く必要もあるが、トムが期待していたのが、昼間の行事だったのは確かだろう。節制少年団に憧れたのも、独立記念日のパレードで、赤い飾り帯を着用する一団に参加できると期待してのことだった。

そして、ベッキーも何回か観たと言っていた巡回サーカスが訪れるのである。大規模なサーカスが何度もハンニバルを訪れた事実があり、その記憶が流用されている。ウィスコンシン州デラヴァンを根拠地とするメイビー兄弟の一座が一八四七年の夏至にやってきている。ブラスバンドがあって、百五十の人や馬が登場するという触れ込みだった。「スコットランドの巨人と巨女」という出し物もあった。メイビーがスコットランド系なのでこうしたタイトルになったのだ。

また喜劇的な道化で、ブラック・フェイスにもなる人物としても有名なダン・ライスが一八四八年に訪れて、「シェイクスピアの道化」というパロディをおこなった。トムが憧れていた道化とは、ライスだったのかもしれない。このライスの演技は、のちに『ハックルベリー・フィンの冒険』での公爵によるハムレットの珍妙な独白の基となったのである。トム(つまりトウェイン)たちがサーカスを見る機会は何度もあった。ただ、常設ではなく巡回だからこそ、次にやってくるまでは記憶のなかにあり、美化されもする。とはいえ、サーカスごっこの人気が持続したのは三日間だった。

さらに、あやしげな骨相学者や、催眠術師がやってくる。腹話術や動物磁気学などとともに、ポリーおばさんの大好きな「健康」雑誌はこうした疑似科学の宝庫であった。それらもトムたちを魅了するのである。しかも、トウェインは催眠術をかけられる役をやったこともあったようだ。ミンストレル・ショー、独立記念日のパレード、サーカス、疑似科学の伝道など、どれもがパフォーマンスであり、演劇的な面白さに満ちている。トムたちはそれを真似る形で吸収しているのである。

演劇やパフォーマンスによる吸収は、本という活字によるものとは別の側面をもっている。トムはロビン・フッドごっこなどで、本を手本にしているのだが、それは実演する台本としてであって、トムの想像力はつねに演劇的であり実践(ときには実戦)的なのである。シドやメアリーが体現しているような聖句を覚えるといった知識のための知識という態度は、トムには似合わないのである。

【節制少年団と信仰復興運動】

何かが起きると、セント・ピーターズバーグの村では電気を帯びたように流行する。子どもたちの間で夏に流行したのが、「節制少年団」と「信仰復興運動」だった。前者は、フレイザーという老判事が始めたものであった。タバコを吸ったり噛んだりするのを止め、アルコールも禁止、さらに悪態をつくのも止めなくてはならない。トムには、それが窮屈だっただけでなく、かえって欲望をそそられてしまったのである。禁止されると逆に破りたくなる心境に達したのである。

トムは独立記念日のパレードに節制少年団として参加したかったのだが、それは雨で流れてしまった。次に団長であるフレイザー判事が亡くなりそうだというので、葬列に参加する期待をもっていたのだが、団長の判事が死んだのはトムが退団したあとだった。

タバコに関しては、トムはすでに洗礼を受けていたので、節制する意味はありそうだ。だが、アルコールに関しては、少し異なるだろう。アルコール飲料に近い「ペイン・キラー」は最初の一口飲んだだけで、あとは床の割れ目が飲んでくれていたので、トムは常用者ではなかった。退団後のトムは、アルコールへの誘惑を感じなくなった。それでも、洞窟のなかでハックと金貨を見つけたときに、盗賊団を結成したら、「ここで乱痴気騒ぎ(orgies)をしよう」とトムが言えたのは、節制少年団を抜け出していたおかげである[第33章]。

その次に流行したのは「信仰復興運動」である。アメリカで広がった「第二次大覚醒(Second Great Awaking)」と呼ばれる十九世紀前半の運動を受けているのだが、東部で始まった動きが、この頃西部にまで広がった[森本：六五―六]。その結果「宗教心を得て(got religious)」ベン・ロジャーズは蒸気船ごっこなどをせずに、小冊子を貧者に配っているし、ジム・ホリスはトムが麻疹にかかったのが神の啓示だと言う始末である。ハックまでもが、トムと出会い頭に聖書の語句を披露するようになったのである。この「リバイバル(revival)」が、トムが麻疹という病からの復活とぶり返しに引っ掛けられている。もちろん節制運動と、信仰復興運動とはつながっていて両輪の輪であり、トムがどちらとも深い関わりをもたなかったことになっているのだ。

【本物の流行病】

学校の夏休みの休暇の間に、こうして次々と社会的なイベントの到来と流行現象に襲われたセント・ピーターズバーグの村に、本物の病としての麻疹が流行るのである。「麻疹のようなもの」とは、子どもがかかる一種の通過儀礼を示す比喩となってきた。実際には重篤化する場合もあるし、とりわけ大人が罹患《りかん》した場合には命に関わるのである。現在ではワクチンがあるが、「タバコを吸う」などと同じく、大人になる体験ともされてきた。

トムは麻疹にかかったせいで、二週間の苦しみを味わう。そして、嵐がまたしても転換点となるのである。麻疹にかかっているトムには、豪勢な雷を伴った派手な軍隊のような嵐が、たかが虫けら(bug, insect)のような自分を殺すために使われていると感じていた。ジャクソン島とは異なり、雷はトムの家を直撃することもなく、通り抜けていった。トムは悔い改めようと最初思うのだが、次にはしばらく待とうと考えるのである。しかも、ぶり返して、さらに三週間の苦しみが待っていた。そして、すべてが治ったときには、節制運動も、信仰復興運動も通り過ぎていたのである。麻疹のような流行病は、天然痘やコレラなどと同じくヨーロッパから流入した悪徳ともいえる。「コロンブス交換」(アルフレッド・クロスビー)という語で示されるように、コロンブス到達後、大西洋をまたいで多くの物資や人が旧世界と新世界の間で行き交った。もちろんキリスト教もその一つだったのである。

麻疹からトムの身体が回復すると、ハックたちにも盗んだメロンを食べるという悪徳がぶり返して、以前の日常生活に戻っていた。聖書の教訓や神の教えは得るのも捨てるのも簡単なのである。『阿呆たれウィルソン』(一八九四)のなかに、そっくり同じ表現が出てくる。黒人であるロキシー(ロクサーナ)が、メソジストの伝道集会に出て「宗教心を得た(got religious)」せいで、主人のドリスコルが家に置いておいた二ドルをくすねる気が失せてしまった。だが、一、二週間も経過すると信心の熱狂も和らいで、合理的な判断ができるようになり、あのときくすねる事ができたはずだと考え「くそ忌々しい信仰復興(revival)め」と毒づくのである[第2章]。どうやら、ロキシーにとっては、罪を感じさせる宗教心のほうが厄介な存在なのである。それは、このときのトムやハックとも共通するのである。

◉第23章「トム、裁判で証言する」

【あらすじ】

トムとハックは秘密を守っていることをお互いに確認しあう。そして、マフ・ポッターにタバコとマッチの差し入れをするのだった。二人はポッターが凧揚げを教えてくれた過去などを思い出す。トムは夜中に出かけていって、弁護士に証人として立つと申し出るのだ。裁判の当日、インジャン・ジョーはマフに罪をすべて押しつけたと信じていて平然としていた。トムが証人として呼ばれ、宣誓してから、墓のそばから目撃した犯行の様子を証言するのだ。不利を悟ったインジャン・ジョーは、窓を突き破って逃げ出してしまった。

【沈黙を守るべきか】

セント・ピーターズバーグの人々にとって、夏休み最大の楽しみとなったイベントがマフ・ポッターの裁判だった。ロビンソン医師殺害の犯人として当初はインジャン・ジョーへの疑惑もあったが、ナイフという物証と、マフが酔っ払っていてしかも墓標で気絶させられて記憶がないことと、インジャン・ジョーの証言によって有罪は確定と思われた。そのため、「なんで今まで処刑されなかったんだ」とか「釈放されたらリンチにかけよう」という意見も出てきたのである。退屈しのぎのためには、どのような展開になっても人々は喜ぶのである。

トムはハックと人気《ひとけ》のないところで会って、お互いに秘密を守っていることを確認する。だが、それとともに、マフが魚を分けてくれたとか、凧を揚げるのを手伝ってくれたという話をするのである。二人がタバコとマッチの差し入れをすると、マフは喜んで、処刑されても二人の親切は忘れないと言う。裁判が続く間、しだいにトムもハックも秘密を守っている状態に耐えられなくなったのだ。

裁判で証言すると選択したのはトムだった。血判までつけた沈黙を誓う契約がなされたはずだった［第10章］。それによると、裏切れば「たちどころに死んで腐敗する」はずだったが、そうした事態にはならなかった。そして、もう一つの契約、嘘をつかないという契約が持ち出される。インジャン・ジョーが自己保身のためにおこなう偽証はモーセの十戒のひとつ「汝の隣人の偽証をするなかれ」を破っているはずなのに、神罰である雷は落ちなかった。だが、目撃者であるトムは真相を告白することで、偽証をするインジャン・ジョーと対決するのである。聖書の文言を学んでいたはずのハックではなくて、麻疹にかかっていて、信仰復興運動に参加していなかったトムのほうがむしろ十戒を守ろうとするのである。そこに、ハックとの違いがある。

【マフ・ポッターと禁酒運動】

じつはマフ・ポッターに対して、ハックでさえも「大したやつじゃないけど（He ain't no account）」と低い評価を下している。ハックはコーンパイプでタバコを吸っても、アルコールに手を出していないのである。それに対して、ハックの父親の「パップ」はマフ同様につねに酔っ払っている状態である。マフが眠りこけた元皮なめし工場の一角は、パップが豚といっしょに眠る場所だ、とハックも言っていた［第10章］。

当初トウェインはマフではなくて、ハックの父親をインジャン・ジョーの被害にあう役にしようと考えていた。それほど、この役とアルコールとのつながりが強いのである。実際、ハンニバルで有名な複数の「酔っぱらい」を合成して、ハックの父親やマフが造形されたとされている［the 135th: 271］。こうしたアルコールに依存している人々を酒から遠ざける運動こそ、トムも巻き込まれた「節制運動」の中心であり、そこでは大人の禁酒が主眼となる。

だが、キリスト教徒による禁酒の動きより前に、先住民であるインディアンの側から飲酒への反発があった。ショーニー族は、一七三八年三月に、部族へのラム酒の持ち込みを阻止しようとした。そして、アルコールを摂取している他の部族に警告の手紙を出したのである［Warren: 195-6］。

先住民との交易での物々交換の対象だったラム酒は、カリブ海などでサトウキビから砂糖製造で生じる絞り汁からの副産物で、「新世界」が生み出した酒だった。タバコの栽培に不適切なカリブ海の小アンティル諸島のバルバドス島を獲得したイギリス人がこのやり方を発見したのだ。「悪魔のラム(demon rum)」と呼ばれていたが、十八世紀にウィスキーの製造技術がフィラデルフィアなどに入ってくると、ライ麦やトウモロコシで作った「悪魔のバーボン(devilish bourbon)」へと強い酒の主力が交代する［Black: 165-6］。

居留地内の先住民にラムやウィスキーの飲酒の習慣が広がるにつれて「酔っ払ったインディアン」という表現が西部劇映画や小説に見られるようになる。たとえば、『荒野の決闘』(一九四六)では、酔っ払って銃を乱射するチャーリーという先住民を倒したことで、ワイアット・アープはトゥームストーンの保安官になることを懇願されるのである。その際に「インディアンに酒を売るなんて」と町民たちを非難する。また、ヘミングウェイの「十人のインディアン」(一九二七)は独立記念日のあとでニック・アダムズが車に乗せてもらうと、路上に酔ったインディアンが倒れていることを発見する話である。こうした作品では、アルコールに溺れる人間に人種や民族の側面がからめて描かれている。

もちろん、マフやパップのような白人もいるわけだが、少数の例外として取り扱われてしまう。

マフが飲んでいる酒を供給しているのは、どうやらインジャン・ジョーなのである。これはのちに宿屋に酒が隠してある話として登場する[第28章]。インジャン・ジョーが引き受けた墓掘り仕事の片棒をマフがかついだのも、酒を買うための報酬が目当てだったのだろう。手っ取り早く酒代を稼ぐためにマフは非合法の仕事へと近づいていった。アルコールは麻薬などとともに、依存症と犯罪とを結びつけるのだ。

『トム・ソーヤーの冒険』の前半はタバコをめぐる話だったが、後半はアルコールをめぐる話へと移っていく。そして、マフ・ポッターのような酔っぱらいを社会的にどのように扱うのかは、ヨーロッパからやってきた問題でもあった。とりわけ、ラム酒やウィスキーやビールと異なり厄介なのが、ワインの処遇だった。タバコやラム酒という聖書の記述にはない品とは異なり、ワインはキリストの血の代替物となる儀式用として必要不可欠である。フランスのブルゴーニュ地方にあるクリニュー修道院のように、ワインで有名な施設も存在する。

メソジストなども布教の過程で、聖餐式にワインを使用していたが、宣教師のなかにアルコール依存者が出てきたことが問題視された。そのため、歯科医だったトマス・B・ウェルチが「百パーセントブドウからなる未発酵ワイン」の製造を考え出した。加熱することでブドウ内のイースト菌を殺し、アルコール発酵を途中で阻止したのである。これにより、完全な禁酒主義者(teetotalist)や子どもにも安心して飲ませられる「ワイン」が出来上がり、教会からも推奨されるようになった[Schweikart & Doti: 209-10]。そこで一八六九年にウェルチは自分で会社を興し、「ウェルチ博士の未発酵ワイン」として広く販売を始めたのである。これが、現在日本でも飲めるウェルチの起源なのである。さらに、アメリカの禁酒運動は、この後も拡大し、二十世紀には禁酒法時代(一九二〇—三三)を生み出すほどまでに隆盛するのである。

【裁判での証言】

トムはハックに相談もせずに証言することを決める。しかも夜の間に抜け出したのをシドにも目撃されてはいない。これは、ジャクソン島でハックたちを出し抜いてセント・ピーターズバーグの村に戻った状況にも似ている[第14章]。読者にも一応行動の詳細は伏せられている。このあたりは、ミステリー好きでもあったトウェインが採用している手法なのである。

裁判の最終日に村人たちは、裁判所に押し寄せてきた。男女の数も半々で、彼らの関心は判決が出る瞬間を見守ることだった。どこか私刑や処刑を楽しみにする心性ともつながっている。判決を下す裁判そのものが演劇的なのである。尋問などは台詞の型や順番も決まっていて聞き取りやすいし、裁判官や保安官や被告や証人たちの表情や顔色の変化が見て取れるし、陪審員たちはまるでギリシア悲劇の合唱隊(コロス)のように、被告の運命の行方を告げるのである。

裁判所(courthouse)は、日曜礼拝の教会[第5章]やトムたちの葬式の教会[第17章]、さらには「学芸発表会」の学校[第21章]と続く、家(house)と呼ばれるセント・ピーターズバーグの村人たちが集まる公的な場所のひとつである。そして、そこに参加できるのが、この社会で大人になった証《あかし》となる。トムが暗唱に失敗したパトリック・ヘンリーの演説は、議会(the House)を舞台にしていた。自分の家以外の大きな家に属することが、政治や社会生活への参加となるのだ。法と裁きによって秩序を保つ裁判所はその一つなのである。こうした家をめぐるモチーフは、「幽霊屋敷(haunted house)」へと続いていくのである。

裁判の聴衆(＝読者)が期待していた筋書きが破られて、思いがけない展開になるのも、法廷小説の醍醐味といえる。マフの弁護士から、証人として「トマス・ソーヤー」とフルネームが呼ばれるのは、ポリーおばさんやドビンズ先生に叱られるときとは異なり、法的な身分や資格を明らかにするためである。すなわち合衆国の市民で、ミズーリ州の州民で、セント・ピーターズバーグの村民であることの証なのである。もちろん、読者はトムたちと同様にすでに真犯人を知っているので意外性はない。だが、トムが物証として死んだ猫を持ち出し、さらに目撃した殺害について詳しく位置関係などを話し始めたことで、インジャン・ジョーは「雷のような速さで」逃げ出してしまった。トムの証言によりマフの冤罪が晴れて、真犯人が確定したのである。

◉第24章「インジャン・ジョーの恐怖」

【あらすじ】

トムは裁判の証言で、自分の葬式に戻ってきて以来の、英雄となった。村の新聞も書き立て、マフ・ポッターの評価は逆転することになる。ところが、インジャン・ジョーの復讐が怖くてトムは夜も眠れない状態となる。それはハックも同じで、マフの弁護士は他言をしないと約束してくれたが、それが守られるかどうかを気にしているのである。インジャン・ジョーの捜索は続いているが手がかりはない。そこでセント・ルイスから「探偵」がやってきて、「手がかり」を見つけたが、手がかりは処罰できないので、帰ってしまったのだ。


【世間とメディア】

トムがおこなった前回の騒動は自分たちの葬式に登場するという手の込んだいたずらであったが、今回は裁判所という公的な場所で、参列した全員が「善行」の目撃者となったのである。そこで、「トムは縛り首にならなければ、大統領になるかもしれない」などと評判をとる。「大統領」か「死刑囚」かという二者択一にアメリカの夢と悪夢が含まれているが、トムはそのコースを歩み始めていると評価されるのだ。どちらの結末になっても、セント・ピーターズバーグが生んだ「偉人」として、地元のメディアの注目を浴びるのは間違いない。

トムを英雄視した村の新聞は、そのまま移り気な「世間(world)」と直結している。「いつものように、気まぐれで理不尽な世間は、マフ・ポッターを懐温かく迎え入れ、以前彼を罵倒したのと同じくらいに惜しみなく可愛がるのだ」と皮肉たっぷりに述べられている。つまり、「惜しみなく(lavishly)」というのが鍵で、罵倒するのも可愛がるのも熱量は同じなのである。トムが軍人やインディアンや海賊になるのを夢想したときに、「世間をあっと言わせる」という点に価値を見出していた。子どもっぽい野心の延長なのだが、世間もそうした英雄やイベントを求めているのである。

ハックではなくて、トムが証言をしたのは、何も主人公だからではない。トムが、目指す英雄像には、たえず「世間」の承認が必要であり、トムは他人からの評価を求めている。トムが証言を決意した理由には、世間からの称讃への期待があったはずだ。それに対して、ハックはとくにこだわりもなく、ただ無関心なのである。第13章で、トムとジョー・ハーパーが海賊一味に加わる一人としてハックをリクルートした。だが、ハックにとっては、どの職業でも同じであり、「彼は無関心だった(he was indifferent)」。つまり、ハックには目の前にあるものとの関係が重要なのであって、トムのように本や学校の権威に裏づけられた野心をもつことはない。ここに、トムとハックの価値観の違いが垣間見える。

【トムの不安】

証言後にトムが見る悪夢は、インジャン・ジョーが襲ってくるのではないかという恐怖から生じている。ハックのほうも、恐怖を感じているが、こちらはトムが証言したときにマフ・ポッターの弁護士にハックのこともすっかり話したが、その秘密が守られるかどうかが心配なのだった。同じようだが、トムのほうが、裁判所で「鉄のような顔」と直接向かいあっただけに、インジャン・ジョーに対する恐怖は大きかった。

この悪夢の場面のウィリアムズの挿絵が、スイス人の画家ヘンリー・フューズリー（ハインリッヒ・フュースリー）の《夢魔》を連想させるとスーザン・ギャノンは指摘する[Norton: 371]。これはインジャン・ジョーをトムの半身と考える見方ともつながる。そして、新聞記事にあるように、「死刑囚」になるほうのトムが、「大統領」となるほうのトムを圧迫しているのである。

ヘンリー・フューズリー《悪夢》（1781 年）
デトロイト美術館蔵。

「死刑囚」か「大統領」かという二分法は、トウェインが「独立記念日」のスピーチで述べていた「昼」と「夜」の顔という二分法とも結びつくし、「ハーフ」の形で、一人に二面が同居する可能性はシドやインジャン・ジョーの出自に設定されていた。さらに、トウェインは、『王子と乞食』や『阿呆たれウィルソン』といった自分の作品に双子や役割の交換というシェイクスピアの喜劇（たとえば『間違いの喜劇』）直伝の意匠を数多く取り込んでいる。こうした意匠は、心理的な葛藤を舞台化するのに便利な仕掛けでもある。そして、トムは「まえがき」で混合柱様式の建築と述べられているように複数の人物の合成なので、一貫性がないようにも見える。だが、トムが内面に矛盾を抱えていることこそが、次の展開を見つけだすきっかけとなっていくのである。

【セント・ルイスから来た男】

インジャン・ジョーの手がかりを求めて村人たちは探し回ったのだが、行方は知れなかった。そのとき、セント・ルイスから「ある探偵(a detective)」がやってくる。セント・ピーターズバーグの治安を維持する保安官とは異なり、捜査の専門家として乗り込んできた私立探偵と普通は解されている[辻：一三二―四]。翻訳も、たいてい私立探偵とみなす解釈に従っている。

けれども、刑事であった可能性も完全には捨てられない。一八〇八年にセント・ルイスの市警察は組織化された。この小説の舞台となる頃の一八四六年には、組織の再編があって「警察部門」が正式に発足したのである。もしも、保安官なりに依頼されてセント・ルイス市警から敏腕警部が呼ばれて訪れたのだとすると、それなりに説明もつく[https://www.slmpd.org/history.shtml]。

一八七五年にトウェインが劇の著作権登録をするために書き上げた梗概には、五十年後のそれぞれの職業が記されていた。そこには、「ソーヤー将軍の凱旋、ハーパー海軍少将、フィン監督(ビショップ)、シド・ソーヤー警部、称讃された刑事(detective)」とあるのだ[Blair: 245]。半世紀経って全員揃って出世している。ジャクソン島で真っ先に里心がついたジョー・ハーパーが海賊にいちばん近い海軍少将になったとか、世捨て人としてのハックがプロテスタント教会の監督になったりするのも興味深い設定である(もっとも、ミズーリ州にはカトリックも多いのでフィン司教の可能性もないわけではないが)。なかでも、トムを監視するのが得意なシドが警部になったことはうなずける。トウェインは、セント・ルイスから来た男としてポーの小説に出てきたデュパンのような私立探偵ではなくて、ディケンズやコリンズの小説に出てくるロンドン警視庁の警部たちを想定していたかもしれない。

しかも、ポーからドイルへとつながる探偵小説の系譜では、警察の推理の間抜けぶりを補うように、私立探偵が名推理をするのが伝統だった。二十年経って発表された『トム・ソーヤーの探偵』(一八九六)では、トムの推理力が発揮されて無事解決する。トムが名探偵となるのならば、セント・ルイスから来たような他の探偵＝刑事は失敗しなくてはならない。刑事だろうが私立探偵だろうが、いずれにせよ、セント・ルイスからやってきた男が見つけたのは「手がかり」であり、「手がかり」を罰することはできないから帰ったとある。

第1章でトムと張り合って、ベッキーをめぐって三角関係になりかけたアルフレッド・テンプルと同じく、セント・ルイスからやってきた人物は信用ならないというのが、『トム・ソーヤーの冒険』での前提となっている。ミズーリのハンニバル育ちのトウェインが中心地セント・ルイスに対して抱く憧れと嫌悪という二律背反的な感情がそこには覗いている。

『ミシシッピ川での生活』の第四章に、ハンニバルには「一日一回安っぽい派手な定期船がセント・ルイスから上ってきて到着し、もう一隻がアイオワ州のキーオカックから下って来るのだ」とある。そして、子どもを含めて到着に期待をもち、それが過ぎると「その日は死んだ空っぽのものとなった」。セント・ルイスもキーオカックも、兄のオリオンが滞在していた場所であり、トウェインとの縁も深い。

父の死でセント・ルイスからハンニバルに戻ってきて新聞を始めた兄を手伝ってトウェインはジャーナリストの道を歩き始めた。だが、経営の行き詰まりから、兄は毛皮などの交易所として栄えていたキーオカックに移って新しく新聞社を始めることになった。そこへ身を寄せて、トウェインは一年半ジャーナリストとして仕事をしているのだ。セント・ルイスもキーオカックも経済的に栄えていて、ミシシッピ川沿いの町のなかで、ハンニバルから飛び出して目指すべき場所なのである。

そして、『ハックルベリー・フィンの冒険』の第12章で、筏で下って五日目に夜のセント・ルイスの脇を通過するときに、ハックは「世界中の灯りを全部点けたみたいだ」と考える。人口が二、三万人だとセント・ピーターズバーグで聞いていた。しかも灯りの下で寝静まっているのである。これは、トムがジャクソン島へと真夜中に筏で向かうときに、セント・ピーターズバーグの村の寝静まる灯りを見た場面[第13章]と対応するのだが、ベッキーへの別れを感じたトムのような感慨をハックがもつはずもなかった。また、同時代を描いた『金メッキ時代』の第五章では、セント・ルイスは工業化のせいで建築様式もばらばらな町だとされ、「その上に広がった黒い煙が傘のようにかぶった都市」と評されていた。このようにセント・ルイスは、憧れの地であり、同時に近代化とつながる悪徳もそこからやってきそうな場所なのである。

セント・ピーターズバーグの保安官や、コンスタンティノープルのサッチャー判事さえも超えた存在として、セント・ルイスの探偵＝刑事が登場しているのだが、それは役に立たず、当然ながらトムの不安はまったく解消されなかった。この不安を解消するのは再び「名探偵」でもあるトム自身に委ねられることになるのである。

◉第25章「トム、宝探しの夢を語る」

【あらすじ】

トムは、宝探し熱にとり憑かれる。ジョー・ハーパーもベン・ロジャーズも見つからなかったので、ハックを誘って話にまきこむ。トムは宝が埋められているのは、島や枯れ木の下や幽霊屋敷だとハックに教える。そして、宝を得たら結婚するというトムの計画にハックは呆れてしまう。手始めにスティルハウス川沿いの木の枯れ枝の下を掘る。場所ではなくて、時間が悪いと判断され、夜になって続きがおこなわれる。ところが、今度は時間が正確にわからないし、魔女に邪魔されているかもしれないという結論に達する。そこで次に二人は幽霊屋敷に狙いをつける。昼間なら幽霊も出現しないので大丈夫だというのが理由だった。

【宝探しという構図】

トムが取り憑かれたのは宝探しである。前章でセント・ルイスから来た男が、手がかりだけを見つけて解決しなかったのを受けて、名探偵としてのトムが、今度は宝さがしの手がかりを求めて活動し始める。宝探しをするのには仲間が必要である。結局見つかったのは、フランクリンの金言である「時は金なり」の逆を行く、金はないけど時間はたくさんあるハックだけだった。しかもハックは元手がかからない儲け話にすぐ飛びつくのである。決して物欲を離れた聖人ではない。

トムは宝物の隠し場所として「島、枯れ木の下、幽霊屋敷」と列挙する。島についてはジャクソン島でやりかけたのだが、ホームシックにかかったハックたちは拒否したのである。トムは暗号やら「象形文字」が書かれた手がかりがあるはずと言いながらも、ハックに問われるとそうした書き物はもっていないと告白する。あくまでも「枯れた木の下の枝」といった場所による証拠なのだ。発見できないと時間が昼間でまずいから見つからないという言い訳を思いつく。そして、魔女が邪魔していると失敗の理由を説明するのだ。夜中に実行しても結果は同じで、さらに正確な時間に掘らないと出てこないのだ、と言い訳を重ねるのである。

トムが宝探しに夢中になったのには理由がある。トウェインによる演劇の梗概でも「ソーヤー将軍の凱旋」とあったように、昔から英雄が冒険の旅で手に入れるのは、敵を倒した名声以外に、配偶者となる女性(=お姫さま)か、金銀財宝の宝物か、あるいはその両方となっている。裁判でトムは名声を手に入れた。その前にベッキーの愛は確保していた。トムに残っているのは、金銀財宝だったのである。そして、宝を洞窟のなかに隠して守っている邪悪な「ドラゴン」つまりインジャン・ジョーとの戦いが待っているのだ。

まるでJ・R・R・トールキンの『ホビットの冒険』(一九三七)のようなファンタジーか、寓話の世界だが、これがリアリズムに見える『トム・ソーヤーの冒険』という小説の基本構造となっている。小説の造形の材料はトウェインの少年時代の記憶だろうが、トウェインの読書体験などに基づく全体の流れの枠組みに当てはめられている。トムではなくて作者のトウェインが読書好きで、読んだ本の影響を受けているのだ。

前章で強調されていた「手がかり(clue)」という言葉は「糸玉(clew)」から来ている。これは、クレタ島の迷宮のなかで帰り道をたどる「アリアドネの糸(thread)」とつながる。迷宮の奥にいるミノタウロスを倒すために入った英雄テーセウスは、アリアドネの知恵を借りて、無事に帰ってくるのである。どうやら探偵は手がかりを掴んだようだが、事件そのものは真犯人が逃亡してしまい、「出口＝解決」を見いだせずに迷宮入りとなってしまったのである。

【名字をもたない者とギャル】

この章では、トムとハックの価値観の違いが目につく。宝物として百ドル入っている壺だとか、ダイアモンドの箱という話をトムがすると、ダイアモンドよりもドル札がすぐに使えてよい、とハックは考える。目の前の利益や価値を第一に考えるハックらしい判断である。ところが、トムはダイアモンドなら一粒二十ドルの交換価値をもっていると強調し、宝物とりわけダイアモンドの持ち主として、ヨーロッパには王がたくさん「跳《は》ねている」と表現する。これは見かけるという意味で使ったのだが、ハックに問われて、その例として、「せむし(hump-backed)のリチャード」と、リチャード三世のことをトムは口にする。

ハックは「リチャード何だ」と名字を訊くのだが、トムは「王様っていうのは名字をもっていない」と返答する。リチャード三世という名称を知らなかっただけかもしれない。リチャード・プランタジネットというフルネームもありえる。トム(＝トゥェイン)がタネ本としているロビン・フッド本の冒頭には「今から六百年以上前、ヘンリー二世とリチャード獅子心王の二つの御世に、イングランドの北部に、有名な無法者、ロビン・フッドが住んでいた」とある[Norton: 232]。トムは「せむし」という表現を、そのリチャード一世と区別する愛称と誤解していた可能性もある。

トムから王には名字がないと聞いて、ハックは「おれは王様になんかなりたくないな。黒人(ニガー)みたいに、洗礼名しかないなんて嫌だ」と口にする。ここには人種差別的な偏見の視線が存在するが、ハックが王と黒人奴隷を同じ位置にいると感じている点におかしさがある。『王子と乞食』(一八八一)でも、社会の頂点と最下層の人間が入れ替わることに意味があった。物理的な家をもっていないハックにも、家系を通じて家族に属する発想があり、ゲール語に由来するフィンという名字に執着しているのである。

独立宣言をして植民地状態を脱し半世紀以上経ったアメリカで生まれたトムやハックには、王や貴族という称号は実体がなく、あくまでも本のなかや外国の存在でしかない。名称が社会的には機能していないせいで、誰もが借用できるのである。ロビン・フッドごっこや海賊ごっこと同じである。『ハックルベリー・フィンの冒険』で、詐欺師たちがフランス「王」とかイギリスの「公爵」の末裔と名乗っているのも不思議ではない。それはジャズ・ミュージシャンが「カウント(伯爵)・ベイシー」とか「デューク(公爵)・エリントン」と名乗っても違和感がないことにも通じるのだろう。

こうした名字をもたない王への評価以外にトムとハックの価値観を分けたのが、宝物を手に入れたら何をするかというハックの問いへのトムの返答だった。「新しいドラム、偽物じゃない剣、赤いネクタイ、そして子犬のブルドッグ、そして結婚する」だった。ハックは結婚という言葉に反発し、かつて父母の喧嘩を見た体験を語って、結婚への幻滅を口にする。

ハックの女性嫌悪の姿勢がはっきりとする。そして、トムの「ガール」を「ギャル」と呼ぶ。ハックは以前、沈黙の約束を口だけで誓うのは「ギャル」であって男なら血で誓え、とトムを叱責した［第10章］。そして、「ギャル」はジムが水を汲みに行くときに歌っていた「バッファロー・ギャルズ」のように、女性一般を指す言葉だけでなくどこか「品行方正(respectable)」ではないとする含みもあった。そのため、トムは「ギャル」ではなくて、「ガール」だと訂正するのである。

トムの結婚の相手とは、ベッキーを指しているのだが、ハックに尋ねられても具体的な名前は言わない。それでいて、将来結婚したらいっしょに住もうとハックに提案している。だが、ハックが女性嫌悪的な態度を維持した場合には、トウェインによる演劇の梗概にあったように「フィン監督」という宗教者となる運命が示されているのだ。将来設計へのトムとハックの間に生じたずれがこの後広がって溝のようになり、最終的には『ハックルベリー・フィンの冒険』では、二人の立場はミシシッピ川の両岸のように分かれてしまうのである。その最終章でハックは、トムやジムより先に一人でインディアン居留地に行きたいと述べるのだ。

【ゴールドラッシュと宝探し】

トムが結婚にたどりつくには富が必要である。確かに、マフ・ポッターの裁判で証言をしたおかげで「輝かしい英雄(glittering hero)」となった［第24章］。けれども、シェイクスピアが『ヴェニスの商人』の二幕七場で引用したように、「光るものすべてが金ならず(All that glitters is not gold)」なのである。

このままでは、トムは一時的な名声をもつだけの金メッキ状態でしかない。しかも、ポリーおばさんの所で暮らしている「孤児」のトムは、セント・ピーターズバーグに住んでいる限り、一攫千金以外にベッキーと釣り合いがとれる身分にステップアップするのは難しそうである。トウェインの前作の『金メッキ時代』が描いていたのは、インチキ投資のような儲け話に殺到する人々の心性であった。トムがあせって宝探しをするのも、そうした熱にうかされてのことである。

トムが探そうとしているのは「盗賊(robber)」が隠した宝であった。ハックはなぜ隠すのかが理解できない。消費してしまえばいいと考えるのだ。ここから「現在」しか関心をもっていないハックの姿が浮かび上がる。トムは強盗や海賊と同じく宝物を「貯蓄」することを主張する。さらに、発見者が所有者となるという法的な裏づけを語り、たとえダグラス未亡人の土地でそれを手に入れたとしても、自分たちの所有物になる、とハックに断言するのだ。

トムが地下から掘り出す宝物に執着するのは、西部に広がる金に関する幻想に影響されている。ミズーリ州にも大きな影響を及ぼしたのが、一八四八年から始まったゴールドラッシュだった。金鉱石の塊を見つけさえすれば、一夜で大金持ちになれるという「アメリカの夢」でもある。そしてネヴァダ州で金鉱掘りをした体験をもつトウェインは、「カリフォルニア人の話」(一八九三)で、ゴールドラッシュに揺れた時代を描き出していた。結局トムとハックが最終的にあたりをつけたのは地面の下ではなくて、幽霊屋敷だった。しかもそれは「月光に照らされている(moonlit)」ので、ロビンソン医師の殺害がおこなわれた墓地のように不気味な雰囲気を漂わせているのだ。

◉第26章「幽霊屋敷に隠された宝」

【あらすじ】

金曜日であることを忘れて作業をしようとしたトムをハックが止める。そこで、ロビン・フッドごっこをしてその日の午後は過ごし、幽霊屋敷に穴を掘る道具を運んだのは土曜日だった。探索をしていると、そこにスペイン人に扮装したインジャン・ジョーと相棒の男とがやってくる。彼らは銀貨を隠していたのだが、さらに金貨を発見して、それを「二号」へと運ぶことにする。二階に隠れていたトムたちは見つかりそうになるが、インジャン・ジョーが階段を踏み抜いて落ちてしまったので、上るのを断念したせいで助かるのだ。インジャン・ジョーたちが立ち去ったあとで、ようやく外に出ることが出来た。

【ロビン・フッドとマレルのギャング】

トムとハックが枯れた木の下から幽霊屋敷へと場所を移して作業を始めようとすると、ハックが「今日は金曜日だ」と気づくのである。夏休みで学校がないので、トムは曜日の感覚を忘れてしまっていた。むしろ迷信深いハックのほうが曜日をしっかりと意識しているのである。

金曜日が忌避されたのは、キリストの処刑の曜日とされたからだが、『トム・ソーヤーの冒険』自体が、トムにとって不運な金曜日から始まっていたように、週末をめぐるリズムが話の流れを作っている。そして学校が夏休みになり曜日を忘れるほど村全体が眠りこけているなかで、マフ・ポッター裁判とインジャン・ジョーの脱走劇という事件が起きたのだ。
金曜日の不運を避けて空いた時間を埋めるために、トムはハックにロビン・フッドごっこをもちかける。ところが、ハックはロビン・フッドを知らない。そこでトムは、イギリスで一番えらい盗賊(robber)だと説明する。そして「代官や、僧正や、金持ちや王様からしか略奪しない。貧乏人を困らせたりしない」とトムが言うと、ハックは称讃する。そこで、幽霊屋敷が見える近くの丘で、二人は屋敷を見張りながらロビン・フッドごっこをするのである。

ロビン・フッドの話がアメリカに入ってきた経路として、トム(=トウェイン)が読んだ本だけではなくて、歌形式のバラッドもあったのだが、定着せずに消えてしまった。一八三八年以後毎年のようにロビン・フッドものの本は出版されてきたが、口承文化では衰えたのだ。しかもバラッド研究者から、その理由として、「無法者のヒーローは盛んだが、私たちが好むのは土着のタイプなのだ」と指摘されている[Simeone: 201]。アウトローを主題にしたバラッドで、主人公はロビン・フッドではなくて、西部の無法者に置き換えられたのである。

西部の歌をJ・A・ローマックスが編纂した『カウボーイ・ソングズとフロンティアのバラッド』(一九一〇)に寄せて、セオドア・ローズベルト大統領は、直筆の推薦文で、無法者への共感に触れ、「ロビン・フッドに取って代わったのはジェシー・ジェイムズだ」としている。トウェインと同じミズーリ州出身で、牧師の息子たちだったフランクとジェシーのジェイムズ兄弟は、銀行や列車を襲い、金品を強奪した。「生死を問わず」と指定された賞金首となり、味方の裏切りで弟のジェシーが亡くなったせいで伝説化した。ある意味で、トムの将来について新聞が書きたてた二つの道の大統領のほうではなくて、「処刑台に向かう」運命を選んだ人物だったといえる。

ローマックスが採譜した「ジェス・ジェイムズ」のバラッドは、現在も歌われている。ただし、歌詞は変更され、子どもの数も三人から二人となっている場合もあるが、「勇敢（brave）」と「墓（grave）」が韻を踏む部分は印象深く繰り返される。替え歌のひとつでは、襲うのは「北部（ユニオン）」の銀行や列車であって、襲った相手の手を見て働いている貧しい者と女性は殺さなかったとされる。ジェイムズ兄弟はトウェインよりも十歳以上年下であるが、同じく南軍に参加し、南北戦争のあとで強奪と殺人を始めたのだ。実際は別にして、連邦に抵抗する無法者ジェシー・ジェイムズは、ノッティンガムの代官に抵抗するロビン・フッドと同じく、トムやハックの理想を叶えてくれそうな伝説をもっている。

この章で、ロビン・フッドやジェシー・ジェイムズに相当するのは、「マレルの一味（Murrel's gang）」である。金貨を隠した盗賊として、インジャン・ジョーの相棒の口からその名が漏れたのだ。ジョン・A・マレルはヴァージニア州に生まれ、テネシー州を根城に「陸の海賊（land-pirate）」と自称して活躍した。トウェインの幼少時に活躍していたのだし、トムが海賊と山賊とに揺れ動くのも、マレルの標語が念頭にあるせいなのかもしれない。

マレルは数多くの伝説に彩られているが、一八三五年に黒人奴隷の反乱を組織した首謀者とみなされた。その冤罪が生じたのは、ハイチでの黒人奴隷による政府樹立への恐怖が根底にあった。とりわけ黒人への差別が厳しいミシシッピ州のヴィックスバーグで、反乱に参加した疑いをかけられた白人や黒人が処刑されたのである［Penick: 1-8］。マレルという名前には、そうした奴隷制度を揺さぶる過去の記憶がまとわりついているのだ。そして、マレルの一味が奪って隠したとされる金貨を、今度はトムたちとインジャン・ジョーとが争奪するのである。

【幽霊屋敷と廃墟】

インジャン・ジョーたちが、川上などで実行した犯罪仕事で手に入れた六百五十ドルの銀貨を隠しているのが幽霊屋敷だった。トムがハックに説明した「盗賊が宝物を隠す」話が、ここでも維持されている。それに加えて、インジャン・ジョーが発見したマレル一味が隠したとされる一万二千ドルの金貨があるのだから、この幽霊屋敷は、一時的に金銀の宝物が隠された場所だったのだ。さらにインジャン・ジョーは、第一号と第二号という「巣窟」をもっていて、そこに運び込むことに決める。トムとハックはその場所を突き止めていくのだ。

トムとハックが忍び込んだ幽霊屋敷は荒れ果てていて、大人であるインジャン・ジョーが上ろうとした階段を踏み外すほどの惨状になっていた。だが、そのおかげで、二階に隠れていたトムたちは発見されずに済むのである。セント・ピーターズバーグには、このように使われずに放置された家や工場がいくつもある。そこが子どもたちの遊び場所や盗賊の隠れ家や、幽霊などが出現する噂の舞台になっている。

幽霊屋敷以外にも、トムとハックが殺人を目撃した墓地から逃げ出して潜り込んだのは「皮なめし工場」の廃屋[第10章]だった。そして、インジャン・ジョーを宿屋で目撃したトムが恐怖を覚えてハックといっしょに逃げ込んだのも荒れ果てた「食肉解体場」の納屋だった[第28章]。しかも、そこに嵐が襲ってくるのだ。あとで、近隣の村まで含めた幽霊屋敷の発掘はブームとなり、床板がはがされて家屋も解体されてしまう[第35章]。それほど放置されていた家がたくさんあったのだ。

こうした幽霊屋敷や廃墟は、鉱山などの資源が掘り尽くされたり、道路や鉄道のルートが変更になったり、洪水などの災害で被害が生じると、あとにゴーストタウンが残るのとも似ている。セント・ピーターズバーグの村自体に、大きな産業はなく、ミシシッピ川の両岸を結ぶフェリーや、川上と川下をつなぐ通商が頼みの綱となっている。けれども、幽霊屋敷に端を発して、マレル一味の宝物をめぐってにわかに「ゴールドラッシュ」騒動が巻き起こったのである。

【国境の南】

幽霊屋敷に入ってきたのは見知らぬ男と、ひとりの「スペイン人(Spaniard)」だった。この年老いたスペイン人は、村には耳と口が不自由な者として訪れ、トムたちも何度か見かけたことがあった。ソンブレロを頭にかぶり、セラーペという布をまとい、緑の眼鏡をかけていた。スペイン人なのでそもそも英語を話せない可能性を臭わせ、しかも耳と口が不自由な様子に誰もが相手が無口でも納得する。だからこそ、危険を訴えてぐずる一方の男に応じて、「あぶねえだって」とスペイン人が英語をしゃべり、しかも声からインジャン・ジョーだとわかったときに、トムもハックも驚いたのである。変装という手段で、インジャン・ジョーは行方をくらまし、遠くに逃げたのではなくて、村に自由に出入りしていたのだ。

インジャン・ジョーたちは、マレルの一味がやっていたように、家を襲って有り金を奪う悪事を働いている。インジャン・ジョーは、「南へ出かけるまで(till we start south)」と口にし、復讐を終えたら「テキサスへ逃げる(for Texas)」と二度語っている。トムは自分たちへの復讐が済んだら、と勘違いして慌てるが、インジャン・ジョーの真意は別にある。逃亡前にはたすべき復讐の一つが、ロビンソン医師やその父親の仕打ちに対するもので、これは殺害によって終わった。もう一つは、村のなかでおこなわなければならないので、インジャン・ジョーは、目と耳が不自由なスペイン人に変装して、様子を探るのである。

インジャン・ジョーは、神ではなくて「偉大なるセイチャム(大酋長)にかけて」と誓うように、先住民の血を引いた「混血児」である。しかも、スペイン人へと変装して、さらにテキサスへと逃亡しようとする話には、一八四〇年代の歴史的な文脈が幾重にも交差している。

トムが尊敬していたベントン上院議員が議会で熱弁したのが、「マニフェスト・ディスティニー」と結びついたオレゴン準州のアメリカ合衆国への帰属問題であった。国境の北にあるカナダを支配するイギリス帝国との覇権争いが中心にあった。そして、アメリカ合衆国が争った国境の南の相手がメキシコ政府とその背後にあるスペイン帝国だった。

ミシシッピ川の西岸は、かつてスペイン=ブルボン帝国の支配地であった。そのため地名などに多くの痕跡がある。セント・ピーターズバーグの村には「ムラート(混血)」がいるとされる[第2章]。白人と黒人の混血を指すが、もともとスペイン語やポルトガル語で「ラバ」の意味で、ラバが雄のロバと雌の馬の混血から生まれるのに由来する。アメリカ植民地にあとから参入したイギリスもこの言葉を取り入れたのである。

スペイン帝国との覇権争いは、一八九八年の米西戦争で一応の決着がつくまで続いた。セオドア・ローズベルトは、「ラフ・ライダーズ」を率いて、キューバを襲って勝利を得た。一八九〇年のいわゆるフロンティアの消失のせいで、西部でくすぶっていた腕に覚えがある男たちが参加したのである。この勝利のおかげでローズベルトは大統領職へと上り詰めた。ローズベルトがスペイン帝国との覇権争いにこだわったのも、彼が生まれた東部に比べて、南部や西部ではスペイン文化との対立や依存といった関係が濃厚なせいだった。西部を中心に、ヒスパニック系住民に対する現在まで続く差別的な取り扱いの源泉に、カトリックであるスペイン帝国との確執の歴史があるのだ。

領土上の争点となった場所が「テキサス」だった。テキサスがアメリカ合衆国に併合されたのは、トムたちが活躍するのと同時代の一八四五年であり、ある意味でホットな話題の場所だったのである。それ以前から、テキサスのメキシコからの独立(アメリカから見ると併合)をめぐる争いが続いていた。一八三六年に独立分離派がたてこもったアラモ砦はメキシコ軍によって全滅させられたのだが、国会議員にもなったデイヴィ・クロケット以下の戦死者によって、神話化されたのである。そして「アラモを忘れるな(Remember the Alamo!)」が合言葉となった。それ以後この「＊＊を忘れるな」は真珠湾攻撃などを含めて事あるごとにアメリカの戦意を促す標語となってきた。

インジャン・ジョーたちが「テキサス」にたどり着いても、テキサス・レンジャーズなどに追い詰められれば、さらにテキサスの南の「メキシコ」という国境の南に逃亡することになる。それによって、アメリカ合衆国の法や追手から逃れて、平穏な生活ができると思われているのだ。国境の南が盗賊にとっての理想郷として描かれているのである。

そうした無法者と国境の南との関係を、ジョン・フォード監督の『駅馬車』(一九三九)も描いていた。実在した無法者のジョニー・リンゴをモデルにしたリンゴ・キッドは、舞台であるニューメキシコの「国境の向こうに牧場がある」という話をたえずする。こうした国境の南をめぐる想像力にインジャン・ジョーは囚われているのだ。そして彼は先住民の出自を隠し、おそらく目と耳が不自由なスペイン人に変装して、仲間とテキサスへと逃亡しようと考えているのである。この南へと逃亡する計画は、『ハックルベリー・フィンの冒険』のハックとジムの川下りの逃亡ともどこか重なるのである。

◉第27章「追跡」

【あらすじ】

幽霊屋敷での昼の出来事のせいで、トムは悪夢にうなされる。夢の話だと思いたかったのだが、ハックと実際に会って、現実だと確認するのだ。そして、インジャン・ジョーたちが話していた二号の巣窟とは、宿屋の二号室を指すと解くのである。二箇所を訪れて、トムは一つの宿屋に目をつける。そして、夜にはハックが人の出入りを見張ることになる。ありったけの鍵を集めてきて、トムは閉ざされた二号室のドアを開けて中に入ろうと試みるのである。


【トムとハックの役割分担】

悪夢のなかで、トムは一連の出来事が、まるで別世界か、遠い過去に起きたように感じるのだ。

五十ドルの金額だって今まで見たことがないのに、銀貨の数百とか、金貨の数千という単位にリアリティを感じないせいである。トムは夢か現実か定かでないままハックを探した。すると平底船の縁に座っていたハックは、「もしも、道具を死んだ木のところに置いていたなら、気づかれずに、金貨を全部手に入れられたのになあ」と悔しがるのだ。

ハックも悪夢にうなされ、スペイン人＝インジャン・ジョーに襲われる夢を見ていたが、一度きりのチャンスを逃したことを後悔し、そのまま諦めようとする。けれども、トム・ソーヤーは実務的な推理力を発揮する。インジャン・ジョーたちが言っていた「第一号」と「第二号」という巣窟の場所を探し出そうと考える。そして、とりあえず、「第二号」とは家の番号か何かで、「二号室」のことだと見当をつける。

二人とも同じように悪夢にうなされるのだが、諦めるハックに対して、トムは空想ではなくて、推理力を駆使する。この違いもあって、トムとハックは役割を分けることになる。これまで、墓地での殺人の目撃も、ジャクソン島での海賊ごっこでも、宝探しの幽霊屋敷への潜入でも二人はいっしょだった。ところが、この章から別行動をとるようになるのである。二つの宿屋への聞き込みはトムの単独行動となった。それは「公共の場所で(in public places)ハックと一緒にいるところを見られたくなかった」からなのである。

トムが最初に出会ったときに、ハックは死んだ猫をぶら下げて森でダニをとってきたばかりだった。トムは学校に遅刻していたので周囲に他の人がいない状態だった[第6章]。トムが宝探しの誘いをするとき、わざわざハックを「プライベートな場所」へと連れて行く[第25章]。そして、今回ハックを探し出したのも、平底船で足を川につけて遊んでいるという他人の目が届かないところだった。

トムは裁判で証言をしてインジャン・ジョーに顔を見られているが、ハックもやはり墓地での目撃者だという事実はマフ・ポッターの弁護士以外に知られてはいない。トムは公共の場でハックが自分の仲間だと露呈することを恐れている。相手に存在を悟られていないハックは、スペイン人に変装して村の状況を探りにくるインジャン・ジョーに対抗して、スパイをするのにふさわしいのである。

屋外に一日中ハックがいても、村の人間で怪しむ者はいないのだ。ハックが単独行動を好むのと、セント・ピーターズバーグの表の社会から排除されている状況と関連している。ハックは「ホームレス」であるから、雨露をしのぐために他人の軒下に滞在することは許されても、家の中に入るのは拒否されている。当然ながらトムとハックの二人が連れ立って、宿屋へと入っていけるわけではない。

そこでトムは単独で二つの宿屋を訪れ、一方の二号室には若い弁護士がずっと滞在していると確認した。教会にも顔を出した新入りの弁護士リバーソンの部屋かもしれない[第5章]。インジャン・ジョーの巣窟のはずはなかった。そこで、もう一つの禁酒宿屋の第二号室が怪しいとみなす。その宿屋の息子は、客は夜にしか出入りをしないし、昨夜灯りが点いたので、「幽霊部屋」だと思っている、と教えてくれたのだ。まさに人の気配がない幽霊屋敷とつながるのである。

そして、インジャン・ジョーを見張る計画を立案する頭脳労働のトムと、夜の間見張りをして、出てきたらあとをつける肉体労働のハックという役割分担が、この後の展開に必要となる。

【盗賊になる】

セント・ピーターズバーグの少年たちの情報網がトムには役立った。すでに看板屋の息子の手助けがあって、ドビンズ先生への復讐が実行できた[第21章]。次の第28章でも、ベン・ロジャーズが、ハックが昼間寝るのに干草小屋を使わせてくれる。トム・ソーヤー探偵の頭脳の冴えだけでなくて、少年たちのネットワークによる援助があるのだ。セント・ルイスから来た男が、手がかりを発見しただけで、インジャン・ジョーの行方を突き止めることに失敗したのは、セント・ピーターズバーグという「ちっぽけな町(one-horse town)」がもつ情報網を利用できなかったせいかもしれない。

トムとハックはありったけの鍵を集めてきて、第二号室のドアに適合するものを探し出す。鍵と錠はどれも秘密やプライバシーを守ることと関係する。トムとハックは秘密を守るために口に「錠をかけて鍵を捨てた」[第10章]し、ドビンズ先生は解剖学の本を机に錠をかけてしまっていた[第20章]。ベッキーが本を取り出す誘惑に負けたのも、鍵がついたままだったせいで、どこからか鍵を探しだしてきたわけではない。

ポーの「モルグ街の殺人」(一八四一)が密室殺人の犯人探しだったように、施錠され閉ざされた部屋は、謎を秘めていて、秘密を守る空間ともなる。「クローゼットのなかの骸骨」という諺が他人には知られたくない秘密や醜聞を指すように、狭い空間のなかに財宝や謎が隠されているのだ。それを盗賊や探偵たちが明るみに出していく。そこで、一七九一年に成立した憲法修正第四条は、捜査令状なしに警官などがドアを勝手に開けて家屋に入ることへ抵抗する権利を保証していた。

トムたちは「私室」である第二号室に不法侵入をする事実上の「盗賊」となっている。盗賊の宝を手に入れるためには盗賊になるしかない、という逆説がそこにある。しかも、ハックが自分の家からドアの鍵をもってくるのは無理である。おそらく、交換などを通じてどこかで入手するだけだ。トムが狙っていたのはポリーおばさんのもっている鍵の束なのである。

インジャン・ジョーが殺人を犯した卑劣な犯罪者だからこそ、対抗手段としての犯罪が許される。このあたりの言い訳が用意されているので、少年たちは「いたずら」を超えた領域に入るのが許されるのである。しかも実際には施錠されていなかったので、合鍵は不要だった。これによって、トムは「錠前破り」という犯罪者となることをうまく免れるのである。

◉第28章「インジャン・ジョーの根城」

【あらすじ】

トムたちは、月曜の夜から宿屋の見張りを続ける。だが、明るいので人の出入りがない。雲行きがあやしくなった木曜日の夜に、カンテラとタオルをもってトムは向かう。ハックが長い間待っていると、トムが出てきて「走れ」と言って、二人が家畜解体場の納屋まで逃げる。そこに嵐が襲ってくる。部屋に入ったら、酔っ払って寝ていたインジャン・ジョーをトムは踏みつけそうになったのだ。そこで、代わりにハックが見張っていて、何かあったらトムのところに教えにくることが決まった。

【禁酒宿屋の正体】

トムとハックは月曜日から夜の間も宿屋を見張ることにするが、晴れていて、どうやら月明かりのせいで姿が見えやすいせいなのか、インジャン・ジョーが訪れる気配がない。空振りが続いたが、木曜日になると遠くで雷が鳴って、雲が出て暗がりとなる予兆がある。トムはランタンとその明かりが漏れるのを隠すタオルをもって、第二号室に入り込んだ。そして、そこから逃げ出してきたトムに「走れ」と命令されて、ハックは食肉解体場の物置までいっしょに走るのだ。雷と雨がトムたちに襲ってくる。まさに天啓に満ちているのである。

トムの説明によると、鍵を二つ試しても成功しなかったが、じつは施錠されていなくて、勝手に中に入ることができたのだ。床に横たわったインジャン・ジョーを見つけたが、ウィスキーの瓶とブリキのカップを横において、変装用の緑の眼鏡をかけたまま酔って眠りこけていた。トムは手を踏みつけそうになり、ランタンを隠すためのタオルを落としたが、逃げ出すときに忘れずに拾ってきたのである。

その間に観察眼の鋭いトムは、室内に酒樽が二つとたくさんの瓶はあったが、金貨の入っていた箱も、十字の印もないことを確認していた。しかも、インジャン・ジョーはウィスキーを一本しか空けていなかったので、すぐに目を覚ますだろう、とトムは考える。正体をなくすには三本は必要になるはずだった。そして、目を覚ましたら、金を探しにいくだろうから、追跡するようにハックに依頼するのである。

すべての禁酒宿屋にウィスキーに取り憑かれた幽霊部屋が一つはあるかもしれない、とトムは言う。

トムたちが節制運動に参加したように、セント・ピーターズバーグの村には、アルコール禁止の動きがあった。ところが、インジャン・ジョーたちの稼ぎの一つとなっているのは、どうやら禁酒宿屋を舞台にしたウィスキー販売のようだ。銀貨が隠されていた幽霊屋敷は、「スティルハウス川」と蒸溜所がそのまま名前になった場所にあったし、当時ハンニバルにウィスキー蒸溜所は三軒あったとされる。そのすべてが合法的な施設だったのかは不明である。

節制運動の目を逃れるには、大っぴらに売買しないほうが都合がよい。インジャン・ジョーが英語を喋らずにスパイをするために、目と口が不自由なスペイン人に変装したのと同じく、酒を提供しない禁酒宿屋だからこそ、人が恐れる幽霊部屋に偽装して、酒の存在を隠して販売できる。これは、ポーが「盗まれた手紙」(一八四五)で示した重要な手紙をありふれた場所に隠したトリックにも近い。もちろん、宿屋の主人がインジャン・ジョーと結託していたのであり、酒の密売が発覚すると営業停止となってしまう[第30章]。セント・ピーターズバーグの腐敗の源は、周辺ではなくて、宿屋というまさに村の中心に存在していた。結果として探偵トム・ソーヤーがその悪事を暴く話となっている。

【シーザーの亡霊と復讐】

トムは何が起きたのかをハックに説明しながら、部屋に入ってタオルを落としてインジャン・ジョーを発見したときに、「一体どうしたことだ(great Caesar's ghost!)」と声をあげたと教える。他でも使われるまさに芝居がかった決まり文句なのだが、直訳すると「偉大なシーザーの亡霊」となり、シェイクスピアの『ジュリアス・シーザー』の四幕三場に出てきた亡霊を連想させる。シーザー(カエサル)は三幕一場で暗殺されてすでに死んでいる。そして、自分を裏切ったブルータスのもとに出てきて「フィリッピでまた会う」と予言をする。その地でブルータスは亡くなるのだ。

『トム・ソーヤーの冒険』に、幽霊や魔女は話題として出てくるが、どうやら本物は登場しない。「幽霊屋敷」でも、金貨や銀貨をめぐる人間の欲望が渦巻くだけで、物が動くとか、怪しい音がするとか、人影が出現するといった超自然的な現象が起きるわけではない。それでいて、トウェインは、亡霊が登場するシェイクスピア劇への言及を繰り返す。『ハムレット』のオフィーリアの目への言及がある[第21章]。トムはハックにリチャード三世を「せむしのリチャード」と説明した[第25章]。そして、今回はシーザーへの言及である。

どの劇も復讐と亡霊とが結びついている。亡霊たちは殺害された無念な思いを伝えるために登場する。『ハムレット』ではハムレットの父親がその弟に毒殺されて亡霊となり、シーザーは親友と思っていた腹心のブルータスにまで刺されて死んだのだ。それに対して、リチャード三世には、彼が殺した者たちが亡霊となって次々と訪れる。インジャン・ジョーに近いのは、ハムレットの父王やシーザーではなく、甥たちをロンドン塔で殺害させた残忍なリチャード三世かもしれない。しかも、復讐心に燃えているが、マフ・ポッターを裏切ったインジャン・ジョーに待ち構える運命は、「詩的正義＝因果応報」の原則に則っている。そして、シーザーは予言を無視して暗殺されたが、そのシーザーの亡霊に死を予言されたブルータスにもインジャン・ジョーはどこか通じるのである。

【アンクル・ジェイク】

ハックは昼間寝て、夜になるとインジャン・ジョーを見張るという計画に同意する。ベン・ロジャーズが自分の家の干草小屋を使わせてくれ、ベンの家の黒人奴隷であるアンクル・ジェイクが親切にしてくれるのだとトムに話す。この場合のアンクルは血縁のおじではなくて年上への尊称である。

アメリカ合衆国を女神コロンビアのような女性ではなく、男性として表現するときに、「アンクル・サム」が使われる。「U・S」という略称をそのまま読み替えたものだが、白人の老人で、たいてい星条旗柄の帽子や服を着ている。それに対して、「アンクル・トム」や「アンクル・リーマス」といった黒人のキャラクターの名称としても広く知られている。「おじさん」や「じいや」という訳語がよく当てられる。

コネティカット州のハートフォードで、トウェインが近所に住むことになったH・B・ストウ(ストウ夫人)が書いたのが『アンクル・トムの小屋』(一八五一)である。アンクル・トムはケンタッキーの農場から家族と別れて売られてしまい、ニューオーリンズの綿花のプランテーションでの過酷な労働の末に亡くなるのだ。途中で川に溺れたエヴァという少女を助ける話などが入り、アンクル・トムの敬虔な魂が強調される。そして、アンクル・トムの物語の傍らに、混血のエライザをめぐる物語があり、彼女は「地下鉄道」を利用してカナダへと逃げ、さらには、アフリカを目指して夫とともに旅立つのである。

また、アンクル・リーマスは、ジョージア州で生まれ育ったJ・C・ハリスによる『アンクル・リーマス物語』(一八八〇)に登場する。子ども時代のハリスをモデルとする農場主の息子に、さまざまな話をする語り部なのである。『ウサギどんとキツネどん』という邦題があるように、アンクル・リーマスの話は、動物寓話であり、西アフリカからアメリカ先住民などの多くの民話と共通点をもつことが指摘されている[Ruppersburg & Inscoe: 205-12]。

ハックが言及するアンクル・ジェイクは、こうした白人作家が生み出した「気のいい」黒人奴隷の系譜にある。そして、『ハックルベリー・フィンの冒険』の黒人奴隷のジムの先駆けでもある。ハックはアンクル・ジェイクに水を汲んであげたり、逆に食べ物を恵んでもらったりする。ハックが他の白人とは異なり、偉そうな態度をとらないので受け入れられ、「いっしょに食事をする」のだとハックは強調する。ここにトムとの違いがある。ポリーおばさんの奴隷であるジムとトムは同じテーブルにはつかないだろう。トムが遊びの場で黒人や混血の子どもたちと付き合うのと、食事をともにするのとでは社会的な意味あいが異なる。

アンクル・トムが従事したのは、綿花栽培などのプランテーションでの奴隷労働だった。それに対して、ミズーリ州の黒人奴隷の多くは、家庭内の仕事を担っていた。ジムやアンクル・ジェイクがおこなう水汲みはそうした労働の一部なのである。のちに出てくる老ウェールズ人の家にも三人の黒人奴隷がいたとわかるが、彼らは家庭外の労働も担当していたのかもしれない[第30章]。

トウェインの叔父にあたるジョン・クォールズは、ミズーリ州フロリダで三十人ほどの黒人奴隷を使って農場を経営し成功していた。その伝手《つて》を頼って一家が移住したので、トウェインはフロリダで生まれたのである。この農場にいた「アンクル・ダニル(ダニエル)」は、『ハックルベリー・フィンの冒険』のジムのモデルになったことでも知られる。ポリーおばさんのジムのモデルとなったのは、サンディという近所から一家が借りていた黒人奴隷だった。

アンクル・トムもアンクル・リーマスも、現在では黒人をステレオタイプに描いていると批判される。北部で育ったストウ夫人には黒人奴隷を間近に見て暮らす体験はなかった。アンクル・トムの死に至る物語は、小説ではなくて、海賊版を含めた改作による「トム・ショー」と呼ばれる演劇によって広がった。そのなかでは、「厚い唇にギョロ目」というミンストレル・ショーで使われた表現が採用されていた作品も多かったのである［常山：八二―三］。しかも、黒人奴隷のトムの売買される運命ではなくて、溺れているところを救われ病で亡くなる白人の少女エヴァに焦点をあて、観客の涙を誘うメロドラマ劇となっていたのだ。

また、アンクル・リーマスでも、ウサギを捕まえるためにキツネが作る黒い「タール人形」は、黒人を表現しているとみなされて抗議を受けた。ディズニーがその話に基づいたミュージカル映画の『南部の唄』（一九四六）を公開したあと、南北戦争前のプランテーションの生活に対するノスタルジーそのものが批判の対象となった。そして、全米黒人地位向上協会（ＮＡＡＣＰ）が、作品内の黒人の描き方について一九八六年に正式に抗議をしたので、現在では視聴不可能となっている。

アンクル・トムやアンクル・リーマスの話す「黒人英語」の表記も人工的である。『アンクル・トムの小屋』ではわざわざ「彼の会話は気ままで、マレーの文法書をやすやすと破り、会話の間は冒涜的な言葉によって埋められていた」［第一章］とあるように、道徳的な要素も含めた削除や訂正があることをうかがわせる。また、アンクル・リーマスの方言には、ジョージア州の訛りが転記されただけではなく、綴りの間違いを利用した「視覚なまり（eye dialect）」が採用されていた。これは教育を受けていない無学を示す表現であった。こうした方言の表記方法はトウェインに影響を与えた。トウェインは自分の耳が敏いと自慢し、『ハックルベリー・フィンの冒険』の冒頭で、四種類の方言や訛りを識別して書き分けているとしている。そうした耳によって台詞を細かく書き分けているトウェインであっても、黒人や先住民といった人種や民族のステレオタイプの利用から免れるのは難しい。

重要なのは個々の作家や作品がステレオタイプを使っているか否かではない。たとえ使ったとしても、どれだけ逸脱し、相対化する要素を盛り込めるのかにある。トウェインはその点で示唆的な要素をもっている。たとえば、ハックは、アンクル・ジェイクとの親密さを語りながらも、「誰にも言うな」とトムに口止めすることを忘れない。トムが無法者でホームレスのハックと連れ立つのを公共の場で避けるように、ハックも黒人といっしょに食事をしている事実をトム以外に知られたくないのである。牧歌的に見えるセント・ピーターズバーグで暮らしながら、二人のなかにそれぞれ階級や人種といった点での差別意識が入り込んでいる事実を浮かび上がらせている。

◉第29章「未亡人を助けるハック」

【あらすじ】

ベッキーが前日に帰ってきたと金曜日に知り、トムたちはいっしょに遊び回る。そして翌日に村の子どもたちは、蒸気船に乗って、川下のマクドゥーガル洞窟までピクニックへと出かけるのだ。トムは、一時的に宝物のことは忘れてしまう。一行は洞窟内の探検をして遊び回り、夜になって船は村へと戻るのだった。同じ夜に、ハックはインジャン・ジョーたちが宿屋から出てきて、ダグラス未亡人の住む丘へと向かうのを見つける。インジャン・ジョーが復讐のために、彼女の顔を傷つけるという話を盗み聞きする。そこで、ハックは途中に住むウェールズ人の一家に助けを求める。彼らが出かけて銃声が聞こえると、その場からハックは逃げ出した。

【洞窟へのピクニック】

ハックにインジャン・ジョーの見張りを任せたせいでトムは気楽になった。ハックが猫の鳴き声をまねて呼びにくるまでは暇になるのだ。木曜日の夜にベッキーがコンスタンティノープルから帰ってきていたとわかる。すると、インジャン・ジョーや宝探しのほうはおろそかになり、優先順位の二番手になってしまった。

金曜日にいっしょに遊んだあとで、ベッキーは学校の友だちを洞窟へのピクニックへと招待した。これは第18章で、ベッキーがトムへの仲直りを試みるために皆を誘った約束を果たしたのである。そのときトムはエイミーとの仲を見せつけて、ベッキーが招待する機会を失わせていた。だがベッキーと復縁したせいで、どうやらエイミーは完全に忘れさられてしまったのである。

子どもたちだけでピクニックはおこなわれ、貸し切りの蒸気船で向かった。大人たちはついていかずに、十八歳くらいの娘たちと、二十三歳くらいの青年たちという年長者が面倒を見ていた。彼らは日曜日の礼拝に陣取って、互いに関心を抱いている若い男女と同じ層である[第5章]。彼らが洞窟に出かける目的は、そこでの出会いや楽しみを求めてのはずだった。そのため注意が散漫な引率者も含めて、全員が遊び疲れてしまい、互いに点呼もしないままで帰宅したのである。「A」という形をした入り口から入っていくマクドゥーガル洞窟は鍾乳洞で、内部には小さな部屋がいくつもあり、しかも地底に向かって伸びた洞窟には、多くの分岐があった。ロウソクをもって入るのだが、子どもたちは、小さなグループに分かれて、隠れんぼなどをして楽しむのである。

例によってエスケープを考えるトムは、学校から昼食のために帰るベッキーに友だちから逃れて戻るように求めたとき[第7章]のように、今度はダグラス未亡人の「アイスクリーム」を口実にベッキーを誘う。アイスクリームには、天然氷と大量の砂糖が必要で、都会の公園の店やパーラーなどで食べる高価なものだった。ひょっとすると、ダグラス未亡人は旧来のソルベティエールではなくて、最新のアイスクリームメーカーをもっていたのかもしれない。一八四三年にフィラデルフィアで「人工フリーザー」第一号の特許が取得され、国内で家庭用アイスクリーム製造機のブームが起きていた[Quinzio: 95-7]。それに金持ちなら、ニューオーリンズ製のサトウキビから作った上等の砂糖をふんだんに使えただろう。ベッキーと共有したチューインガムとともに、アイスクリームは二人が憧れる菓子なのだ。その楽しい計画のせいで、二人だけで迷子になってしまい、他の子どもたちといっしょに帰らずに行方不明事件へと発展するのである。

【マクドゥーガル洞窟】

マクドゥーガル洞窟は、ミシシッピ川を下ったセント・ピーターズバーグの村の南にある。ハンニバルにあるマクダウェル洞窟がモデルだったが、『トム・ソーヤーの冒険』の人気のせいで、一八八〇年に「マーク・トウェイン洞窟」と改名された。国定自然ランドマークに一九七二年に指定されて、観光名所となっている[https://www.marktwaincave.com/history-of-our-caves/]。

マクダウェル洞窟とは、そこを所有していたドクター・ジョセフ・ナッシュ・マクダウェルという「マッド・ドクター」に由来する。アメリカの婦人科医として卵巣摘出の外科手術を成功させて著名なエフレム・マクダウェルの従弟にあたり、のちにミズーリ大学に組み込まれる医学校を創設した。彼が「墓掘り」や「死体盗掘」を一八四〇年にセント・ルイスに持ち込んだ人物だとされている[Henderson]。マクダウェルには、洞窟のなかにメキシコとの戦争に備えて武器を隠しているとか、自分の娘の遺体を保存しているといった噂がつきまとっていた。トウェインもインジャン・ジョーに殺害されるフランクリン医師のモデルとして利用し、そうした恐怖が残る場所として、マクドゥーガル洞窟を形象したのである。

洞窟が冒険の舞台となるのは、炭坑などを通じて地下世界への関心が広がったせいでもあった。物語の下敷きの一つともなっているバニヤンの『天路歴程』も、詩人が洞窟で寝て見たヴィジョンの話だった。『ハックルベリー・フィンの冒険』で船の名前にしたくらいトウェインも愛読したウォルター・スコットの歴史小説は、洞窟などの風景の利用において転機をもたらした。冒険小説に洞窟を効果的に取り込んだのである。『オールド・モータリティ』(一八一六)や『ガイ・マニング』(一八一五)などで、スコットランドの荒れ地にある隠れ家として洞窟が利用されるのである[Bruzelius: 44-51]。

そして、ヴェルヌ(『地底探検』)やデュマ(『モンテ・クリスト伯』)によって、エキゾチックな風景としての地下世界の洞窟や鍾乳洞のモチーフはさらに広がりを見せた。『トム・ソーヤーの冒険』におけるマクドゥーガル洞窟は、こうした文脈にあり、『アーサー王宮廷のコネティカット・ヤンキー』(一八八九)でも、六世紀のイギリスへと飛んでしまった機械工で工場長の主人公が、大発電所を作るためにマーリンの洞窟を効果的に利用していた。

トウェインの小説も読んでいたのであろうミステリー作家のケネス・D・ウィップルは、『鍾乳洞殺人事件』(一九三四)で、ヴァージニア州のシェナンドー渓谷の鍾乳洞を舞台にした連続殺人を扱った。シェナンドー渓谷には有名なルーレーの鍾乳洞など、東部を代表する鍾乳洞群が数多くある。カーター洞窟で、発見者で所有者のカーターが殺害される。複数の容疑者がいて、凶器に鍾乳石のつららが使われ、金が含まれているかもしれない「黄金窟」と呼ばれる秘密の空間が登場する。殺人鬼の片目の怪物などは、どこかインジャン・ジョーを連想させるのである。この『鍾乳洞殺人事件』が発表されると同時に翻訳していた横溝正史は、疎開先の岡山で見た鍾乳洞から『八つ墓村』(一九四九―五一)というミステリーを着想した。落ち武者殺しの伝説が残る村で起きる連続殺人事件が題材となった。

このように鍾乳洞が作り出す地下の迷路は、多くの作家を魅了してきた。そして、過去の因縁や歴史が封印されていたり、思わぬ富が隠されていたり、意外な出口とつながる抜け道が存在したりする場所だったのだ。マクドゥーガル洞窟でも、インジャン・ジョーとトムとベッキーとが遭遇して、第二の殺人事件が起きても不思議ではない。しかも、犯行が永遠に闇のなかに封印されたかもしれないのだ。

うでもある。

子どもたちを乗せた蒸気船が戻ってくる様子を見ていたハックは、そのまま夜の見張りを続けていた。そして、ハックは、夜陰にまぎれて宿屋から路地に出てきたインジャン・ジョーたちを発見して、あとをつけていくのである。途中にある古い石切り場が金貨の隠し場所ではないかと最初考えるが、通り過ぎてしまい、ダグラス未亡人への復讐の話が出てくる。

【インジャン・ジョーの胸中】

役割分担によって、トムとハックそれぞれが中心となる二つに展開が分かれることになる。そして分岐しながらも統合する。それは洞窟内の迷路のようでもあるし、氾濫し蛇行するミシシッピ川のよ

インジャン・ジョーは相棒に心の内を語るのだ。墓地でフランクリン医師にその父親の仕打ちへの復讐を語り、結果として殺害したときには、彼の復讐心の正体を聞いたのはトムたちの他にはマフ・ポッターだった。今回はテキサスへといっしょに逃げるつもりの別の相棒に、復讐の理由を述べる。

インジャン・ジョーは、治安判事だった亡くなったダグラスに、浮浪罪で何度も捕まえられ、とりわけ公衆の面前で「馬の鞭で打たれた」ことに屈辱を感じているのだ。しかも「ニガーのように(like a nigger)」扱われた点にいちばん憤っている。先住民を奴隷にするのは一八三四年に非合法になっていた。それなのに「動物＝黒人奴隷」とみなされたので、混血である彼の白人と先住民双方の血筋が強く反発したのである。トムたちは学校で処罰としてたびたび鞭で打たれるが、当時の教育の一環であり、一応「人間」用の鞭を使っているのだ。

インジャン・ジョーが復讐しようと考えた対象となったのは、当事者であるはずの夫での治安判事

ではないことに、心の歪みを感じさせる。しかも、ダグラス未亡人の場合は、殺害ではなくて、鼻を削ぎ、耳を切り刻むことで「容貌(look)」を傷つけようとするのだ。ここには女性を容貌だけで判断するルッキズムもあるが、同時にインジャン・ジョーが容貌によって差別されてきた過去を映し出してもいる。人種的民族的な差別は、顔や姿かたちの表面に対する価値判断から始まることが多い。だからこそ『阿呆たれウィルソン』で扱われるように、黒人の血が混じっていることをさとられないように生活する「パッシング(passing)」が問題となってくる。

【ハックを助けるウェールズ人】

インジャン・ジョーがダグラス未亡人への復讐を計画していることを知ったハックは、丘の途中にあったウェールズ人の家に助けを求める。ドアを叩いて、父親である老人に名前を告げると「多くのドアを開けてもらえる名前ではないな」と返答がくる。これがハックに対するふつうの反応だった。だが、インジャン・ジョーではないので、施錠を外して家のなかに入れてもらえた。そして、ハックの話を聞くと、老ウェールズ人は二人の息子といっしょに銃をもって出かけるのだ。そして銃声がして、ハックは恐ろしくなってその場を逃げ出してしまった。

このウェールズ人のモデルは、村で御者をしていて、のちに本を売るようになったジョン・デイヴィスだとされる。十九世紀半ば過ぎにアメリカに渡ったウェールズ人は、ペンシルヴァニアなどのアパラチア山脈周辺の炭坑労働に従事した者が多かった。十九世紀前半には農業労働者として渡ってきていて、セント・ピーターズバーグにいるウェールズ人たちはその仲間なのだろう。だが、ミズーリにも炭田は広がっていて、一八八〇年代には、アイオワ、イリノイ、インディアナとともに大小の炭坑が州内にあったのである[Lewis: 67]。そうしたところにも、ウェールズ系の住民が炭坑労働者としてやってきていた。

ハックが最初金貨の隠し場所と考えたのは、カーディフ・ヒルの途中にある「古い石切場(the old quarry)」だった。これは有名なミズーリ石灰石の石切場で、カーディフ・ヒル自体が石灰石の山なのだ。現在では石材ではなくて、細かく砕いてセメントの材料として利用されている。雨水が染み込んで石灰を溶かし、地下に鍾乳洞が形成されたのである。こうしてトムとベッキーを巻き込む地下で起きている事件と、ハックを巻き込む地上で起きている事件とが、単なる比喩ではなくて、石灰でつながれる地上と地下の二層構造として示されている。

しかも、石灰石と石炭とは、出土する地層が重なるのだ。ケンタッキー州にはマンモス・ケーブと呼ばれる巨大な鍾乳洞があるが、それはマーク・トウェイン洞窟ともつながる石炭紀前期にあたるミシシッピ紀の石灰岩の産物である。『鍾乳洞殺人事件』のヴァージニア州と、ケンタッキー州とミズーリ州とは、地図上で東西にほぼ直線に並んでいる。それが石灰石の層の広がりを示している。そして、石炭紀の後期をアメリカではペンシルヴァニア紀と呼ぶが、まさにアパラチア山脈周辺の炭田が形成されていた時期を指している。日本でも、福岡の田川は筑豊炭田の中心地で、炭坑節の発祥の地とされるように三井鉱山による石炭の採掘で栄えていた。だが石炭産業が衰退したあとでも、麻生セメントが石灰石を採掘する工場を置いて操業している。

アメリカも日本も、石灰岩や石炭の地層の上に近代国家が成立し、それを掘り出すことで発展してきたのである。さらに西部には、カリフォルニアのゴールドラッシュを引き起こした金もあり、テキサスには石油という資源も出るようになる。そして鉱物資源の発見のたびに、政府などの都合により、インディアン居留地から先住民が移動させられてきたのである。

【トウェインの物語の作り方】

第29章のインジャン・ジョーとハックをめぐるエピソードの素材になった出来事について、トウェインは『自叙伝』の第十七章で述べている。実際にハンニバルで起きた事件の見聞がヒントになっていたのである。トウェインは少年時代に、黒人奴隷が殴り殺されたり、若者がボウイーナイフで刺されたりといった悲劇を目撃した。その一つとして、詳しく紹介されている。

カリフォルニアからやってきた若い移住者が、夜中に酔って卑猥なことを言いながら、カーディフ・ヒルのモデルとなったホリデイズ・ヒルにあがっていった。その騒ぎに村中が起きて、トウェインも友人のジョン・ブリッグズと見物に向かった。村の北に存在する丘の途中にある「ウェールズ人の家(Welshman's house)」には、「貧しいがきわめて品行方正な未亡人と非の打ち所のない娘」が住んでいた。リチャード・ホリデイの未亡人である彼女が、ダグラス未亡人にあたる。リチャードは、トウェインの父の部下として治安判事をやっていた。生前南ウェールズのカーディフの風景を想像させると言っていたのが、小説での丘の名の由来となった。

未亡人は娘と自分を守るために、酔って敷地に入り込んだ男に、ポーチから古いマスケット銃を威嚇するために向けた。そして十を数えながら警告をして、立ち去らない男を撃ち殺してしまう。雲がかかっているせいで真っ暗な闇のなかに、「赤い炎がほとばしり出た」のである。倒れた男が散弾で衣服も穴だらけになった姿をトウェインは目撃していた。そこに、雷と嵐が襲ってきたのだった。

この一連の場面が見事に組み換えられたのだ。それは、トウェインが作家としてモデルや素材をどのように操作したのかを示す好例となっている。カリフォルニアからの若い移住者が、インジャン・ジョーに置き換わった。ホリデイ未亡人が酔った上での偶然の出来事ではなくて、復讐のために襲うという必然が生まれた。これにより酔った若者に銃を放ったのだが、その役目はウェールズ人親子となった。実際の「ウェールズ人の家」には住んでいないウェールズ人の老人として、御者をやっていたデイヴィスが当てはめられたのである。

ダグラス未亡人は眠っていて騒動に気づかなかったとされ、手を汚す必要はなくなった。若い移住者は警告の上で殺害されたのだが、インジャン・ジョーたちは殺されずに生き延びたおかげで、洞窟の話へとつながっていく。この変更から、長編小説へと素材を有機的に組み込むためにどのような操作がおこなわれたのかが明らかになる。『トム・ソーヤーの冒険』は、トウェインが自分の思い出を気ままに羅列した小説などでは決してないのである。

◉第30章「洞窟で迷子になる」

【あらすじ】
翌朝の日曜日に、ハックがウェールズ人の家を訪ねると、愛想よくなかへと入れてくれ朝食をごちそうになる。昨夜は老ウェールズ人が不意にくしゃみをしたせいで、二人組を逃してしまったとわかる。最初は風体だけを教えたハックは、スペイン人の正体がインジャン・ジョーだと告白する。ダグラス未亡人がやってきて感謝をし、熱にうかされているハックの面倒を見ることとなった。その頃、トムとベッキーがいなくなったのが発覚し、村人たちは二百人ほどの規模で洞窟内を探す。そして、岩に書かれた二人の名前や、ベッキーのリボンが発見される。さらに、ダグラス未亡人から、禁酒酒場で見つかったのが酒だけだったと聞いて、ハックは金貨が無事だと知り安心するのだった。

【ハックが見つけた家】

前夜の騒動の結末がどうなったのかが不安となり、ハックは老ウェールズ人の家へと向かう。ドア越しに名前を告げると、「夜だろうが、昼だろうが、その名前にこのドアは開かれている」と「浮浪者の少年の耳」が今まで聞いたことのない返事があり、施錠が外される。トムとハックは、盗賊として二号室へと合い鍵で侵入しようとしたが、ドアを開けて受け入れてくれる家があるとはハックは思ってもみなかった。トムの家にさえも、ハックが入る話はなかった。ポリーおばさんがハックを自分の家に近づけるはずもないのだ。

ハックは見かけた男たちの風体を質問されて、一人は目と口が不自由なスペイン人だと告げると、息子たちが保安官に知らせるために出ていく。さらに、ハックは、老ウェールズ人に問われて、その男の正体がインジャン・ジョーだと話してしまう。そして、残忍な復讐をしようとしている相手なので、ハックが恐れている理由として誰もが納得するのである。

命の恩人としてダグラス未亡人たちにハックは紹介される。衰弱して熱を出してしまうが、ダグラス未亡人の家で看病してもらうのだ。老ウェールズ人が見つけたものが、金貨ではなくて、侵入するための道具だと聞いて安心する。ハックに不審の目が向けられるが、「日曜学校の本かと思った」と返答して誤魔化すのだ。また、ダグラス未亡人が、禁酒宿屋で見つかったものが「酒」だと知らせたときに、ハックは失望を隠せない。「トム・ソーヤーが見つけたのか」といった言葉を吐いてやはり不審がられる。

結局二人とも、ハックは病にかかっているから、意識が朦朧としているのだと納得するのである。ハックの病の原因は、顔を見られていないのだから、インジャン・ジョーの復讐への恐怖ではなくて、第二号にインジャン・ジョーが隠したと考えている金貨の行方への心配だったのである。いずれにせよ、ハックは、老ウェールズ人の家、さらにはダグラス未亡人の家と、ドアを開けて入ることが許される「家」を手に入れた。軒下などで眠るだけだったハックにとっては大きな変化である。そして、彼らは二人ともハックが本当はいい子だと判断する。

だが、そうした結論が出たのはハックの善行のせいだけではなくて、彼が白人だったからである。ハックの顔が「真っ青になる」という表現として「白い（white）」という言葉が使われる。顔面蒼白のことだが、白が強調されるのも、ハックが白人だからである。そして老ウェールズ人は、インジャン・ジョーがダグラス未亡人の顔を傷つけようとした計画を知って、「白人ならそんな復讐はしない」と結論づける。ここにあるのは先住民を「野蛮」とみなす差別的な態度である。

さらに、老ウェールズ人が引き上げたあとで、ダグラス未亡人の家を明け方まで見張らせた「うちの三人の黒人」ともハックの扱いは異なるのである。三人は自衛のための銃の携帯を許されていなかっただろうし、主人と食事をいっしょにとるはずもなかった。先住民でも黒人でもないからこそ、ハックはダグラス未亡人の家でも手厚い看護を受けられたのである。

【トムとベッキーの行方】

日曜日の礼拝で集まってきたときに、ようやくトムとベッキーが洞窟に残された、と皆が知るのである。ベッキーは、帰りが遅くなったらスージー・ハーパーの家に泊まる、と決めていたので母親は安心をしていたが、ハーパー家にはいなかった。一晩トムが不在でも平気なポリーおばさんだったが、ジョー・ハーパーに確認しても所在は不明だった。こうして帰りの蒸気船に二人を乗せなかったことが確認されたのである。

　村にとって、インジャン・ジョーが夜中にダグラス未亡人を襲おうとした話よりも、二人の行方不明事件の話題のほうが重要になる。そして村中から捜索隊が集まってきた。老ウェールズ人も、一員として加わって、ロウソクと泥にまみれて帰ってきたが、手がかりは乏しかった。三日三晩の探索では、「トムとベッキー」という岩壁に書かれた二人の名前が発見され、ベッキーのリボンが見つかっただけだった。鍾乳洞が分岐した脇道のどこか奥に紛れてしまい、迷子になったと思われたのである。

　これは前半の「仮死」の話を繰り返している。トムとジョー・ハーパーが海賊ごっこのために家出をし、ハックとともにジャクソン島で遊んでいたとき、ミシシッピ川で溺れ死んだとされた。そして葬式をおこなう教会に、三人が姿を現すが、結局大いなる冗談として受け止められた。今度は、トムとベッキーは洞窟のなかで迷子になって、死んだとみなされるのである。

トムとベッキーの所在が洞窟内で不明なことと、金貨が行方不明であることとが重ねられている。そのため「見つけ出す(find)」という語の意味が、ダグラス未亡人とハックの間でずれてしまった。トムとハックの役割とともにプロットを二つに分割したおかげで、ハックがダグラス未亡人の家で体調を崩してしまう話と、トムとベッキーが暗闇のなかで出口を見つけられずにいる話が並行関係をもつのである。そして、二つのプロットが再び交わり統合されると全体の流れが一つになるのである。

◉第31章「迷路としての洞窟」

【あらすじ】

トムとベッキーは周囲から離れて二人だけで奥に入っていく。そして皆とはぐれてしまい、コウモリに襲われて、二人のロウソクが消されたせいで、現在位置や元の道がわからなくなる。そして、空腹がやってきたので、ウェディングケーキとして残しておいた菓子を食べ合うのだ。救出がきたかと思ったら、それはインジャン・ジョーで、トムの声を聞いて逃げてしまった。入り口に戻るのはますます不可能となった。だが闇のなかで、たとえインジャン・ジョーと会う危険をおかしても道を探すべきだとトムは考える。そこで、ベッキーを残して凧糸を使って出かけて、探し回るのだった。

【洞窟探検】

マクドゥーガル洞窟は、「接見の間」「カテドラル(大聖堂)」「アラジンの宮殿」と豪勢な名前がついているように、人々が楽しみのために訪れる「観光洞窟(show cave)」であった。夏でも涼しいので、氷室のように感じられるのである(もちろん、ダグラス未亡人の家の「アイスクリーム」を作るには天然の氷が必要となる)。しかも、壁には、世界の観光地によくあるように、ロウソクの煤で、名前、日付、住所、金言などのいたずら書きが残されていた。トムたちは明かりに照らして読んで回るのだった。壁に絵や文字が残っているのは、人間が踏み込んだという証拠でもあった。そして、鍾乳洞そのものだけでなく、観光客は他人の痕跡探しを楽しんで、再び光のあふれる地上に戻るのである。

トムたちも、未知の洞窟を征服した印のように、何も書かれていないまっさらな壁に、「トムとベッキー」と獣脂ロウソクの煤で名前を残した。あとになって、それが生存している証拠となった。トムが戻るための印を煤で残しながら、二人は奥へと探検を続けていった。ナイアガラのような滝を見つけるが、コウモリが襲ってきて、逃げ回る二人のロウソクを消してしまった。そのために方角を見失い、煤の痕跡が発見できないので、元に戻れなくなってしまう。いたずら書きといえども、人間が残した記号がないと、位置もわからない。まさに迷路にはまってしまったのである。

こうした観光洞窟ではないが、トウェインは『地中海旅行記』の第二十七章で、ローマのカタコンベを訪れた体験を語っている。その壁に名前やキリスト教の祈りなどが書かれているのを見ていた。旅行記には、観光客たちがガイドのイタリア人をからかって困らせるのを楽しみにするような喜劇的な調子があふれていた。それが、ここでは一転して、トムとベッキーは、マクドゥーガルの洞窟の闇のなかで、ローマ帝国の時代に迫害を逃れて地下に逃れていたキリスト教徒の歴史を再現するような試練を与えられる。とりわけ、水が豊富なようでいて、鍾乳洞で生き延びるのには水飲み場の確保が必要となる。トムたちは泉を発見したせいで、闇のなかでも命を長らえたのだ。

【ウェディングケーキ】

トムとベッキーは、闇のなかで、襲ってくる空腹に耐えきれなくなる。そこで、トムがとっておいた「ウェディングケーキ」を食べる。ベッキーは自分の分をたちまち食べてしまうが、トムは自分の分を残しておいた。あとでさらにそれを二人で分け合うのだ。残りわずかのロウソクも含めて「節約する(economize)」ことが、生存に不可欠な態度となる。バスケットにごちそうを詰めてきたピクニックとは対照的なのである。

仲直りをしたトムとベッキーの二人がこうした状況でウェディングケーキを食べるのは、『ロミオとジュリエット』の二幕五場に出てきた神父の庵室でこっそりとあげられた「秘密結婚」のようだ。ここにはロレンス神父にあたる聖職者はいないが、あとでわかるように、マクドゥーガル洞窟にはインジャン・ジョーがつけた十字の印が隠れている[第33章]。十字架のつもりで、インジャン・ジョーが残したはずはないのだが、ハックには十分に意味をもった。この十字が十字架の代用をしてくれるのかもしれない。しかも、トムとベッキーが分かちあった食べ物は、単にひもじさを補っただけでなく、結婚の誓いで広く使われる「富めるときも貧しきときも」という一節を、すでに体現しているようにも見える。

もちろん二つの作品は大きく異っている。薬を飲んで仮死状態となったジュリエットは、埋葬されたキャピュレット家の墓のなかで目を覚ます。傍らにいたのは、ジュリエットの死に悲嘆して服毒自殺をしたロミオだった。二人はすれ違いになって、それぞれ自死してしまう。けれども、洞窟の暗闇のなかにいるトムはベッキーとともに生き延びようとする。ベッキーは闇のなかで狂乱状態になり、死を予感する。彼女は衰弱しながらも最終的にはトムを信頼し、ひとり闇のなかに残りながら、彼が凧糸を使って脱出路を探すのを待つのである。

【インジャン・ジョーとの遭遇】

トムが脇道を探す選択をしたのは、インジャン・ジョーと遭遇したことも大きい。人が近づいてきた様子に、トムは声をあげた。だが、反響のせいで別人に思われたのか、インジャン・ジョーは襲いかかってはこなくて、逃げてしまった。

インジャン・ジョーが鍾乳洞の奥で自由に動き回っているのは、セント・ピーターズバーグの村人たち以上の知識をもっているせいである。インジャン・ジョーは、人々の死角となっている幽霊屋敷や禁酒宿屋といった建物だけでなく、洞窟の深部も利用していた。明かりを消せば、たちまち闇となって隠れることができるのは、子どもたちが隠れんぼをして遊んでいることからもわかる。トムがやったように煤で印をつけるのではなくて、洞窟の壁などの特徴を記憶すればよい。そして「十字」は宝物の隠し場所を示す印なのだが、他の者がつけた印にまぎれてあまり目立たない。二つの棒からなる「X」は、文字を書けない奴隷などが契約の署名の代わりにつけた記号だったように、昔から人間が残す記号の一つでもあった[https://www.notarypublicstamps.com/articles/notarizing-for-blind-and-illiterate-individuals]。沈黙の誓いのときに、ハックはHとFの書き方をトムから教わって、ようやく署名ができた[第10章]。十字の印を残したインジャン・ジョーも、ハックと同じように自分の名前を書けない可能性が高い。裁判所での宣誓証言もすべて口頭でおこなわれていたからだ。

インジャン・ジョーが自由に歩き回っているように、アメリカの鍾乳洞を先住民が先史時代から埋葬などに利用していたと、十九世紀初頭には明らかになった。アパラチア山脈からミシシッピ川にかけた一帯の洞窟の調査がおこなわれ、実態が判明したのである。ケンタッキー州のビッグ・ボーン洞窟はマクドゥーガル洞窟と同じような鍾乳洞なのだが、そこには先住民による埋葬のあとがある。ウエストヴァージニア、テネシー、ジョージアの各州には、線刻画の岩絵が描かれた洞窟も発見されて、文明の痕跡とされている[Sullivan & Mainfort: 270-92]。

マクドゥーガル洞窟に先住民の痕跡は見当たらないが、「闇の王」あるいは宝を守るドラゴンとしてのインジャン・ジョーの活動領域なのだ、とトムだけは確認するのである。村人たちはもちろん、いっしょだったベッキーさえも洞窟の闇のなかで活動する彼の姿を目撃していない。そして、インジャン・ジョーはスペイン人に変装したときに「盲目」のふりをしていたように、じつは闇の世界に慣れているのである。インジャン・ジョーが途中で待ち構えているとわかったので、トムたちには元の入り口に戻るという選択肢がなくなってしまった。

◉第32章「洞窟の外へ」

【あらすじ】

火曜日の夜になって、死の予感に沈んでいた村にトムとベッキーが発見されたという知らせが入る。トムたちは脇道を発見し、昼間に抜け出し、通りすがりの船に助けられたのだ。トムとベッキーは弱りきった身体を回復するのに、二週間の期間を必要とした。そして、トムが周りから、また洞窟に入りたいかと質問されると、いいかなと答える。判事から、そうしたことがないように洞窟の入り口を封鎖したと聞かされ、トムはインジャン・ジョーが洞窟内にいると告げるのである。

【脱出した二人】

火曜日の午後には捜索隊の多くが諦めて帰ってきて、日常生活に戻ってしまった。肉親であるサッチャー判事を含めた少数の村人が捜索を継続していただけだった。だが、真夜中に鐘が鳴って、二人が発見されたことが村中に伝わった。トムたちが発見されたのは、マクドゥーガル洞窟の入り口から、五マイル(約八キロ)下流に行ったところだった。洞窟は長く続いていて、その一本が地上につながっていたわけである。トムたちはインジャン・ジョーと途中で遭遇したせいで、入り口へと戻らなかったおかげで、かえって脱出路を得たのだ。

暗闇のなか凧糸を使って、脇道をたどってはベッキーのもとに戻る行動を繰り返すなかで、トムはまさに光明を見出した。一つの脇道の先に、昼間のミシシッピ川の反射が目に入ったのだ。そして懐疑的なベッキーを連れてくると、青空が目に飛び込んできて、脱出路が見つかったのである。二人を洞窟から導いてくれたのは、ミシシッピ川や自然そのものだった。人工的なロウソクの光でも、セント・ピーターズバーグや通りすがりの船の明かりでもなかった。夜間に目撃したとしても、月明かりでもない限り、そこが出口だと判別することは無理だった。

この小さな出口と対照的に、ピクニックでやってきた子どもたちは洞窟の入り口で、「深い暗闇の場所に立って、太陽に輝く緑の谷を見渡すのは、ロマンティックで神秘的だった」のである[第29章]。そして、第29章の冒頭には「マクドゥーガル洞窟」と題した挿絵が載っていた。洞窟の入り口に立つトムとベッキーらしい二人が、外を観てシルエットとなって立っている。洞窟に入っていくときに振り向いた光景で、出ていくときの光景ではなかったのだ。

こうした広い入り口を通って、楽々と再び地上に出るのではなくて、狭いところを潜り抜ける試練を経ることで、皆の目を欺いて二人だけで楽しもうとしたトムとベッキーの慢心は戒められたのだ。どこかマタイの福音書の第七章に出てくるイエスの言葉の天国に至る「狭き門」を思わせる設定によって、二人は聖書的な試練を経た、という言い訳も用意されている。

【アリアドネの糸】

サッチャー判事たちの捜索隊は、麻縄を腰につけて迷子にならないように注意を払いながら、深部へと入り込んでいた。地図も出来ていない洞窟から無事に戻るためには、ロウソク以外に、こうした道具が必要となる。そうしたなかで、トムによる脱出路の発見は「アリアドネの糸」の神話を連想させる。トムがどこかで聞きかじった神話の断片が頭の片隅に残っていたのかもしれない。神話によるとクレタ島のクノッソス宮殿にある「迷路（ラビリントス）」の奥底に、ミノタウロスという怪物が閉じ込められていた。その生贄のために、支配者のミノス王の命令で、アテネは九年ごとに若者と乙女を七人ずつ犠牲者として差し出していたのである。ポセイドンを裏切ったミノス王への処罰として、生贄に捧げるはずの雄牛と王妃が交わり産んだのがミノタウロスとされる。頭が牛で身体が人間の怪物なのである。

アテネの英雄テーセウスが、迷路のなかに入ってこれを倒したのである。ギリシア神話らしく壺絵やホメロスなどの詩を通じて複数の異なる伝承がある。いちばん知られているものでは、王の娘であるアリアドネ（ミノタウロスの異父妹となる）がテーセウスに惚れ、糸巻きを与えると、それを使って、怪物を倒したあとで迷路の奥底から戻ることができたのである［Walker: 16］。テーセウスがアリアドネと結ばれるという伝承もあるが、その後、アテネを襲ったアマゾン族の女王ヒポリタの攻撃をテーセウスは退けて、彼女と結婚するのである。シェイクスピアの『夏の夜の夢』（一五九五）では、ヒポリタを妻とする英雄シーシアスとして登場し、若者たちの結婚話の外枠をなしていた。

そもそもクレタの迷路は職人ダイダロスが、ミノス王に命じられ、王家にとって忌まわしい子であるミノタウロスを封じ込めるために建造した人工の迷路だった（その秘密を守るために王により塔に閉じ込められ、息子のイカロスと人工の翼で空から脱出しようとした）。トウェインはフィレンツェで道に迷った体験を『地中海旅行記』の第十九章で述べている。夜の九時から朝の三時まで「同じような大きな建物の列と狭い通りの作る迷宮に迷子になった」のである。ローマのカタコンベの見聞ではガイドがいたのだが、フィレンツェでは、トウェインはトムとベッキーのように、自力で抜け出すしかなかった。どこも同じに見えるのが、まさに迷路の特徴となる。そしてヨーロッパの都市が建物の外観を似せて迷路になるように出来ているのは、外敵の侵入を防ぐためだった。マクドゥーガルの鍾乳洞は、自然が生み出した迷路なのだが、落書きがなければ、壁や脇への入り口はどれも似ていて、識別できないのである。

マクドゥーガル洞窟は「迷宮の下に迷宮がある(labyrinth under labyrinth)」状態で、禁じられた領域へとトムとベッキーは入り込んだ。洞窟の奥底にいる怪物が、白人とインディアンの混血であるインジャン・ジョーなのである。彼はセント・ピーターズバーグ村が産み出した「鬼っ子」であり、ミノス王が封じ込めたかった牛と人間から出来たミノタウロスという忌まわしい「我が子」ともイメージがつながる。まさにセント・ピーターズバーグ村という大きな家庭内の醜聞としての「クローゼットのなかの骸骨」だったのである。

もちろん、トムは英雄テーセウスのようにインジャン・ジョーを直接倒したわけではない。けれども、ベッキーが衰弱しているのを見かねて、闇にとどまるのではなく、抜け道を探しだそうとするときには、「インジャン・ジョーや他の恐怖と出会うリスクをあえてとろう」と決意した。その態度は、裁判所でマフ・ポッター殺害の証言をしたときと同じである。こうした神話的な英雄の活躍をなぞっているのも、『トム・ソーヤーの冒険』の魅力を形作っている。

◉第33章「インジャン・ジョーの最期」

【あらすじ】

洞窟の入り口でインジャン・ジョーの死体が発見される。塞がれた入り口の岩をナイフで掘り、ロウソクやコウモリを食べ、十分な水を飲めずに餓死したとわかるのだ。村の人々は州知事に減刑を嘆願しようとし、さらに葬式をおこなう。そして、洞窟にはさらなる観光をうながす伝説が生まれたのである。もうひとりの男も溺れ死んだとわかり、インジャン・ジョーの一味の脅威がなくなったので、トムとハックは安心して金貨を探すのである。そして、トムが抜け出した穴から逆にたどって、十字の下に隠された穴から金貨を持ってきた袋に詰めて運び出すのである。隠そうとする途中で老ウェールズ人のジョーンズに見つかって、ダグラス未亡人の家へと連れて行かれるのだ。


【詩的正義がおこなわれる】

トムも含めた大人たちが船に乗って、洞窟へと向かう。そこで二週間前に入り口を塞いだボイラー用の鉄板を取り除くと、インジャン・ジョーは、死体で発見された。インジャン・ジョーは、本物のボウイーナイフで岩を削り、ロウソクも食べてしまい、コウモリをつかまえて食べていたが、結局餓死したのである。その様子を見て、洞窟のなかでベッキーと似た体験をしてきたトムは、哀れみだけでなく、安堵の気持ちと身の安全を覚えるのだ。相手への共感と同時に距離をとるという二重の感覚が理解できるようになったのが、トムの「成長」といえるかもしれない。

インジャン・ジョーが死体で発見されたのは、一種の処罰に思える。彼はロビンソン医師の殺害者であり、他にも数々の犯罪をおこなっていた。村人を五人殺害したという噂もあった。幽霊屋敷に隠された六百五十ドルの銀貨は川の上流の家を襲うなどして貯めたものだった。ウィスキー売買をしていた禁酒宿屋の二号室は根城であり、セント・ピーターズバーグとその周辺の犯罪とつながっていた。しかも、インジャン・ジョーは、誰かによって殺害されたのではなくて、明らかに「自滅」したのだ。彼の相棒だった男も逃げようとして、ミシシッピ川で死んでいるのが発見された。彼らの死は、人間による法的な裁きではなく、まさに天の裁きの結果のようである。

このように物語内で悪が栄えずに処罰されるのを「詩的正義(poetic justice)」と呼ぶ。十七世紀のトマス・ライマーが名づけた道徳的原理に基づく定式だった。これは「勧善懲悪」であり、「因果応報」の考えである。トムとハックが望んだように、偽証したインジャン・ジョーにその場で神による処罰の雷は落ちてこなかった。だが、結果として、神慮のように、二人の悪党は滅んだのである。しかも彼らは幽霊屋敷での最初の発見者なのだから、トムやハックと金貨の所有権を争うべき相手となるはずだが、都合良く消えてくれたのである。

善行には褒美があり、悪行には処罰があるという「詩的正義」は、物語を心地よく閉じるために利用されてきた。ハリウッド映画の悪名高い制作基準として、一九三〇年に「ヘイズ・コード」が制定されたが、そこでも犯罪者に対する同情は禁じられていた。子どもたちに悪影響があるという口実により、こうした道徳的な規範が持ち込まれるのである。『トム・ソーヤーの冒険』の草稿も、ハウエルズによって、性的な要素などの「検閲」がなされたことが知られている。それは「少年向け」というジャンルの制約を守るための編集者的な視点からだった。

「詩的正義」という言葉を生み出したトマス・ライマーは、ジャンルの約束ごとを重視していた。シェイクスピアの悲劇『オセロ』で、最後に無実なデズデモーナが殺害されるのを、悪だけが罰せられるべきだという道徳を野蛮に踏みにじるものだと非難したのである[Palmer :27]。そして、十八世紀に人気を得たシェイクスピア悲劇のハッピーエンドへの改作を支持していた。その点からすると、ライマーが読んだとしたら、ハッピーエンドの『ロミオとジュリエット』として『トム・ソーヤーの冒険』を肯定したかもしれない。

こうした「詩的正義」の風潮が強い場合には、最後に唐突に悪が滅びる場面が付け加えられたりする。つまり、スティーヴンソンの『宝島』(一八八八)で、悪党であるはずのジョン・シルヴァーが、イギリスへの帰路の途中で宝の分け前をくすねて消えて、主人公のジムに忘れられない記憶を残すといった終わり方をトウェインは選べなかったのである。

【良いインディアンは死んだインディアン】

インジャン・ジョーの葬式がおこなわれる。これは、トムとハックたちの偽の死と中断された葬式に対応するものである(しかも、トムとベッキーは洞窟内で死にかけた)。村人たちはセンチメンタルな共感から、インジャン・ジョーの罪を許す嘆願を州知事に出そうとまでする。それは電気のように広がり、インジャン・ジョーはキリスト教徒ではないので、あのトムたちが訪れた墓地ではなく、洞窟の近くに埋められた。その葬式を村の周囲の農場や小村から多くの見物客がやってくる。葬式は「絞首刑をみるのとほぼ同じくらい満足した」という評価を得る。結局、絞首刑でも葬式でも人々にとってはどちらでもよいのである。

インジャン・ジョーの扱いは、まさに「良いインディアンは死んだインディアンだけだ(The only good Indian is a dead Indian)」という諺にあてはまる。一八六九年に、インディアンテリトリーで、シェリダン将軍にコマンチの酋長が自分を「良いインディアン」と紹介したのに対して、将軍は「今まで見たなかで良いインディアンは死んだインディアンだけだった」と返答したとされる。それが諺の由来となっている。つまり、生きているインディアンは「悪いインディアン」なのである。インジャン・ジョーも死んでしまったからこそ、誰もが安心して生前の評価を変更できるのである。

インジャン・ジョーは水を飲もうとして石筍を折り、二十分に一滴ずつ落ちてくる水を受け止めていた。二十四時間でティースプーン一杯にしかならないとされる。閉じ込められていた二週間では最大十四杯にしかならない。これでは喉が乾いて死んでしまうだろう。トムたちの場合には、近くに泉があって水に不自由しなかったのとは大違いである。そして、この折れた石筍が「インジャン・ジョーのコップ」として、その後、洞窟の呼び物となった。観光資源としてインジャン・ジョーの死が利用されるのである。

インジャン・ジョーが重要な人物として、セント・ピーターズバーグ村の郷土史に組み込まれてしまうのだ。鍾乳洞は人間の歴史を超えた存在だとして、ピラミッドの建造から独立戦争の発端となった一七七五年のレキシントンの戦いに至るまで、水滴がずっと落ちてきたと説明される。そうした尺度が与えられることで、「インジャン・ジョー」という名称は彼自身の人生や混血児としての体験と無関係の存在となる。復讐心を抱いた人種差別的な背景などは忘れ去られ、洞窟の入り口で脱出できずに悲惨な死をとげた極悪人という人物像に固定されてしまった。これは一種の神話化である。

しかも、このようにセント・ピーターズバーグの村の歴史に組み込まれるのは、トムやハックも同じだった。以前に葬式騒動を起こした村の「いたずらっ子」や「浮浪児」でしかなかったのに、金貨を発見したあとで、新聞が二人の過去を根掘り葉掘り調べて、英雄扱いとなった[第35章]。ミズーリ州にいた先住民は、オセージ族のように、インディアンテリトリーなどに追いやられて過去の歴史上の存在となっている。そのおかげでトムたちは安心してインディアンごっこができた[第16章]。

ひょっとするとインジャン・ジョーはこの地に住む「オセージ族の最後」だったのかもしれない。しかも、ハックはインジャン・ジョーの幽霊におびえるが、金貨の隠し場所を示す十字架によって封じられている、とトムに説明されると納得するのである。地上に建つ教会の威信が、地下の幽霊を抑えるわけである。

インジャン・ジョーという混血児をめぐる殺人や裁判や餓死という一連の騒動は、相手が死んで脅威を与えなくなったからこそ、村のエピソードのひとつとして残る。「アラジンの宮殿」よりも、「インジャン・ジョーのコップ」のほうが、生々しくて人々が洞窟の観光に訪れるだけの訴求力をもっている。こうして歴史化することで、詩的正義以上に、過去に起きた出来事の意味が変わってしまうのだ。この章では、そうしたプロセスそのものが示されているのである。

◉第34章「金貨の山」

【あらすじ】

ハックは晴れの場から逃げたがっていたが、トムはそれを押し止める。着替えた二人が参加したダグラス未亡人のお礼のパーティの席上で、老ウェールズ人のジョーンズが、ハックが助けたのだ、という話をするのだ。とっておきの話のはずだったが、それはシドによってすでに人々の間に広がっていた。そして、ダグラス未亡人が、ハックを引き取り、教育を与え、商売をさせようと計画を話す。ハックは貧乏ではないとトムが宣言して、金貨を運び込み、皆の前にぶちまけるのだった。

【芝居がかった話】

トムとハックは洞窟で見つけた金貨を袋にしまって、ダグラス未亡人の薪小屋に隠すために運んできた。そこを老ウェールズ人のジョーンズに見つかってしまったので、古鉄だととっさに言い訳をする。そして、パーティの席に連れてこられる。

老ウェールズ人のジョーンズの家やダグラス未亡人の家に自分を受け入れてくれる場所を見出したハックだが、すぐに窮屈になってしまう。それは他人の視線にさらされる居心地の悪さだった。ハックは二階からロープを使って逃げようと言い出すが、トムはそれを押し止める。そして、二人は洞窟に潜って泥とロウにまみれていたので、着替えさせられ、パーティに参加させられる。

ジョーンズは、ハックがインジャン・ジョーたちのあとをつけて、間一髪のところを助けた武勇伝を語るのだ。その話は、すでにダグラス未亡人だけでなく、パーティに参加する全員が知っているのだが、まるで初めて聞いたかのようにふるまうのである。ここには儀式がもつ芝居がかった様式がある。だが、シドが吹聴して楽しみを奪おうとしたのを知るとトムは彼を殴りつけるのだった。

トム自身は芝居がかった演出をするのが好きなのである。ジャクソン島から夜中にこっそりと出かけて、朝に帰ってきてジョー・ハーパーやハックたちの前に出現したときのタイミングもそうだった。自分たちの葬式に顔を出す際も、わざわざ廊下の陰に隠れて出るタイミングを待っていた。自分が潜り込んで聞いたポリーおばさんたちの夢の話として語ったのも喜ばせるためだった。そうしたトムの一連の芝居がかった態度を眉唾物だとしてつねに批判的なのがシドなのである[第18章]。今回も同じ態度である。

ダグラス未亡人はハックを本来は良いところをもっている神さまが与えてくれた子のひとりと考えて看病した[第30章]。教育をほどこして、商売をさせると自分の計画を人々に話す。それに対して「ハックは金持ちだ(Huck's rich)」と述べてトムは反発した。しかも芝居がかった演出をして、金貨をダグラス未亡人やポリーおばさんたちの前に投げ出すのである。そのため、ポリーおばさんは言いかけていた言葉を文の途中で遮られてしまったほどである。

トムはこれまでの経緯を皆に語る。本文では省略されているが、おそらく、幽霊屋敷での出来事、禁酒宿屋の見張り、さらに洞窟内での発見までが語られたのだろう。ただし、肝心なところはぼかされたはずだ。とりわけ、洞窟から五マイル南にある別の入り口についてはふせられていた可能性が高い。そこはヌルデの茂みに隠れているのだし、トムとハックの盗賊団が、身代金を獲得するために捕虜を閉じ込めておく秘密の場所に使う予定がある。

いずれにせよ、金貨の第一発見者であるインジャン・ジョーを出し抜いたことで、トムとハックに所有権が移った。資産をもっている金持ちは村にもいたが、現金で一万二千ドルの金貨を一度に目にした者はいない。一日にして大金持ちとなったトムとハックは、まさに一攫千金の夢を果たした。子どもというのは古鉄を集めて七十五セントを稼ぐとか、何か手伝いをして小遣いを稼ぐ、と理解している老ウェールズ人のジョーンズには思いもよらない展開だった。とっておきの話の効果を奪われただけでなく、地道な労働の成果ではない大量の金を目にして驚いたのである。

◉第35章「ハック、盗賊の一味となる」

【あらすじ】

トムとハックの偉業は幽霊屋敷の埋蔵金探しのブームを引き起こす。トムたちが獲得した一万二千ドルは貸し付けられて、利子を小遣いとしてもらう生活となる。ベッキーの父親の判事は、トムを東部にやって教育を受けさせて軍人か法律家にしようと考える。トムとベッキーの将来は安泰に見える。ハックはダグラス未亡人のもとで三週間我慢したが脱走する。トムは樽のなかにいるハックを発見するが、文明生活に耐えられないと訴えられる。そこでトムは金持ちになっても盗賊の夢は捨てていないとして、ハックに盗賊団の結成する計画を話し、その代わりに我慢をするように頼むのだ。ハックも将来有名な盗賊になってダグラス未亡人に自慢させたいと考える。

【投機と投資】

トムとハックの一攫千金の夢を追うように、盗賊が隠したかもしれない宝を求めて、多くの人々は近隣の幽霊屋敷に殺到した。セント・ピーターズバーグ周辺の幽霊屋敷は床が掘られ、建物が解体されてしまった。まさに土地が穴だらけとなる「ゴールドラッシュ」を彷彿とさせる状況となった。ネヴァダで金鉱掘りをやった経験のあるトウェインにとって、リアリティを感じさせるものだった。トムとハックが獲得した一万二千ドルは折半され、それぞれ六パーセントの利子で貸し出された。そして、トムたちは平日に一ドル、日曜には半ドルもらえたのである。二人の資産は何もしない間にも着実に増えていった。

執筆時の一八七〇年代ではなくて、四〇年代当時の一万二千ドルの価値を実感させるために、トムとハックが受け取る利子の価値が示される。週に六・五ドルもらえるというのは、牧師の収入に等しいのである。しかも、「約束されていた(promised)」額に到達することはあまりないと、牧師の職が寄付などで賄われる不安定さを皮肉っている。週に一ドル二十五セントもあれば、子どもの食費、住居費、学費、さらに服を着せる金を賄えて、質素な生活が十分できたとある。その基準からするとトムとハックは十二分に金持ちなのだ。

マレルの一味が略奪した金貨の一万二千ドルが死蔵されずに価値をもったのは、トムたちがマクドゥーガル洞窟の奥から持ち出して、金融システムに組み込んだせいである。しかも、銀行に預けるのではなくて、ダグラス未亡人とサッチャー判事が直に貸付業をおこなっているので手数料を取られなくてすむのだ。

【コスモポリタンとしてのハック】

三週間でダグラス未亡人の家からハックは逃げ出した。皆で行方を探したのに見つけられずにいたが、トムは見捨てられた食肉解体場の裏の大樽のなかでハックを発見した。ここは、誰も近寄らないので、隠れ家として最高なのである。ハックは「努力したけどだめだった」と言うが、トムはなだめてダグラス未亡人のもとへと戻すためにあれこれと甘い言葉を口にするのである。

トムにとって大樽は「家」ではなくて、生活の備品でしかない。第1章のウィリアムズによる挿絵にも、トムの家の裏の大きな樽が描かれているが、トムがそのなかに入ることはもちろんない。窓から家に入るだけだ。それに対して、ハックは、天気が良ければ、誰かの家の階段、雨のときは空き樽で寝ているとされる［第6章］。インジャン・ジョーを見張るときも、昼はベン・ロジャーズの家の干草小屋にいるが、夜は路地に転がる砂糖用の空き樽に入っていた［第28章］。誰もハックが寝ていても不審に思わないので都合が良かったのだ。何よりも大樽がハックにとって居心地の良い「家」なのである。

こうして樽で暮らすハックは、紀元前四世紀の古代ギリシアのアテネで、国家論を謳い上げるプラトンと対抗して活躍したディオゲネスをどこか連想させる。イギリスの画家ジョン・ウィリアム・ウォーターハウスによる《シノペのディオゲネス》(一八八二)という絵がある。「シノペ」とは彼が生まれたトルコの港町に由来する。ディオゲネスは、アテネの路上の酒樽(大甕)のなかで、全財産を入れた頭陀袋をもち、ぼろの古着という姿で暮らしていたことで知られる。トゥルー・ウィリアムズが描いた樽の横でコーンパイプをくわえているハックもやはり素足で、靴をはいて身ぎれいなトムと対比されている。これもハック＝ディオゲネスにふさわしい姿といえる。

ディオゲネスは、「犬儒派（シニシズム）」と呼ばれるように、犬のような暮らしをしていると蔑まされ、衣食住に無頓着な脱俗した生活をしている者とされた。何よりもポリスの秩序の境界線で暮らしていて、世界市民主義とも訳される「コスモポリタニズム」の提唱者とされ、世界市民の原像となっている［山川：一六］。ディオゲネスは自分が属するのは「コスモス（宇宙）」であって、アテネというポリスではないと主張した。

ハックは「森や川や大樽が好きだ」と言い、ダグラス未亡人にタバコや釣りや悪態をつくのを禁じられることに抵抗する。フォークやナイフを使うのも苦手で、とりわけ、起きてから寝るまですべてが「ベルを鳴らす」という時間に縛られている生活を最悪に感じるのだ。教会や学校の鐘で活動しているトムたちには受け入れやすいだろうが、ハックはそうした規律に反発する。「みんなやっているよ」とトムが説明すると、「おれはみんなじゃない（I ain't everybody）」と返答するのだ。

セント・ピーターズバーグに属している

《シノペのディオゲネス》
ジョン・ウィリアム・ウォーターハウス

トゥルー・ウィリアムズ
《もう一度快適な暮らしに》

ようで、その秩序にはまらないハックは、まさにディオゲネスの子孫である。トムとジョー・ハーパーが、ロビン・フッドや海賊ごっこをしても、ふだんは小学校に行き、日曜学校にも通い、セント・ピーターズバーグの村の秩序に従っているのとは異なる。ハックはインジャン・ジョーやハックの父親と同じようにポリスの規範から外れ、犯罪者に転落する危うさも秘めている。タバコの葉から朝食まで、必要なものをどこからか盗んでくる。それは、ハックが他人の所有物や所有権に無頓着であり、野生の知性をもっている魅力と裏腹の関係にある。

ただし、コスモポリタンであるとはいえ、ハックはポリスのひとつであるセント・ピーターズバーグから完全に離れて世捨て人として暮らすわけではない。子どもたちと物や情報を交換するし、村人との接触もある。そもそも彼が夜露や雨風をしのぐための軒下や大樽もポリスの産物なのだ。ディオゲネスが暮らしたのもアテネの路上であり、町の外ではなかった。だが、ハックはトムよりも、人種や民族の境界線をまたぎ、引かれている見えない境界線を無視できるのである。それがアンクル・ジェイクといっしょに食事をするという行動にもつながるのだ。

ディオゲネスと重なる点を考えると、トウェインが自作劇の梗概のエピローグとなる「トム将軍の凱旋」で、大人のハックを聖職者にした理由もわかってくる。世界市民とまでいえないが、俗世間であるポリスに属しながら、誰に対しても対等な役割を演じられるのは、聖職者くらいしかない。ハックは信仰復興運動のブームでも聖書の言葉を引用できるほどになっていた[第22章]。少なくともトムよりは聖職者になる資質がありそうである。しかも、聖書のマルコやマタイの福音書における財産放棄の記述に、ディオゲネスの教えが影響していると指摘されている[山川：四二九─三七]。説教において聖職者ハックがこうした点を強調したとしても不思議ではないのである。

【紳士盗賊トムの一味】

トムは洞窟から出てきた穴を秘密の入り口として、インジャン・ジョーの隠した金貨を探した。そのとき、ハックに盗賊となる夢を語る。誰かを待ち伏せして捕まえてきて、身代金を手に入れるが、女性は殺さない、と計画を話したのだ[第33章]。今回は逃げ出したハックをやはり盗賊にするというのだが、それにはダグラス未亡人の家での生活に耐える必要があると諭すのである。なぜなら、海賊よりも盗賊は地位が高くて、「公爵のようなもの(dukes and such)」だからである。それには、身なりや作法も大事とされるのだ。「尊敬されるかどうか(respectable)」こそは、セント・ピーターズバーグの人々がもつべき十九世紀的な基準だったのである。

トムは「金持ちになっても盗賊に転身する」意欲をもっている。外観が紳士でありながらも本質が盗賊、というのがいちばん上等という考え方だった。これは、十九世紀後半に、「泥棒男爵(Robber Baron)」と呼ばれた産業資本家の姿と重なる。中世の「強盗騎士」というドイツ語がもとなのだが、一八五九年に海運業と鉄道業で財をなしたコーネリアス・ヴァンダービルトを揶揄する表現として使われて定着した。ハートフォードが生んだ鉄道、鉄鋼、金融のモルガン財閥を作ったJ・P・モルガンも仲間である。

しかしながら、強欲の代名詞とされた「泥棒男爵」たちへの評価は、現在では教育の拡充や慈善事業などのプラスの面ももっていたと肯定的なものになっている。しかも、彼らは移民の子孫ではあるが、アメリカ土着の産業資本家だった。南北戦争後には安定したアメリカへの海外からの投資が盛んになった。ニューヨークからオハイオまでのアトランティック・アンド・グレート・ウェスタン鉄道も、株や債権などは海外、それもイギリスからの投資家に握られていて、利益がそちらへと流出する事態になっていた[Geisst: 65]。ゴールドラッシュによって自国の金の保有量を増やすことさえも、自己資本を拡充しようとするアメリカにとって重要となる。一獲千金は個人の成功だけでなく、国家の経済的な基盤作りともつながっていたのだ。その後の金本位制においても、紙幣を裏づける自国の金が足りなくなり、銀も使うという金銀本位制が提唱されたほどなのである[秋元：九八―九]。

その後トムやハックが一万二千ドルの豊富な資金を背景に、六パーセントの利子で稼ぐだけでなく、土地を収用しておこなわれる鉄道建設などの大きな事業に投資しても不思議ではない。それは、黒人奴隷を使った綿花やサトウキビ栽培といったニューオーリンズに代表されるプランテーションを経営する農業とは富の生み方が異なっている。確かに物流においてミシシッピ川こそが南北をつなぐ重要な手段だった。けれども、大河を横断する形で東西に伸びる鉄道が、鉱物から牛や農産物といった西部の富を東部へと時間も短く直接運ぶ新しい動脈となった。何よりもトウェインの父親が計画をしたセント・ジョセフまでの鉄道も、もしも、トムとハックがもっていた資金があれば、建設しやすかったはずである。

『トム・ソーヤーの冒険』の最後には、一攫千金の夢の達成だけでなく、それによる新しい投資や投機の可能性まで書きつけられている。その資産は将来東部から帰ってきた「泥棒男爵」トムを支えるかもしれない。同時にトムは資金の流出を防がなくてはならない。そのために一人だけで逃げ出そうとするハックをトムはたえず自分の一味に入れてつなぎとめようとする。ハックを誘惑するように、「海賊」、ロビン・フッドのような「山賊」、さらに「盗賊」そして「泥棒紳士」という身分をちらつかせるのだ。しかも、今回は墓地でおこなう盗賊の結団式まで予告している。ハックがそれを真に受けて、一流の盗賊になればダグラス未亡人が引き取ったことを自慢するようになる、と考えるところで終わるのだ。

◉おわりに

トムではなくてハックの言葉で、トウェインはカーテンを下ろしたのである。そして「年代記(chronicle)」を終了させる言い訳のように、これ以上やると少年ではなくて大人の物語となってしまうと告げるのだ。平凡な市民の物語なので、「大人に関してなら結婚で終わる」というハッピーエンドがありえるが、少年少女の話なのでこのままの宙吊りの状態で良いと判断がなされた。しかも、「この本で演じたキャラクターの大半は、今なお生きていて、繁盛して幸せである」と思わせぶりな言葉を連ねている。

だが、他ならないトムを形成する一人であるマーク・トウェイン本人は東部に出てきた作家として、セント・ピーターズバーグ＝ハンニバルを描いているのであり、ハックとは住む場所が異なってしまっている。今さら同時代を舞台に大人になったトムとハックが成長した物語を描くことは不可能だろう。トウェインは続編の期待を受けて『ハックルベリー・フィンの冒険』『トム・ソーヤーの探検』『トム・ソーヤーの探偵』と三冊出版したのだが、すべてハンニバルを中心とした一八四〇年代の物語になってしまった。その時空を離れては、トムとハックの友だち関係は解体してしまう。その意味で、二人は『トム・ソーヤーの冒険』が設定した作品世界から永遠に脱出できなかったのである。

このように『トム・ソーヤーの冒険』を冒頭から章ごとに追いかけて読むことを通じて、一冊の長編小説がいかに念入りに仕組まれているのかがよく理解できる。あらすじや名場面の抜粋だけでは組み尽くせない細部が、あちらこちらに隠れている。それを読み落とすのはもったいないし、こうした精読とは、オーケストラの総譜やバンドの楽譜を読む作業にも似ている。ふだんなら聞き落としてしまう低音の存在や、メロディを効果的に盛り上げるために工夫された和音や伴奏が、全体の雰囲気を作り上げていることにあらためて気づくのである。小説はあくまでも言語による芸術作品なので、トウェインは、単語の選択や繰り返しなどの配置に細心の注意を払っている。

小説では、映画やアニメのように、一瞬にしてキャラクターや場面を理解させるのは難しい。確かに、初版本にトゥルー・ウィリアムズの挿絵が多数掲載されていて、トムやベッキーさらにはインジャン・ジョーの姿をそこから推測できる。しかしながら、作者の了承を得ているとはいえ、挿絵は解釈の一つにすぎない。しかも、トウェインは挿絵が気に入らなくて、『ハックルベリー・フィンの冒険』では画家をE・W・ケンブルに変更したほどである。ハックの姿などはケンブルの挿絵のほうが知られているだろう。

本文を読んでいくと、行動しだいで、トムが大人びて見えたり、子どもっぽく感じられたりする。トウェイン本人だけでなく複数の人物像からトム・ソーヤーを作り上げたことが、そうした揺れにつながっている。テーブルの上の砂糖を盗んだり、復讐からシドに土を投げつけるトムと、裁判で証言をし、洞窟でベッキーを先導するトムは別人にも思える。だが、そうした行動の幅そのものがトムの魅力ともなっている。

また、シェイクスピア劇のセリフからミンストレル・ショーの歌まで引用するトウェインの文学的な企みを考慮する必要もある。トウェインは知識を誇りたいのではなく、文脈のなかでの一定の効果を狙っているのである。バーレスク作者として、他の作品からの借用や引用を判別する鋭い嗅覚をもっていた。それは飛ばして読むわけにはいかない。しかも、当時の読者にとって前提となる知識が、現在の読者には欠けているのであり、それが理解できると引用の意味もしだいにわかってくる。

そして、読んでいる間にはほとんど気づかないが、ミシシッピ川などの自然の描写が効果的に使われている。トムが洞窟からの脱出路を発見できたのも、川面にきらめく光のおかげだった。また、ジャクソン島の朝で描かれている虫や鳥や動物たちが、トムがもつ感受性の一端を教えてくれる。そして、マフに吠える犬の不気味な声を感じ取るだけで、ゴシック小説風の世界が広がるのである。

小さなエピソードや伏線もうまく利用されている。冒頭に登場するセント・ルイスからやってきてトムと争った新参者が、のちに恋のライバルとなるアルフレッド・テンプルだ、といった細かな工夫がなされている。また、トムは、ライバルで親友のジョー・ハーパーと後半では距離を置き、ハックとの友情が増す。それは、ジャクソン島で判明した三者の「ホームシック」への耐性の違いによるのである。ハックがトムと同じく母親と死別していることが親密さの理由となるのだ。

『トム・ソーヤーの冒険』が、このように大小の仕掛けが張りめぐらされているのは、作者の回録ではなく、あくまでもフィクションとして構築されているせいだ。一八四〇年代を回想している姿をとりながら、独立宣言から百年後に出版された小説として、同時代の七〇年代の「金メッキ時代」に起きている出来事への意見や「アメリカの理念」の問い直しが文中に込められている。トムは、ベッキーに振られた失意からジャクソン島へ向かうとき、彼女から「独立する(independent)」と表現する。この大げさな言葉さえも、洞窟のなかでの時間の経過を説明する際に、独立戦争の発端となった一七七五年の「レキシントンの戦い」への言及と響き合うのである。そして、トムたち(続編ではハックともうひとりのジム)が試される島が、「ジャクソン島(Jackson's Island)」と名づけられたのも、先住民を虐殺した体験をもつ三〇年代のアンドリュー・ジャクソン大統領と、あらゆる「白人男性」に選挙権が与えられるべきだとするジャクソン流民主主義という時代精神に起因するのかもしれない。そう考えると、見かけよりもずっと複雑で、読者にとって手強い作品である、と納得できるはずである。

第三章　トム・ソーヤーの行方

1　『トム・ソーヤーの冒険』の全体像

【前半と後半の対比】

『トム・ソーヤーの冒険』は、複数の要素が絡まって、結末に至る流れが出来上がっている。ウォルター・ブレアが一九六〇年に提示した「トムとベッキーの物語」を軸に、「トムとマフ・ポッターの物語」「ジャクソン島のエピソード」「インジャン・ジョーの物語」が絡んでいるという図式が定説となってきた〔永原：一四八〕。これは内容面のつながりを重視した全体像だが、前半と後半とに大きく分かれていると考えるのが妥当に思える。

まず地理的に前半の焦点となるのはジャクソン島であり、後半はマクドゥーガル洞窟である。どちらもセント・ピーターズバーグの村という日常空間から離れている。ミシシッピ川のなかの島は無人であり、対岸のイリノイ州の側からのほうが近い。マクドゥーガル洞窟へは、蒸気船で下って上陸して到着する。そこも観光客以外は訪れず、普段は無人であり、だからこそインジャン・ジョーは隠れ家に利用していたのだ。

この二つの場所でトムの冒険が繰り広げられるわけだが、それぞれ荒れた墓地と幽霊屋敷のエピソードが付随していて、ゴシック小説的な雰囲気を高めている。さらに前半には、ロビンソン医師の死体があり、クライマックスを彩るのは教会でのトムたちの偽の葬式であった。後半にはインジャン・ジョーの死体があり、洞窟の入り口近くで本物の葬式がおこなわれる。これも反復しているといえるだろう。

前半で中心となるのは、トムとポリーおばさんとの確執であり戦いである。「鞭を惜しむな」と聖書の言葉が引用され、ポリーおばさんは体罰も辞さないのである。これは母的な存在との対立でもある。トムの両親とりわけ父親が不在のなかで、ポリーおばさんがトムのしつけに手を焼いている姿も浮かびあがる。そして、前半の友情関係で重要なのはジョー・ハーパーだった。だが、後半の友情がハックへとシフトしていった理由は、ジョー・ハーパーがジャクソン島で最初にホームシックにかかったという失態を見せたからである。

後半で中心となるのはトムの父的な存在との対決である。それにあたるのはインジャン・ジョーとサッチャー判事である。前半の墓地での目撃から因縁が続くインジャン・ジョーは、暴力的であるが、トムに法の重要性や証言する勇気を意識させてくれた相手でもあった。悪夢のなかにまで出てきて、洞窟の迷路の奥で待ち構えるミノタウロスのような怪物なのだが、インジャン・ジョーが発見した宝を戦いなしにトムは継承するのである。それによって、ハックとともに金持ちになれたのである。

もうひとりは、ベッキーの父親の判事で、最初トムが日曜学校でしくじった相手だった。ところが、洞窟でのベッキーの救出と、さらに身代わりとなって鞭を受けたというエピソードからトムの才能に感心するのである。「あとがき」が示唆した結婚を考慮すると、トムの義父になるかもしれないベッキー判事は、一八六九年にオリヴィア・ラングドンとの結婚でトウェインの義父となり翌年に急死してしまったジャーヴィスの面影が重なるのかもしれない。二つのタイプの父的なもの——つまり抑圧的で暴力的な存在と、許容し認めてくれる存在とが、後半には待ち構えていたのだ。

【曜日の秩序】

『トム・ソーヤーの冒険』の前半と後半をつなぐのが、カレンダーの曜日が作り出すリズムである。トムとハックがインジャン・ジョーによる殺害を目撃した日付は、裁判で「六月十七日の真夜中」と明らかになる。だが、トムたちにとって重要なのは何月何日かではなくて、今日はいったい何曜日かを確認することだった。

夏休みを挟んだ前後という長い時間を扱っているが、季節をあまり意識しないで物語が進行するのも、曜日のリズムを利用しているせいなのである。エピソードが緩やかに連なるだけで、構成が欠けていると解釈されがちだが、日記のように曜日で物語がつながっている。トムは土曜日に入り込んだマクドゥーガル洞窟の暗闇のなかでベッキーと二人で空腹と恐怖に耐えながら、「水曜日か、木曜日か、ひょっとすると金曜日か土曜日かもしれない。捜索は終了しているだろう」と考える［第31章］。実際には火曜日の昼には洞窟を抜け出して、その夜中にはセント・ピーターズバーグに戻るのである。

トムの冒険は金曜日に始まった。さらに、すぐに土曜日の板塀塗り、日曜日の聖書をめぐる失敗談と噛みつき虫騒動と続く。そして、月曜日には学校に行きたくないと拒否する「ブルーマンデー症候群」を発症した［第6章］。平日のなかでも金曜日は鬼門であり、靴をはいた身ぎれいなセント・ルイスからやってきた男の子とけんかになる。また、幽霊屋敷の宝探しを始めようと提案するトムに、ハックは、金曜日は「不運な日」だと、キリストの処刑日にまつわる迷信を持ち出すのである［第25章］。それに従って土曜日に延期したせいで、待ち構えていたインジャン・ジョーの相棒に捕まる危険を逃れたのだ。

安息日であるはずの日曜日に、大きな出来事が生じる。日曜学校でトムは聖人の名前を言えずに恥をかく［第4章］。また、トムたちの葬式は日曜日におこなわれる［第17章］。ベッキーが主催したマクドゥーガル洞窟へのピクニックも、学校が休みの土曜日におこなわれ、次の日曜日の礼拝で、トムとベッキーが帰ってきていないことが発覚する［第30章］。村の人々が集まる空間だからこそ、トムとベッキーの不在がすぐに確認できたのである。

セント・ピーターズバーグの村全体の生活のリズムを作っている基本が、子どもたちにとっては平日の学校と日曜学校であり、大人たちにとっては日曜の礼拝である。トムたちがもらう利子の額も、平日には毎日一ドルだが、日曜日には半分となる［第35章］。もはや先住民がいないミズーリ州セント・ピーターズバーグには、キリスト教的な安息日を置く一週間のリズムやカレンダーの規律や迷信が隅々まで行き届いているのである。夏休みが子どもたちにとって退屈な繰り返しに思えたのも、曜日の感覚が失せてしまうせいだ。そして、ハックがダグラス未亡人の家での生活に抵抗するのも、カレンダーに縛られ、さらに時刻に縛られている状況に我慢がならないからだった。

【失われたものを発見する】

『トム・ソーヤーの冒険』では全体に、「失われるとか迷子になったものが見出される(lost and found)」というどこか宗教的なモチーフが繰り返されている。聖書に由来するものとしては、ルカの福音書の十五章にある「放蕩息子の帰還の話」「見失った羊を探す話」「失くした銀貨を探す女の話」の三つの教えが有名である。いずれも、失われた者(物)を見つけ出すという比喩によって、神による罪人の魂の救済を称讃するのだ。そのモチーフは、夏休みに流行した「信仰復興運動(Revival)」のように人々が手放してしまった信仰を回復する運動ともつながっている。

どこかに隠れて見えないトムをポリーおばさんが呼んで探し出すところから小説は始まる。ポリーおばさんは「応答」を求めることで相手を発見しようと目論んでいるのだ。トムは戸棚を探ってジャムをなめていたのが発覚すると、お仕置きをされる前に、板塀を越えてすぐに脱出してしまう［第1章］。トウェインは『トム・ソーヤーの冒険』を、このエピソードで始めることで、喪失と発見という繰り返されるモチーフを手際よく提示しているのだ。

トムたち三人がジャクソン島で海賊ごっこをしていたとき、溺れ死んだと考えられ、まさに失われた者となった。葬式が執りおこなわれたのだが、そこにトムたちが出現して人々に見出される。しかも、ハックもまた見出されるべき一人だ、とトムは主張する［第17章］。そして、トムが置いておくはずだった木の皮の手紙を、ポリーおばさんがトムの服のポケットに発見したせいで、嘘をついているのではないと判明する［第19章］。感動したポリーおばさんは、永遠にトムの味方になると誓うのだ。放蕩息子としてのトムが戻ってきたことがわかる。

インジャン・ジョーが裁判所から逃走しても、大人たちはその姿を発見できなかった。最終的には、洞窟のなかで見かけたトムが知らせたおかげで、入り口が封鎖された洞窟のなかで餓死している状態で発見されるのである［第33章］。そして村人たちに見出されたせいで、罪人であっても埋葬され観光資源化するのである。

トムとベッキーは洞窟で行方不明になったせいで騒動となるが、別の出口から抜け出すことに成功する［第32章］。これによりトムは裁判での証言に続いて英雄となる。最大の失われたものの発見は、マレルの一味の一万二千ドルの金貨である。幽霊屋敷に隠されていたものだが、インジャン・ジョーによって見つけられて洞窟に隠され、今度はトムとハックによって発見されるのだ［第33章］。最後に失われて見出されるのは、三週間でダグラス未亡人の家から逃げ出したハックである。ハックを発見したのはトムだが、冒頭のポリーおばさんによるトムの発見を、立場を替えて再演しているのである［第35章］。

こうして全編で繰り返されている「失われたものを発見する」というパターンは、犯人や宝を探す物語の基本であり、同時に聖書の比喩のように神による恩寵を感じさせる。最終的に、社会とは別の規則で生きていた「罪人」たちであるインジャン・ジョーやハックさえも、再発見されたことで、セント・ピーターズバーグの村の歴史に取り込まれていくのである。これこそが『トム・ソーヤーの冒険』のハッピーエンドに向かう仕掛けであり、一部の読者がご都合主義だと反発を感じる理由なのである。

2　トムとハックの関係

【トムか、ハックか】

トムが主人公の『トム・ソーヤーの冒険』と、ハックが主人公の続編『ハックルベリー・フィンの冒険』のどちらを支持するのか、と人々に質問したのならば、返答は分かれるだろう。ディズニーランドのトムソーヤ島をはじめ、映画やテレビドラマやアニメも作られて、『トム・ソーヤーの冒険』の世間的な人気は高い。ところが、文学の愛好者や研究者には、続編の評価のほうが上なのである。二十世紀以降、『トム・ソーヤーの冒険』の一般の人気に比べて、作品評価が低調なのには理由がある。

第一の理由は、「あとがき」にあるようにトムが子どものままで終ったので、児童文学という範疇に入れられやすかったせいである。しかも、ジャンルとしての児童文学への低評価あるいは侮蔑がその後生じたのである。

『トム・ソーヤーの冒険』は、大人が読む自伝的な「悪ガキ(bad boy)」を題材にした系譜に入る。トウェイン自身も知り合いとなった『アトランティック・マンスリー』の編集者のトマス・ベイリー・オルドリッチが書いた『悪ガキの話(悪童物語)』(一八七〇)が出発点とされる。オルドリッチの『悪ガキの話』を、当時の小説家で批評家でもあったウィリアム・ディーン・ハウエルズが称讃した。ハウエルズはやはり『アトランティック・マンスリー』の編集者で、トウェインの才能を見出した人物でもある。

オルドリッチの作品から始まる「悪ガキ」を描く系譜に属する作品は他にもある。『金メッキ時代』でトウェインの共著者にもなったウォーナーは、マサチューセッツ州の農場での生活を描いた『少年になること』(一八七七)を出した。ジェイムズ・オーティスは、『トビー・タイラーまたはサーカスとの十週間』(一八八〇)で、叔父の家を飛び出してサーカス一座に加わったトビーの活躍を描いた。ハウエルズ自身ものちに『少年の町』(一八九〇)を書き上げた。そうした小説は「子どものため」に書かれたわけではなく、ハウエルズは「自伝」と呼ぶことで大人向けの作品だと考えていた[Jacobson: 3]。

オルドリッチの『悪ガキの話』の舞台は、東部のニューハンプシャー州のポーツマスをモデルにした「リバーマウス(河口)」であり、ハウエルズの『少年の町』では、中西部のオハイオ州ハミルトンだった。川沿いに町が発展したせいでもあるが、ポーツマスはピスカタカ川が流れる河口の町であり、ハミルトンにはマイアミ川が流れていて、『少年の町』には運河や流れの高さを調整して船を移動させる閘門《こうもん》が挿絵付きで出てくる。どちらも川といっても、トウェインの作品に出てくるミシシッピ川のような大河ではなかった。しかも、オルドリッチの『悪ガキの話』もハウエルズの『少年の町』も一人称の回想録で、子どもどうしの生き生きとした会話はほとんど登場しないのである。

当初は『トム・ソーヤーの冒険』も大人向けの自伝の仲間とされていたのだが、一転して児童文学とみなされてしまった。「あとがき」で「子どもを書く(writes of juveniles)」とあるが、子どものために書くという記述はない。大人向けだったはずの作品が児童向けの読み物とジャンルを読み替えられてしまうのは、十八世紀の『ロビンソン・クルーソー』や『ガリヴァー旅行記』が、次の世紀以降に、リライトされて児童向けと扱われてきた流れと同じである。

アメリカでの児童文学というジャンル全体への低評価は、一八八三年にMLAという研究者の学会が成立したときに生じ、『ハックルベリー・フィンの冒険』をアメリカのアイデンティティが確立する神話として称讃するのは、冷戦下の一九五〇年代に急速に進んだ、と三浦玲一は指摘している[三浦：二〇―七]。

アーネスト・ヘミングウェイが『アフリカの緑の丘』(一九三五)で述べた「現代のアメリカ文学はすべてマーク・トウェインの『ハックルベリー・フィンの冒険』から生まれている」という言葉が大きな影響を与えた。冷戦期にこの評価を加速させたのは、一九四六年にバーナード・ディヴォートの編纂でヴァイキング・プレスから出版された『ポータブル・マーク・トウェイン』という便利な一冊本である。『ハックルベリー・フィンの冒険』をまるごと載せて、『トム・ソーヤーの冒険』からは抜粋すら掲載しなかった。牧歌的作品と評価するディヴォートは排除をためらわなかったのである。

そしてミズーリ州セント・ルイス生まれのT・S・エリオットが、一九五〇年に出した版本の序文で「『ハックルベリー・フィンの冒険』はマーク・トウェインのさまざまな本のなかで唯一傑作と呼べるものである」と断言した[Cooley: 348]。児童文学全般への低評価と、エリオット(一九四八)とへミングウェイ(一九五四)という二人のアメリカ出身のノーベル文学賞受賞者による『ハックルベリー・フィンの冒険』絶讃との両者があいまって、『トム・ソーヤーの冒険』が低く評価されたのである。

そのため、子ども向けの『トム・ソーヤーの冒険』が、大人向けの『ハックルベリー・フィンの冒険』へと成長したと考えられがちである。そして、ハックが悪ガキのトムとおこなった盗みなどを記憶から消去してしまう。続編での詐欺師との行動などは、ジムを守るためのやむをえない「大人の行動」として評価される。いたずらやユーモアやドタバタ劇は、奴隷制度やアイデンティティの危機のような主題に比べて低俗とみなされたのである。ジャンル分けによって、二作の連続性は断たれてしまった。

第二の理由は、『トム・ソーヤーの冒険』がもつ「アメリカの夢」を体現するようなあからさまなハッピーエンドへの嫌悪である。「あとがき」に書かれているように、結婚という結末が想定できる人間喜劇だった。トムとハックはとんでもない「幸運＝財産（フォーチュン）」を手にする。だが、それは労働の成果ではなくて、盗賊たちが奪った一万二千ドルの金貨の横取りだった（この金額は『トム・ソーヤーの探偵』のダイアモンドの価値と同じであり、どこか数字への偏愛を感じさせる）。

ふだんは古鉄を集めて七十五セントの小遣いを稼ぐのがせいぜいである子どもたちの冒険が大金をもたらすことそのものが、アメリカ式の「ほら話」なのである。そしてセント・ピーターズバーグの村は、宝くじにあたったようなトムとハックの幸運を分かち合うのだ。このあたりの「アメリカ的価値観」や、二人を取り巻いているセンチメンタリズムに浸った社会の偽善やいい加減さを、トウェインは皮肉なタッチで描き出している。

そして、トムとベッキー・サッチャーとの恋愛がトムの冒険と密接にからんでいるのも大きな特徴となる。ルイザ・メイ・オルコットの『若草物語』（一八六八―九）に、恋愛や結婚の要素が入ってきても、「ロマンス＝少女小説」だとして誰も不思議には思わない。だが、男性作家による「冒険」を売りにした少年小説では珍しい。しかも、続編の『ハックルベリー・フィンの冒険』で、ハック本人が少女に変装するし、ベッキーのような女性は姿を見せない。詐欺の被害者となりかけたメアリ・ジェーンへのハックの同情や共感はあるが、ハックとの間に恋愛関係が生まれるわけではなく、ハックが恋と友情の板挟みとなる展開ではない。彼の関心はあくまでも「おいらのニガー(my nigger)」であるジムに向けられているのだ。

それに対して、『トム・ソーヤーの冒険』には、大人になるときに、「恋」と「友情」のどちらを選択するのか、という平凡だが普遍的な悩みが描かれている。トムの場合は、ベッキーをとるか、ハックをとるかという選択ともなりえる。「悪ガキもの」のジャンルでは、大人との攻防戦が主であり、恋愛要素がこのように入ってくることはあまりない。性的な連想は、ハウエルズの忠告で削除されたが、トムとベッキーのキスシーンは何度もある。『トム・ソーヤーの冒険』を書くときに、トウェインは大人向けの自伝小説を念頭に置いていたからこそ、こうした恋愛の要素もきちんと取り込んだのである。

【ヘミングウェイの宣託＝選択】

先程述べたように、『トム・ソーヤーの冒険』の評価が『ハックルベリー・フィンの冒険』より低い理由のひとつが、ヘミングウェイによる「現代のアメリカ文学はすべてマーク・トウェインの『ハックルベリー・フィンの冒険』から生まれている」という宣託のような言葉だった。「失われた世代」の旗手が、児童文学とみなされていた作品を持ちあげた点に新味があったのだ。

この言葉が登場したのはノンフィクションである『アフリカの緑の丘』の冒頭の第一章である。この紀行文では、一九三三年に実際に出かけたアフリカでの狩猟の体験が綴られていた。ヘミングウェイの言葉は独り歩きしてしまったが、状況や文脈を考えると、かなり割り引いて聞くべき内容だったように思う。

アフリカでの狩りの合間に、知り合いとなったチロル帽をかぶったカンディスキーという男と文学談義がおこなわれた。ヘミングウェイの名前を聞くと、カンディスキーはドイツ語の雑誌で詩を読んだことがあるとして、新即物主義の詩人で画家のヨアヒム・リンゲルナッツとか、リルケやヴァレリーについての文学的な判断をヘミングウェイに質問してくる。さらに、カンディスキーは、ジョイスを買う金が無いとか、シンクレア・ルイスはつまらないと述べ、「アメリカのトーマス・マンやアメリカのヴァレリーは誰だ?」と質問を続けるのだ。それに対して、ヘミングウェイはアメリカに文豪はいないと返答し、ポーは技巧だけだが、ソローは読むべきだ、などと十九世紀から二十世紀のアメリカ文学史のおさらいをしてみせる。

そして、推薦するアメリカ文学を質問されて、ヘミングウェイは、トウェインに加えて、スティーヴン・クレインとヘンリー・ジェイムズの名前を挙げたのだ。クレインについては「オープンボート」と「青いホテル」と作品名まで出している。「オープンボート」は戦争中に座礁した船での体験に基づくし、「青いホテル」もネブラスカのホテルを舞台にした話で、どれも男たちだけの世界なのである。そして西部を描いた「青いホテル」のほうがすぐれているとヘミングウェイは断定する。

ジェイムズ作品の具体名を挙げなかったのは、この状況にふさわしい題名が思いつかなかったせいだろう。ヘミングウェイは最初の長編である『春の奔流』(一九二六)で、ヘンリー・ジェイムズの臨終の言葉をめぐる議論を取り上げていたほど、存在を強く意識した作家だったのは間違いない。しかも、トウェインもジェイムズも老人になるまで生きて書いたが、作品としては何をしたいのかわからなかった、と悪口を述べている。両者は金に取り憑かれていたと指摘しながら、まさに金のためにアフリカ紀行文を書いている自分の状況にヘミングウェイは自己言及していた。それにトウェインもジェイムズも紀行文でも有名な作家なのである。

そしてカンディスキーが「トウェインはユーモア作家だろう。あとの二人は知らない」と言い放ったので、ヘミングウェイは売り言葉に買い言葉として、ユーモア作品でない作品として『ハックルベリー・フィンの冒険』を絶讃したのである。しかも、この発言がアフリカで大型羚羊(クーズー)の狩猟をしているなかで出てきたことを忘れるべきではない。

アフリカはジムという黒人奴隷の先祖の地であり、スワヒリ語を話すコーラとアブドゥラなどの現地人とヘミングウェイはともに行動していた。スプリングフィールド銃を所持し、車で追いかける方法だったが、白人と黒人とが協力して狩りをしている。ハックとジムの関係が思い浮かぶだろうし、アフリカは先住民であるインディアンの存在や歴史を真剣に考えないで済む土地なのだ。この場で、先住民の血を引くインジャン・ジョーが大きな役割をはたす『トム・ソーヤーの冒険』を選択するほうがむしろ不自然なのである。

【二つの作品の友情の違い】

筏で冒険するハックとジムに、学校などの安定した社会生活はない。彼らどうしが対等に見えるのも、社会から逸脱しているせいである。恋愛や家庭生活の要素が入り込む余地もないので、ハックを「脱走するアメリカン・ヒーロー」の系譜に入れることができる。そうすることで『ハックルベリー・フィンの冒険』を『白鯨』などに連なる「偉大なアメリカ小説」とみなせる。男性作家によって描かれてきた偉大なアメリカ小説の多くは、「狩猟、戦争、犯罪」といった例外的な状況で展開される男どうしの友情の物語なのである。

しかも称讃するのは圧倒的に男性の文学者や批評家たちである。彼らはハックとジムの友情と、それを支えるトムという男どうしの絆を小説内に積極的に認めることになる。『トム・ソーヤーの冒険』でのトムの親友はジョー・ハーパーだし、川のなかのジャクソン島へもハックを含めた三人で向かう。あくまでもハックは脇役の扱いであった。ところが、『ハックルベリー・フィンの冒険』は、白人ハックと黒人ジムのバディ物となった。トムは機械仕掛けの神のように、最後にフェルプス農場に姿を現し、彼らを援助するだけだ。

ハックとジムのバディの関係は、人種を超えた友情や和解はありえるのかを問いかけてきた。のちにシドニー・ポワチエが主演した映画の『手錠のまゝの脱獄』(一九五八)で、手錠につながれるという極限状態で脱出する白人と黒人の囚人の話が作られた。ハックとジムの関係を踏まえているのは間違いない。対立しながらも生存のために相互の依存や理解が必要となってくる。そして、やはりポワチエ主演の『夜の大捜査線』(一九六七)では、南部の殺人事件の捜査に来た黒人の捜査官と地元の白人の警察署長との間の対立とある種の友情を描いている。

南部社会の人種差別を描こうとするとき、白人と黒人のバディの話が出てくるのは偶然ではない。

その後も警察物などを中心に、無理やりバディを組まされている内に相互理解が進むハックとジムのパターンが借用されてきた。『ダイ・ハード』(一九八八)において、主人公のニューヨークの白人警官と、地元警察の黒人警官の間の「友情」さえも、西海岸ロサンジェルスという極西部での出来事と考えるとうなずけるのである。『ハックルベリー・フィンの冒険』が後世に与えたものは文学史的な影響だけではないのだ。

逃亡したハックとジムの関係と比べると、『トム・ソーヤーの冒険』でのトムとハックはつねにバディとして冒険しているわけではないことがわかる。二人は死んだ猫でのイボとりを試すために墓地に出かけて、インジャン・ジョーのロビンソン医師の殺害を目撃し、財宝探しのために幽霊屋敷に入り金貨の発見を目撃し、インジャン・ジョーたちの動向を見張り、最後に洞窟に潜って金貨を発見して持ち出した。ジャクソン島での海賊ごっこにはジョー・ハーパーがいたし、洞窟内をトムがさまよったのはベッキーとだったのである。

トムとハックのバディは、インジャン・ジョーと関わるときにだけ成立する。しかも、海賊ごっこのときも、トムはジョー・ハーパーと意気投合し、次に年中暇なハックを誘ったのである。財宝探しの際も、ジョー・ハーパーもベン・ロジャーズもつかまらなかったので、ハックを選んだのである。どちらも消極的な選択で、トムにとってハックは唯一無二の候補ではなかった。ハックを誘う子どもは、トム以外に見当たらないのである。『ハックルベリー・フィンの冒険』で、同じ「逃亡者」としてハックがジムとの間に関係を築くのは新しい体験だった。それを描くのには内面の変化を扱える一人称単数による告白体がふさわしいのである。

【贋金と偽物】

『トム・ソーヤーの冒険』と『ハックルベリー・フィンの冒険』とをつなぐのは、マレルの盗賊団が隠していたとされる一万二千ドルの金貨の扱いである。この資産は着実な運用によって増えている。貸付や投資をすることで、元金は減らずに利子を生む。ただし、ハックは貯金に関心がなく、手元にあるものはすべて使う主義の持ち主なのである。

そのため、不労所得に対するトムとハックの態度は異なっている。『ハックルベリー・フィンの冒険』で、サッチャー判事は、ハックから全資産を一ドルで譲ってもらう取引をする[H　第4章]。ここには対等な交換をしているから正当な取引だとみなす罠がある。ハックには投資されて見えなくなっている何千ドルものお金よりも、手元にある一ドルのほうに確実性を感じるのである。しかも、ハックからその一ドルを巻き上げた父親も、真贋を確かめるために、噛んでみるのだ[H　第5章]。ハックがもっている偽の二十五セント硬貨も、外側の銀がすり減って真鍮が見えているので、ジムはそれをジャガイモに挟んだら真鍮が見えなくなって使えるようになるという技を教えてくれる。ハックは贋金でも手元にあるほうが安心するのである。

金貨や銀貨ならば、原始的ではあっても噛むという判別法がありえるが、紙幣となるともっと不確かだった。舞台となった四〇年代は、「金本位制」によって裏づけられた銀行が発行する紙幣の導入の是非をめぐってアメリカ中が揺れていた時期だった。額面を印刷しているだけの紙幣に対する疑念が渦巻いていた。トムが崇拝するベントン上院議員は、一八三六年に勃発した「銀行戦争」と呼ばれるジャクソン大統領と第二合衆国銀行の争いで、ジャクソン流民主主義者として、銀行の発行する紙幣の流通に反対する立場をとっていた。偽造紙幣の問題があるせいだった。紙幣を嫌い金貨と銀貨を重視するので「金塊主義の老ベントン」などと悪口を言われていた[Mihm: 129]。『トム・ソーヤーの冒険』で金貨や銀貨に執着するトムとハックは、ベントン上院議員派に見える。

ところが、『ハックルベリー・フィンの冒険』で、ハックはさまざまな人物を演じる。女装をしてセーラ・メアリ・ウィリアムズになり、バレるとジョージ・ピーターズと返答し、夜に出会った相手にはジョージ・ジャクソンと名乗る。さらにはフェルプス農場でサリーおばさんにトムと間違えられたことをきっかけにトム・ソーヤーになりすます。捕らわれたジムを盗み出して解放しようとするハックの計画を聞くと、トムのほうはシドとなるのである。こうした変装や演劇的な流動性は、その度に価値を変える偽の貨幣や紙幣のようである。

しかも、この変装や偽の身分は、ハックが関わった王様と公爵という役者くずれの詐欺師たちの行為とも似ているのである。彼らは伝道師や医師になりすましていろいろな物を人々に売りつけ、インチキ役者として上演代金を手に入れると次の日には逃走するのである。そして王様と公爵の二人は、イギリスからかけつけた死者の弟たちを装って、亡くなったピーター・ウィルクスの遺産である金貨六千ドルを手に入れようと画策する[H　第24章]。ハックが機転を利かせて棺のなかに隠さなければ、詐欺師たちのものになったのかもしれない。こうした詐欺師や偽物というモチーフは、貨幣や紙幣の偽造問題と重なっている。

ハックのモデルの名前がトム・ブランケンシップだったというのは、トムとハックが交換可能なものと考えられることを示す。そして、ダグラス未亡人の家に金貨を隠すために向かう途中で出会ったジョーンズに、「おい、誰だ」と問われて、トムは「ハックとトム・ソーヤー(Huck and Tom Sawyer)」と返答する[第34章]。一瞬「ハック・ソーヤー」という名前が連想できそうなほどである。こうした何気ない応答のなかでもフィンという名字が欠けていて、母なし子ではあっても、父親がいるにもかかわらず、家や家族をもたないハック像が強調されるのだ。

ハックは『ハックルベリー・フィンの冒険』のフェルプス農場でトムに化けた。そのことを『トム・ソーヤーの探偵』で農場に再訪した折に笑い話にしながらも、サリーおばさんはハックが途中で「ブラックベリー」採りを見たと口にすると、季節はずれだと疑問視する[第六章]。すかさずトムが「ストロベリー」を言い間違えたと補足するが、サリーおばさんは納得しない。トムとハックがダイアモンドを手に入れるために嘘をついていたのだが、この続編でも、双子の取り違えや、死体のすり替えによる交換がモチーフとして続いていた。

どうやらトウェインには「交換」と関連するキャラクターにトムという名前をつける傾向がある。『王子と乞食』(一八八一)で、貧しい地区で生まれたのはトム・キャンティだった。そして、顔がそっくりなエドワード王子と立場が入れ替わる。また『阿呆たれウィルソン』(一八九四)では、ロクサーナという黒人女性が産んだ子どもが「トマス・ア・ベケット」にちなんでトムと名づけられる。三十二分の一しか黒人の血が入っていないので、トムは見た目に白人なのである。そこで、ロクサーナの主人の息子と交換され、当主の息子トム・ドリスコルとして成長するのである。どちらも、トムは交換されるキャラクターの名前であり、この系譜の先例だったことを考えると、ハックがトムに変装し、トムがシドに変装してもそれほど不思議ではないのである。

【『トム・ソーヤーの冒険』との関連】

ひとつのモチーフであっても、手を変え品を変えて偏愛するのが作家の特性でもある。『トム・ソーヤーの冒険』で一度取り上げた素材が、『ハックルベリー・フィンの冒険』で再利用されている。トムの名前を『王子と乞食』や『阿呆たれウィルソン』で繰り返し使ったように、ミス・ワトソンの黒人奴隷のジムは、トムの家の黒人奴隷のジムとは同名だが別人である。しかも、ミス・ワトソンが八百ドルで売るという話に逃げ出す気になったのだし、明らかにハックよりも年上の設定である。路上で二人のジムが出会っても不思議ではないのだが、もちろんそんな場面は描かれない。

トムたちが海賊ごっこをしたジャクソン島は、ハックとジムが逃げてきて、キャンプ生活をする場所となった。一八四七年の夏に、ハックのモデルとなったトム・ブランケンシップのひとつ上の兄のベンスが、逃亡奴隷を島に隠して数週間食事を与えたことがあった[Loving: 24]。このエピソードが、ジャクソン島での海賊ごっこやハックとジムの逃亡生活の元ネタとなっている。溺れた死体を発見するために、船から大砲を川に撃ち込むのをトムたちが見つけて大喜びをしたが、今回はハックだけが目撃するのである[H　第8章]。

トムはポリーおばさんの目を欺くために針と糸を持ち歩いており、川で水遊びをして外れたボタンを自分でつけたのである。せっかくのこの工夫もシドのおせっかいで発覚した。ハックは流れ着いてきた古着を身につけて女の子に変装する。そして、自分やジムに関する情報を四十くらいの編み物をする女性から手に入れたが、彼女の前で見せた針に糸を通すときのやり方から、女の子ではないと見破られてしまう［H　第11章］。

一度埋葬された死体を掘り起こすのは墓暴きであり死者への冒瀆ともなるのだが、これも繰り返される。『トム・ソーヤーの冒険』では解剖の材料として、死んだばかりのホス・ウィリアムズが墓地で掘り起こされた。これがインジャン・ジョーによる殺人とトムたちの目撃につながった。それに対して、ピーター・ウィルクスの遺産相続人としてイギリスからやってきたという触れ込みの王様と公爵の二人の詐欺師の前に、本物だとするもう一組の遺産相続人の兄弟が登場して、真偽の対決となる。弁護士に問い詰められて、遺体の胸に、王様は矢の印、相手は三つの文字があると返答するが、どちらもなかったというのが埋葬した者たちの証言だった。そこで稲妻が光るなか、刺青が胸にあるのかを確認するために合法的に棺が開けられるのだ。そして、遺産の金貨が遺体のウィルクスの胸に載っている状態で発見されて大混乱となる［H　第29章］。それに乗じて、ハックも詐欺師たちも逃げおおせたのだ。

インジャン・ジョーに殺されたのは若いロビンソン医師だったが、こちらのロビンソン医師は詐欺師たちの正体を暴こうとする正義漢だった。王様のイギリス英語やいんちきなギリシア語の知識を見破っていた。また、インジャン・ジョーは目と口が不自由なスペイン人に変装したが、公爵は耳と口が不自由なウィルクスの弟に扮した。どちらも、相手から質問されても応答する必要がないので身元がばれない、という利点をもつ変装だった。インジャン・ジョーはスパイをする目的があったのだが、公爵のほうは伝聞に基づいて相続人に変装したのである。また、トムは聖人の名前をサッチャー判事に問われて、ダビデとゴリアテと返答してしまった。ハックはハインズという大男に逃げられないように腕を捕まえられると、ゴリアテを思い出す。どうやらハックのほうが聖書の語句を正しく引用しそうな気配があるのだ。

ハックから見た『トム・ソーヤーの冒険』が語られることはなく、『ハックルベリー・フィンの冒険』の冒頭で、マーク・トウェインという人が執筆した本に誇張はあるけどだいたい書いてある、という素っ気ない表現で終えていた。だが、このように『トム・ソーヤーの冒険』のいくつかの要素は引き継がれ書き直され、『ハックルベリー・フィンの冒険』の執筆につながったと考えられる。ハックの語り口もあって、こうした反復や再利用は気づかれにくいし、類似よりも相違のほうが重要となる。ジャクソン島でのハックとジムの生活は、発見されるという不安があるのでトムたちの海賊ごっことは別の趣があるが、洞穴探検をし、ナマズなどを食べていて飢えてはいないので、どこか牧歌的でもある。詐欺師にまつわる墓暴きと隠された金貨の出現は、インジャン・ジョーに絡んだ物語の別ヴァージョンともいえる。物語作者としてトウェインは見事に読者を騙しおおせたのである。

3　影響とアダプテーション

【ミシシッピ川とトムの成長】

『トム・ソーヤーの冒険』がなければ、後世の多くの作品がずいぶんと貧弱になったか、そもそも発想されなかったかもしれない。何よりも『ハックルベリー・フィンの冒険』は生まれなかったのである。しかも、ミシシッピ川が魅力的に見える小説なので影響は大きい。

隣のイリノイ州で生まれたヘミングウェイも、トウェインが描いた川に魅了された一人である。ヘミングウェイは、ニック・アダムズを主人公にした自伝的な短編小説や断片をたくさん残した。「インディアン・キャンプ」や「殺し屋」などの名作も含まれるが、死後フィリップ・ヤングによって『ニック・アダムズ物語』(一九七二)として時系列にまとめられた。

そのひとつである第二部の「自分自身について」の最後を飾る「ミシシッピ川を渡って」は、散文詩のような掌編である。ミズーリ州カンザスシティ行きの列車の窓から、ミシシッピ川がゆっくりと動く茶色い水の平面を見ながら、主人公のニックの脳裏に「マーク・トウェイン、ハック・フィン、トム・ソーヤー、そしてラ・サール卿」のことが次々と押し寄せてきた、とある。最後には「とにかくミシシッピ川を見たんだ」と幸福感を抱くのである[Hemingway: 133-5]。

トウェインは、蒸気船の水先案内人を務めていたことがある。重りのついた糸を落として水深を測定し「二尋だ(mark twain)」と叫んでいた体験からペンネームをつけた。一尋とは約一・八メートルのことで、二人分の背丈の深さがあれば安全に船が航行できると判断されたのである。もうひとりのラ・サール卿は、五大湖からミシシッピ川を下って探検をしたフランス人で、ルイ十四世にちなんだ「ルイジアナ」の名づけ親だった。

ニックはミシシッピ川を見て、過去の人物を連想した。重要なことだが、こうして川と対面した後で、ニックは第一次世界大戦の戦場へと向かうのである。野球のワールドシリーズの勝利の行方が気になりながら、ミシシッピ川を渡ろうとするのは、ニックがのちに世界大戦という名が与えられる戦場に向かう大人になろうとしている瞬間でもあった。

『トム・ソーヤーの冒険』のアダプテーションを作るときに、川と少年トムの成長を重ねる解釈が出てくる。たとえば、一九七三年に製作されたミュージカル映画の『トム・ソーヤーの冒険』の冒頭では、学校の始業の鐘が鳴っているのに、トムは蒸気船の汽笛に惹かれて、ミシシッピ川へと突進していく。それに合わせて、シャーマン兄弟が作った「リバー・ソング」が流れる。「川は陸地を横切り、川は海へと向かう。少年は大人へと成長する。少年は生涯で一度自由になる。少年は生涯の黄金のときに自由になる」と歌われる。

また日本で一九八〇年に製作されたアニメ版の『トム・ソーヤーの冒険』のエンディングテーマの題名は「ぼくのミシシッピー」である。「ひとがうまれるまえから　ながれているんだね」と始まり、トムとハックが蒸気船を走って追いかける場面が描かれていた。ドイツ版の二〇一一年の映画『トム・ソーヤー』でも、カントリー音楽調のテーマ音楽を背景に、航行する蒸気船と競うようにトムとハックが走る場面で始まる。その後、二人は麻袋でカモフラージュして蒸気船に乗り込んで、チョコレートを盗もうとするが、そこで宝石を奪うインジャン・ジョーを見かけるというオリジナルの展開に結びついていく。トムとハックが蒸気船と競うという場面は小説には存在しないが、川と成長を重ねたくなるので多用されるのだ。

トウェインは、ミシシッピ川での見聞や体験そのものを執筆していた。『トム・ソーヤーの冒険』が出版された前年の一八七五年に、『ミシシッピ川の昔』という全十四章の回想エッセイが『アトランティック・マンスリー』に連載された。そこで扱われたのは、子ども時代の思い出から、洪水などの過去の記録までのミシシッピ川全般の記述だった。これは翌年にカナダで海賊版の単行本が出たほどの人気作だったし、のちに『ミシシッピ川での生活』(一八八三)の前半部分にそのまま組み込まれたのである。

こうしてトウェインは、小説とエッセイの二本立てで、ミシシッピ川の歴史や魅力だけではなく、自分の少年時代の体験を伝えようとした。内陸にありながらも、執筆場所のハートフォードはコネティカット川に面して、海運で栄えた町だというのも、どこかミシシッピ川沿いの蒸気船やフェリーが通うハンニバルに似ている。このことは、この地に居を構えた理由のひとつとなっていたのかもしれない。そもそもトウェインの父親が一家をあげてミズーリ州のフロリダからハンニバルへと移住したのも、そこが海運での繁栄が見込める村で、法律家としての仕事が見つかる期待からだった。実際、父親はその地で治安判事を務めるまでになった。

【田舎町と脱出願望】

トムたちが学校を抜け出し、無人のジャクソン島でハックとともに海賊生活を送るという行動は、ミシシッピ川を南北に移動する想像力の産物である。川を下って、メキシコ湾に出て、さらにカリブ海まで足を伸ばせば海賊となれると夢想したのである。もうひとつ、フェリーで示される東西の軸もある。極西部へ出かけてインディアンに加わるという空想もあるが、ミシシッピ川を渡って、対岸のイリノイ州からさらに東へと向かうこともできる。実際には、東部に向かうにしても船でミシシッピ川を南下して、フロリダ半島沖をぐるりと回って北上する航路が選ばれる場合も多かった。これはオルドリッチの『悪ガキ物語』で主人公が育ったニューオーリンズから東部のリバーマウス（ポーツマス）へと向かうルートでもあった。それでも、南北の移動と東西の移動とでは意味合いが大きく異なるのである。

トムにその可能性を示唆したのが、コンスタンティノープルという大きな町からやってきた転校生のベッキーと、その父親の判事だろう。大金を得たトムをすっかりと見直したサッチャー判事が、財産管理の後見人ともなり、自分の娘の婿となりえる期待をトムにもつ。将来は軍人か法律家だと決めて、トムを東部の陸軍士官学校に入れて、そのあとロー・スクールに通わせようと目論むのである。『阿呆たれウィルソン』の主人公のようにニューヨーク州の奥で育って、ロー・スクールを出てから西部にチャンスを求めてやってくる人物もいるのである。

田舎町から東部へ脱出して出世するという考えも、後世に影響を与えてきた。スチュアート・ハッチンソンは、『トム・ソーヤーの冒険』とF・S・フィッツジェラルドの『偉大なるギャツビー』（一九二五）とのつながりを指摘していた[Hutchinson: 52]。トムとは異なり、ギャツビーはデイジーを手にいられずに自滅してしまったのだが、得体のしれない金を稼いだ者としてトムの後継者になりえるかもしれない。

同じように小さな町や村からの脱出をめぐるジレンマを描いたのが、カリフォルニア州の田舎町モデストを舞台にしたジョージ・ルーカス監督の映画『アメリカン・グラフィティ』（一九七三）だった。一九六二年夏に高校を卒業したカートたち四人の友情と恋愛が問題となる。いたずらも含めて、たえず遊び回っていた子どもたちが、その町から脱出するのか、それともとどまるのかが問われるのだ。

カートは、町の奨学金を得て東部の大学へ向かうのか、それとも地元に残るのかの選択に迷い葛藤する。結局カートは町を出て地元には戻らず、東部で小説家となり、現在カナダに住んでいるとされる。

この映画に大きな影響を受けたスティーヴン・キングが書いた中編小説「死体」(一九八二)と、その映画化である『スタンド・バイ・ミー』(一九八六)は、殺人による死体と遭遇する『トム・ソーヤーの冒険』から、恋愛要素を取り除いて冒険に絞った作品だといえる。墓地や化け物屋敷ではなくて、鉄道事故による少年の死体を見るために、一泊野宿する旅に向かう四人の子どもたちの物語である。

とりわけ、町から出て作家になったゴーディと地元の弁護士になったクリスとの友情をめぐる話は、離れ離れになるトムとハックとの友情を原型としている。クリスは、誰かをなだめるときに、ハンナ・バーベラ製作のTVアニメ「ハックルベリー・ハウンド」について話す、とさりげなく書かれている。トウェインの小説にあやかったキャラクターの名前であり、キングがわざわざ触れたのも、下敷きとなった作品への言及なのである。映画では舞台をメイン州からオレゴン州へと変更して、川を渡る橋や泥沼や焚き火などを効果的に使って、大人になる問題を視覚的に示していたのである。

西部の子どものトムを主人公に仕立てて小説を完成させたのが、ハンニバルを脱出して東部のコネティカットで作家として大成したトウェインなのである。悪夢のような田舎をどうにかして脱出し、東部の都会で暮らして、その田舎を美しい過去とみなす作品を書いて一儲けすることが、「アメリカの夢」でもあった。成功した先駆者としてトウェインがいる。カートもゴーディもその末裔なのだ。『アメリカン・グラフィティ』も「死体」と『スタンド・バイ・ミー』も、『トム・ソーヤーの冒険』がもつそうした要素もうまく取りこんでいた。

【キングにとってのトム・ソーヤー】

トウェインがインディアンを扱い損ねている点に関連して、「インディアンとはアメリカ白人最大の無意識」という指摘もある［八木②：一〇二］。トウェインは続編として「インディアンのなかのハックとトム」の執筆を試みるが、完成せずに失敗した理由のひとつが、この無意識のせいだとされる。先住民に対するトウェインの意識は揺れ動くし、自分のなかに他の人種の血が混じっているなどと口にすることもあった。それだけに、トウェインの表面的な言葉から真意をうかがい知るのは難しい。

けれども、先住民との関係は、トウェインだけでなく、多くの作家にとって拭い去り難いと同時に地下に埋めておいて掘り出したくない記憶なのだろう。「インディアン・キャンプ」や「十人のインディアン」などの短編を書いたヘミングウェイが、長編小説では『日はまた昇る』や『武器よさらば』などアメリカ国外を舞台にした小説を書くのも、この無意識とぶつかるのを避けるためだった、と考えるとある程度納得がいく。『ハックリベリー・フィンの冒険』を絶讃した『アフリカの緑の丘』はノンフィクションだが、その代表例でもある。

もっと露骨な例もある。ジョン・アップダイクの『カップルズ』（一九六八）はマサチューセッツ州のタールボックスという白人中産階級の住宅地におけるスワッピングをする夫婦たちの話である。インディアン・ヒルという名前があっても、先住民の集落がそこにあるわけではない。宅地造成にからんで、ブルドーザーを運転している黒人に、主人公のピートが「これまでにインディアンの墓を見つけたことがあるかい」と質問をする。「骨が見つかるよ」「見つかったらどうするんだい」「あんた、そりゃ作業続行さ」と言いながら二人は笑うのだ[Updike: 104]。地下には、先住民の歴史が埋もれているわけだが、別の大陸からやってきた白人や黒人とでは、人種や民族という点でも文化においても断絶しているので、敬意も払われずに平然と作業が続けられるのである。こうした破壊者にそのまま呪いがかかれば、ホラー小説となる。

ミズーリ州から追い出されて居留地に住むオセージ族の血を引く詩人で、イギリス中世の言語や文学の研究者であるカーター・リヴァードは、「なぜマーク・トウェインはインジャン・ジョーを殺害し決して起訴されないのか」(一九九九)を発表した。先住民の要素を無視してきた批評の歴史を回想して、批判を加えている。リヴァードの論文に、「スティーヴン・キング小説としてのトム・ソーヤー」という一節がある。そこでは、インジャン・ジョーをトム・ソーヤーの心理的な負の部分とだけみなす読解に異議をとなえ、トウェインの父親である判事が酔っ払いたちにおこなった罰への罪の意識というトウェイン本人の負の半身なのだと結論づけていた[Norton: 347-9]。

リヴァードは具体的なキングの小説と結びつけて論じてはいないが、トウェインとの濃密な関係を示唆している。その目で見ると、「死体」以外にいくつものキング作品との関連に気づくのだ。キングが先住民の意匠を借りてきた作品としては、『ペット・セマタリー(セメタリー)』(一九八六)がある。ミクマク族の儀式が死者の復活に利用されている。また、『ドリームキャッチャー』(二〇〇一)では、オジブワ族の蜘蛛の巣の姿をした夢を捕まえる道具をタイトルに持ち出してきた。

そして、ロッキー山脈にあるコロラド州の冬のホテルを舞台にした『シャイニング』(一九七七)では、作家志望だが、アルコール依存症で暴力的な父親が、ホテルの亡霊に取り憑かれて凶暴化していく過程が、五歳のダニーの視点から描き出される。依存症で苦しんだキング自身の体験に基づくのだが、ハックの酔った父親を投影しているようでもある。キングがたびたび少年を主人公にし、その視点から物語ろうとするのは、児童を主人公にしながら児童文学ではないというトウェインの流儀を踏まえている。リヴァードは「スティーヴン・キング小説としてのトム・ソーヤー」と指摘したが、むしろ逆に「トム・ソーヤー物」の変奏としてスティーヴン・キングの小説があると感じられる。

直接の借用として、キングは、ピーター・ストラウブと合作した『タリスマン』(一九八四)でジャック・ソーヤーという十二歳の少年を主人公に据えた。冒頭に『ハックルベリー・フィンの冒険』からの引用があるように、ジャック・ソーヤーはむしろハックのような「アメリカの放浪者」の系譜に属している[Magistrale: 158]。ハックがトムに変装したことを考えるとそれほど不思議でもない。

ジャックは母の病気を治せるタリスマンの話を黒人のスピーディから聞いて、東のニューハンプシャーから西のカリフォルニアへと移動していく。そのなかで、ジャックは「テリトリー」という平行世界と行き来をするのである。「テリトリー」にいるのは先住民ではなくて、ファンタジーやホラーの住人たちだった。そこはアメリカ東部にあたり、西部は「アウトポスト(辺外境)」とされる。最後に、途中で知り合った狼男のウルフとリチャードという友人とともに冒険を進める。そして、ジャックの母を救うタリスマンを手に入れて、病気から回復させるのである。ジャックが十三歳となって成長することと冒険の旅とが重ねられている。しかも、小説の最後には『トム・ソーヤーの冒険』の「おわりに」がそのままの形で引用されているのだ。

キングとストラウブが合作をしたのは、『金メッキ時代』のトウェインとウォーナーの関係にも似ている。しかも、トウェインが登場人物のセラーズ大佐をめぐり『アメリカの爵位権主張者』という続編を書いたように、二十年後に警官となったジャックを主人公にした『ブラック・ハウス』(二〇〇一)という続編を再び合作で完成させたのである。

キングが単独で『トム・ソーヤーの冒険』と『ハックルベリー・フィンの冒険』の双方を意識したのが、一九九六年に発表した『デスペレーション』とリチャード・バックマン名義の『レギュレイターズ』だった。キングが東西を結ぶハイウェイ50をバイクで旅行したとき、銅の露天掘りの鉱山町ネヴァダ州ホワイトパイン郡ルースを訪れたことから着想された。ミシシッピ川の代わりに、州間道路を結んだハイウェイ50が登場する。東のメリーランド州から西のカリフォルニア州まで四千八百キロ以上の長さの道であり、途中ミズーリ州セント・ルイスでミシシッピ川を渡り、首都ワシントンをも貫いていて、アメリカを東西に結んでいる動脈である。

西部のネヴァダ州の衰退した鉱山町を舞台にした『デスペレーション』は、先住民を追いやったあとで起きる悲劇を描いている。ネヴァダ州は、トウェインの兄のオリオンが準州だったときに初代の州務長官として赴任し、いっしょに出かけた場所である。トウェイン自身も州の西部での金鉱掘りを試みたこともある。二十世紀になってネヴァダ州東部で銅の発掘がブームとなったが、採算が取れなくなり放置されたのである。すでに先住民がいない場所で鉱山開発され、しかも採り尽くして衰退している町なのだ。セント・ピーターズバーグにある廃工場や幽霊屋敷のように、それは「マニフェスト・ディスティニー」による西部の開拓者たちが、資源を貪り尽くした後の姿なのである。象徴的に「アメリカン・ウェスト」という映画館がかつての繁栄の印として出てくる。

デスペレーションの警察官が、通りすがりの人々を次々と捕らえて閉じ込めていく。それを操るのは地下に眠る邪悪なもの「タック」で、憑依する相手を次々替えていくのだ。妹をはじめ家族を奪われた十二歳のデヴィッド・カーヴァーが、「神のメッセージ」を受け取って戦うことになる。しかも、タックはコヨーテやハゲワシやクーガーなど土着の野生動物を使いながら襲ってくるのである。

タックは露天掘りの「チャイナ・ピット」と呼ばれる場所の下に隠れている。「チャイナ・ピット」の由来として、中国人の労働者を坑道に生き埋めにした事故の話が出てくる。タックの正体は、太古の昔に埋もれていたものであり、鉱山町の開発のせいでむき出しになったせいで、人々に襲いかかってきたのだ。デヴィッドは、心に聞こえる声に耳を傾けて、体中に石鹸をつけて格子をすり抜けてから、生き残った人々をタックから救出するのである。そして、デヴィッドを助けて、ヴェトナム戦争帰りの作家ジョニー・マリンヴィルが、すべてを清算するために爆薬を使って吹き飛ばすのだ。それは『シャイニング』で父親のジャックがボイラーの爆発でホテルごと吹き飛んだのとつながるイメージである。

『デスペレーション』と対となり、キングが「鏡小説」と呼ぶリチャード・バックマン名義の『レギュレイターズ』では、やはりハイウェイ50とつながるオハイオ州ウェントワースのポプラストリートと呼ばれる一角の住宅地を舞台にした惨劇が描かれる。登場するキャラクターの名は『デスペレーション』と同じなのに、家族関係などの設定が異なっている。『タリスマン』で、ジャックはテリトリーのなかでも意識は連続していたが、ここでは名前が同じでも別の役割をもっている。全編に西部劇『レギュレイターズ』やテレビの『ボナンザ』や鉱山町デスペレーションの話が出てきて、遠く離れていても深いつながりをもつ。タックがこの住宅地にやってきたのは、自閉症の八歳のセスを呼び寄せて、デスペレーションを見学させ、その間に取り憑いたせいだった。セスの家族が皆亡くなったので、叔母のオードリーに引き取られた。その家から惨劇が広がったのである。

『デスペレーション』がハイウェイ50の通りすがりの者たちの話で、ミシシッピ川を下る『ハックルベリー・フィンの冒険』に近いとすれば、『レギュレイターズ』は、セント・ピーターズバーグの村に終始する『トム・ソーヤーの冒険』に近いのである。しかも、手紙や新聞記事さらにセスが描いた稚拙な絵が出てきて、トムとハックの誓いの文やトムがベッキーのために描いた絵を連想させるのである。両方においてタックがあぶり出すのは、それぞれのキャラクターの価値観や、アメリカの過去の歴史である。そして、「神」とタックとの対決において、媒体として子どもが重要な役割を果たすのである。

作者としてはキング＝バックマンなのだが、マーク・トウェインというペンネームの陰にサミュエル・L・クレメンズがいたように、この一人二役の作家は、本物と偽物の関係に敏感にならざるを得ないのである。そして、キングは交通事故やアルコール依存や旅での見聞といった私的な体験からホラー小説を紡ぎ出す。トウェインが少年時代のハンニバルでの見聞から『トム・ソーヤーの冒険』と『ハックルベリー・フィンの冒険』という異なるタイプの作品を生み出したことをキングは了解していた。そこで、キングは一つの体験から『デスペレーション』と『レギュレイターズ』という双子のようだが性格の異なる二つの小説を生み出した。もちろん、ホラーや暴力の要素をさまざまな映画や小説から借りていて、トウェインの小説の骨格とは似ても似つかない。だが、さりげなくハンニバルという名の犬も登場させている。やはり、キングはトウェインの末裔の一人でもあるのだ。

【映画のなかのトム・ソーヤー】

十九世紀までは小説のアダプテーションといえば舞台化だった。トウェインも『金メッキ時代』が劇となって人気を得たので、『トム・ソーヤーの冒険』の劇作を目論み、自分で脚本も書いた。それに対して、二十世紀になると映画やテレビドラマやアニメといった映像化が主流となる。『トム・ソーヤーの冒険』の映画作品は数多く作られてきた。その際に、どの要素を取り上げるのかとか、削除や改変によって矛盾が生じて不足した部分をどのように補整するのかが、脚本家や監督の腕の見せどころとなる。時代によって、子どもに映像として見せる基準も変わってきたので、それが作品内容や表現に影響を及ぼすのだ。とてもすべてを網羅はできないが、年代順に代表的な映画作品を取り上げて、特徴を述べていこう（以下特定のタイトル以外はみな『トム・ソーヤーの冒険』）。

最初の映画化とされるのは、一九一七年のW・D・テイラー監督による一時間弱のサイレント映画だった。冒頭にトウェインが出てきて、トムの姿と合成された場面がある。作者を登場させるという趣向は何度も使われることになる。トムを演じたジャック・ピックフォードは二十歳だったので、ひょろ長くて、ポリーおばさんとあまり背の高さが変わらないが、身軽に動き回るのである。主演のジャックの姉は当時有名な女優であったメアリー・ピックフォードであった。ジャックは「アメリカ一の少年（all-American boy）」とみなされ、二十年間に百三十本の映画に出演したのである。あくまでもスターありきで企画された映画だった。

板塀塗り、ベッキーとの出会いと失恋、海賊ごっこでジャクソン島に行き、自分たちの葬式に登場するという、トウェインの小説の主な場面を描いていた。一時間という全体の長さやサイレント映画なので台詞の字幕を入れる制約もあり、小説前半のエピソード、いたずらっ子トムに焦点を当てていた。そして、トムが帰ってきてベッキーと仲直りするところで終わるのだ。続編として一九一八年には『ハックとトム』が作られ、こちらは後半のインジャン・ジョーと金貨の話を扱っていた。このように二つのストーリーラインに分割したせいで理解しやすくなったが、小説がもっていた複雑さは失われている。

一九三〇年版は、ジョン・クロムウェル監督により、チャップリンの『キッド』(一九二一)で知られるジャッキー・クーガン主演の作品である。トムを子役が演じるようになったが、このときクーガンは十六歳だった。トウェインの小説のプロットを分割せずに利用した最初の長編映画となっている。ミシシッピ川を航行し、セント・ピーターズバーグに到着する外輪船で映画が始まり、これはその後定番となった。一九一七年版と比べて屋外のロケが多用されている。しかも、音声や音楽が入るトーキー映画であることを強調するように、ベッキーが下手なヴァイオリンを弾いている前で、トムは「見せびらかし」をする。そして夜中にベッキーの家の軒下で「口琴（Jew's harp）」を演奏して呼び出そうとする。口琴はトウェインの小説の板塀塗りの場面で、子どもたちからトムがせしめた財産の一つとして登場していた。アイヌのムックリなどの仲間で、世界中で広く使われているが、これがベッキーのクラシック音楽を演奏するヴァイオリンと対比されていた。そして、ベッキーはその音に窓のカーテンを閉めてしまう。失意のトムはジョー・ハーパーとハックに出会って、三人は筏でジャクソン島へと向かうのである。

全体に白黒の画面のコントラストが、トムが悩んでいる姿を浮かび上がらせるために利用されていた。そして、裁判で証言をしたせいで英雄となったトムをベッキーが見直し、先生が引率して学校中で洞窟に入るときに、彼女からトムに近づいていく。二人は話に夢中になって他の子どもたちと離れてしまう。そして、インジャン・ジョーが金貨を隠しているところをトムが見つけたせいで追い詰められる。インジャン・ジョーは足をすべらせて、水の溜まった縦穴に落下する。最後にシドをだまして、釣り竿を巻き上げて、トムはハックと釣りへと向かう。ところが、木の皮の手紙を読んだポリーおばさんはすっかりトムの味方となっていて、シドの訴えを却下するところで終わるのである。この映画での改変がその後の映画化の手本となった。ベッキーの例のように、エピソードの省略による論理の飛躍や矛盾を回避するためにオリジナルのエピソードを加えるのだ。そして、洞窟のなかでインジャン・ジョーと、トム（あるいはハック）とを直接対決させて、映画のアクション場面を作り上げるのである。

一九三八年版は、『風と共に去りぬ』（一九三九）や『レベッカ』（一九四〇）で知られる名プロデューサーのデヴィッド・O・セルズニックが企画したもので、ノーマン・タウログ監督による映画化だった。主演のトミー・ケリーは十三歳で、原作の実年齢に近づいた配役となった。極彩色のテクニカラーで撮られたせいで、トムたちは原作を離れて身ぎれいになり、ポリーおばさんの家は食器棚に皿を見せびらかすように並べている。一九三〇年版の実用的な戸棚とは印象が異なるのだ。

この映画では、トムとハック以外のキャラクター関係が掘り下げられている。これはあまり他の映画化作品には見られない特徴である。トムとジムがいっしょに川で水浴びをし、板塀塗りの犯行現場を目撃したジムが口止めのための賄賂をもらうといったトウェインの小説にはないエピソードによって、両者の間の交流が描かれる。トムが溺れて死んだと思っているジムをメアリーが慰める場面もある。ただし、ジムがポリーおばさんたちから隠れてケーキなどを食べるという表現で、黒人奴隷が対等の立場にないことも示されていた。

トムがベッキーと出会うのは、婚約しているエイミーと飴をなめあっている最中となり、三角関係は教室内でも続く。しかも、トムが英雄になった記念に、学校を休みにしてピクニックに行く間も、同じ馬車の両隣にエイミーとベッキーが座るのである。ベッキーがトムに対して積極的になっていく経緯がはっきりとする。このように、子どもを扱うのに長けていたのは、タウログ監督自身が子役の出身だったからでもある。

洞窟の場面のために巨大なセットが組まれ、『風と共に去りぬ』の特撮などを手掛ける撮影監督にセルズニックが雇ったウィリアム・キャメロン・メンジーズが担当した。これによって「アラジンの宮殿」などと呼ばれた鍾乳洞の規模が表現できたのである。そして、トムとベッキーがウェディングケーキを分ける話や、凧糸を使って抜け道を探す場面が丁寧に描かれた。

クライマックスでは、インジャン・ジョーに発見されて、ベッキーが見守るなかでトムが追い詰められる。婚約のために贈ったのに、ベッキーに突っ返されてもっていた真鍮の取っ手をトムが投げつけて、インジャン・ジョーを縦穴に落として窮地から救われた。三〇年版のアイデアをもらってきたのだが、インジャン・ジョーの自滅ではなくて、トムが倒すように書き換えられたのである。そしてシドがトムにケーキを投げつけられたことをポリーおばさんに訴えたのに撥ねつけられて終わる、というのは三〇年版を踏襲している。

同じ三八年にタウログ監督は、スペンサー・トレイシー主演で『少年の町』というネブラスカ州オマハにある児童の更生施設を舞台にした「人生に鏡をかかげた」白黒映画を発表した。アカデミー賞の候補にもなった作品である。行き場を失った子どもに宿舎と教育を与えたフラナガン神父が主人公で、問題児役を当時人気だったミッキー・ルーニーに演じさせて、ギャングと少年たちとの因縁や対決を描く娯楽作品でもあった。この作品は『トム・ソーヤーの冒険』が隠している「浮浪児」ハックをめぐる問題を照らし出している。タウログ監督としては、二つの作品を組み合わせて社会の明暗をはっきりさせたかったのである。

一九七三年版は、ドン・テイラー監督によるミュージカル映画だった。リーダーズ・ダイジェストが制作をし、ファミリー向けを強く意識していた。ディズニーの『メリー・ポピンズ』などで有名なシャーマン兄弟による曲を、ジョン・ウィリアムズが編曲していた。ストーリーはかなり改変されていて、ホス・ウィリアムズが死にかけていて、それをロビンソン医師が治療できないといった展開などを加えている。トムを十三歳のジョニー・ウィッテカーが、ベッキーを十一歳のジョディ・フォスターが演じていた。どちらも当時有名な子役で、二人の魅力を強調するように演出されていた。出会いの場面も、引っ越しの最中となり、庇護役となる父親のサッチャー判事が顔を見せるのだ。

ミュージカル映画なので歌が中心となる。冒頭の「リバー・ソング」では、トムが学校をさぼって、ハックに会いにいくところが描き出され、板塀塗りは「グラティフィケーション」として、子どもたちは歌いながら塗ることになる。また、マフ・ポッターが薪のなかや馬の水飲み場のなかなど、村のあちらこちらに隠したウィスキーを飲みながら「人は生まれついた定めのようになるのだ」とトムと歌いまくる。そして、「ミズーリ州、ハンニバル」では、ハンニバル中の大人も子どももピクニックに出かけて楽しむ場面が歌われる。最後に全員が写真に収まりセピア色になるというイメージが、牧歌的な雰囲気を高めていた。

トムの「腹心の友」であるはずのジョー・ハーパーがまったく消えているのも特徴的である。そして板塀塗りにジムは登場せず、代わりにベン・ロジャーズを黒人と設定して、遊び友だちとしての黒人少年の姿を浮かび上がらせる。三八年版のジムの扱いとは異なるが、こうした変化は、公民権運動を経た時代の修整だろう。

一九九五年のピーター・ヒューイット監督によるディズニー映画の『トム・アンド・ハック』では、トムを十四歳のジョナサン・テイラー・トマスが演じていた。全体は要素を再構成して新たな物語に仕立てたものとなった。そして、ジョー・ハーパーは冒頭に出てくるが大きな役目ははたさず、タイトル通りにトムとハックの関係に話は絞られていた。

映画は、インジャン・ジョーがロビンソン医師に呼ばれて、墓暴きを依頼されるところから始まる。トムは、仲間と家出をするが、筏が遭難したところをハックに助けられるのである。ポリーおばさんはトムに鞭をくれるよりも、労働のほうが効果的と考えて板塀塗りを命じるのだ。体罰の表現が弱められている。墓暴きで見つかるのは、ホス・ウィリアムズの死体ではなくて、海賊の宝の地図となり、ファミリー向けを考慮して変更されていた。それでいて、ベッキーは、金髪ではなくなり、トムを橋の上からいきなり突き落とす行動力をもつのである。

ここではインジャン・ジョーとトムとハックとの直接対決が軸になる。海賊の宝の隠し場所として洞窟が舞台となるが、そこで、インジャン・ジョーがハックの父親からナイフを習ったという過去が判明し、そのため子であるハックとナイフで争う場面さえ出てくる。隠されていた金貨を入れた宝箱とともに、インジャン・ジョーは縦穴に落ちていく。だが、トムが機転を利かせて箱を空にしておいたので中身は無事だったのである。ハックがダグラス未亡人の家で暮らすようになる場面で終わる。

先住民としてのインジャン・ジョーの恐ろしさは強調されているが、ジムが消えて黒人奴隷の問題は退いた。脚本を担当したスティーヴン・ソマーズが監督をした『ハックルベリー・フィンの冒険』がすでに一九九三年に制作されていたことと関連する。それでも、人種差別の扱いにおいて先住民を悪魔化する態度は消えていなかった。

二〇一一年のヘルミーネ・フントゥゲボールト監督によるドイツ映画『トム・ソーヤー』では、十四歳のルイス・ホフマンがトムを演じていた。全体の流れはトウェインの小説に寄り添いながら、インジャン・ジョーひいては先住民が差別される場面を取り上げているのが、九五年のディズニー映画と比べても新しい点である。ハックは大樽のマイホームを所有しているし、ポリーおばさんの家に黒人奴隷はいない。

フランクリン医師がインジャン・ジョーに仕事を依頼し、殺害される場面も丁寧に描かれる。さらに悪夢のなかでトムは襲われる。ところが、インジャン・ジョーが若いポリーおばさんを助けたことで、招待されて家のなかにやってきていっしょに食事をするといった展開が待っている。このあたりの配慮が、『白いマサイ』(二〇〇五)において異人種間結婚をめぐる問題を扱った監督らしいのである。全体的に、二十一世紀の人種観によって読み直された作品となっている。

とはいえ、最後は洞窟で、インジャン・ジョーとトムの対決となる。洞窟につながる縦穴に縄梯子をかけて降りてきたインジャン・ジョーに石を投げて気絶させ、トムはベッキーと共に地上に出ようとする。意識を取り戻して追いかけてきたインジャン・ジョーを、トムがはしごの縄を切って落下させるのである。そして、トムとハックがゆうゆうと金貨を取り出すところで映画は終わる。

二〇一四年のジョー・カスター監督による『トム・ソーヤー・アンド・ハックルベリー・フィン』では、十八歳のジョエル・コートニーがトムを演じた。ベッキーも同じ年齢でどちらも大人びていて、全体にハイスクール物のような雰囲気がある。ヴァル・キルマーが演じるトウェインが外枠に出てきて、子どもたちに蒸気船の時代の話をせがまれて、回想するという形式をとっていた。

タイトル通りにトムとハックに重点が置かれ、基本的にはトウェインの小説どおりだが、マフ・ポッターの脱走のために穴を掘って助けたとか、筏でミシシッピ川に乗り出すと、途中見つけた船のなかでインジャン・ジョーの秘密をかぎつけるといった、オリジナルの展開を多数加えていた。幽霊屋敷で金貨の隠し場所の情報を得て、トムとハックは洞窟のなかに探しに行くのだ。そこに出現したインジャン・ジョーと争いになるが、ハックがパチンコで石を当てて気絶させて二人は金貨をもって脱出した。三重に入り口が封鎖されたせいで、インジャン・ジョーは洞窟で餓死したのである。この箇所の表現は小説のままだった。

ダグラス未亡人のところにいたあと、ハックは黒人奴隷のジムと筏で逃げ出したと『ハックルベリー・フィンの冒険』への言及も盛り込まれる。そして、二度とトムとハックは会わなかったとされる。ここにあるのは、トム＝トウェインという図式と、文明を捨てて帰って来なかったハックの姿なのである。多くのキャストはアメリカ人だったが、ブルガリアで撮影されたドイツ映画らしく、全体に描き方が保守的になっている。

当然のことながら、映画化作品はファミリー向けを意識して、墓暴きでの殺人や暴力や悪夢などの表現が制限される。それは『トム・ソーヤーの冒険』を児童文学というジャンルに押し込めるのと同じ論理でもある。また、人種差別をめぐる時代や文化による態度の違いによって、インジャン・ジョーの扱いも変化してきた。トウェインの小説では裁判以外にトムとインジャン・ジョーとの直接対決は存在しないのだが、映画ではアクションを求めるためか、ナイフを持ち出して争ったりするのだ。さらにはベッキーの扱いも、トウェインの小説にあった「金髪がかった(yellow)」容姿から外れるとともに、エイミーとは異なるはっきりと自分の意見を述べる女性像に焦点があたるようになってきた。

【宮崎アニメのトム・ソーヤー】

『トム・ソーヤーの冒険』の影響を受けたのは、もちろん本国アメリカにとどまらない。日本においても各種の翻訳や翻案が、明治時代から出版されてきた。石原剛は、『マーク・トウェインと日本』(二〇〇八)で、『トム・ソーヤーの冒険』と『ハックルベリー・フィンの冒険』に関して明治から現代までの受容をたどっている。それによると、大正時代には、佐々木邦の翻訳とユーモア小説の受容があった。第二次世界大戦後には、「非行少年」をめぐって検閲がなされ、「お上品な伝統」に取り込まれ、さらには国語の教科書では民主化のヒーローとしてハックが理想化された。一九六〇年代になるとしだいに教科書にトウェイン作品が取り上げられなくなってしまう。だが、アニメなどの別の形で生き延び、時代に合わせて変化してきたと説明されている。

石原の著作は、あくまでも翻訳を中心とする直接的な受容に焦点をあてていたので、それ以外の翻案や借用に関してはあまり触れられていない。そこで、別の視点から、宮崎アニメにおける影響関係に注目してみたい。

宮崎駿は、岩波少年文庫の紹介文を掲載した『本へのとびら』(二〇一一)のなかで、『トム・ソーヤーの冒険』について、「なんという自由な少年の時代! なのに、この本はとてもきゅうくつな時代に書かれたのです」と述べている[宮崎:二九]。宮崎アニメで少年を主人公にしたときに『トム・ソーヤーの冒険』が連想されても不思議ではなかったのである。しかも、一九四一年生まれの宮崎は、石原が指摘していた教科書などによって広まった戦後民主主義的な『トム・ソーヤーの冒険』や『ハックルベリー・フィンの冒険』の洗礼を受けた世代でもあった。

影響が指摘できる作品の一つ目は、一九七八年にＮＨＫで放映されたテレビアニメの『未来少年コナン』である。原作は核戦争後を舞台にしたアレグザンダー・ケイの『途方もない高潮(邦題:残された人々)』(一九七〇)だが、かなり大胆に設定や筋が作り変えられていた。冷戦期の米ソの対立を踏まえた原作を、コナンたちの年齢を下げて、まさに『トム・ソーヤーの冒険』に近づけたのである。原作小説のタイトルにもなったクライマックスにあたる大津波は、第十九話で到来する。つまりそれ以降最終の二十六話まではオリジナルの展開となっている。しかも、冒頭もかなりオリジナルな話なのだ。そこに『トム・ソーヤーの冒険』が使われているのである。

第三話の「はじめての仲間」で、「のこされ島」から海を渡って別の島にたどり着いたコナンが、ジムシィと出会う。互いに敵意を感じ、力を誇示して「うそつき」とか「まねするな」と争うのは、トムがセント・ルイスからやってきたアルフレッド・テンプルと張り合った話を連想させる［第1章］。だが、互いの実力を認めて「あいこだな」と友だちになるのはオリジナルの結末である。

ジムシィはプラスチック採取にやってきたバラクーダ号のコックに、貯めておいた芋やネズミを渡して「タバタバ」を手に入れる。タバタバとはもちろんタバコのことだが、食後の焚き火を囲んで、ジムシィはうまそうに吸うのである。そしてコナンはタバタバを勧められるまま試して気分が悪くなって倒れるのである。この洗礼はまさにジャクソン島でトムとジョー・ハーパーがハックから受けたものだった［第16章］。

第四話の「バラクーダ号」では、女を探しているというコナンを笑っていたジムシィが、バラクーダ号にいっしょに乗ってインダストリアに行くことになる。だが、ジムシィは台所で酒を盗み飲み、酔っ払ってしまう。二人は逃げ出そうとするがダイス船長たちに捕まり、船に乗りたいと言うと、混乱の代償として板による尻叩きの罰を受ける。その際にコナンは酔っ払ったジムシィの代わりに二人分の尻叩きを四十発受けたのだ。これは、ドビンズ先生の本の挿絵を破ったベッキーの代わりにトムが鞭を食らった場面の借用である［第20章］。その犠牲に対して、ジムシィはいっしょについていくことを承知するのだ。ここでは、愛情ではなくて友情の話に転化していた。

トムはベッキーに婚約の印としてキスを求めて成功した［第7章］。そして、洞窟のなかで凧糸を使って脱出路を探すときにキスをして出かける［第31章］。一見するとコナンとラナの関係はそうしたキスのような直接性と無縁に思える。だが、第八話の「逃亡」で、ラナはコナンと一緒に小型艇に乗って逃亡する。砲撃を受けて沈没するのだが、その際にコナンの両手と両足に電磁石式の手錠をかけられていて、船体の一部と手がつながってしまった。海底で酸素が足りなくなって意識不明になりかけたコナンに、ラナは海面へ浮上して空気を吸ってきて口移しに与える。ところが、今度はラナのほうが力尽きてしまうのだ。コナンは渾身の力を振り絞って手錠を破壊してラナを助けたのである。キスというものを日常的な行為と考えていない文化において、子ども向けという番組の制約がありながら、海中での人命救助という大義名分を利用して、二人のキスによる「婚約」を成立させたのである。

このあとで、『トム・ソーヤーの冒険』を直接連想させる要素は見当たらなくなるが、コナンとジムシィとラナが、トムとハックとベッキーにあたるものとして理解されている。その後たどり着いたハイハーバーでの生活がセント・ピーターズバーグの村のように「牧歌的」に見えるのも、冷戦期の原作小説がもつ「温かい田園生活＝アメリカ」、「冷たい科学技術社会＝ソ連」という図式を踏まえているせいである。オリジナルのエピソードとして、「のこされ島」が地殻変動で浮上して、新しい大陸のようになり、そこに移民船として海底から引き上げた船に乗ったコナンたちがたどり着く。ダイス船長は「新大陸に錨をおろせ」と叫んだ。これ自体が先住民の滅んだ後での西部開拓の夢を語り直しているようにも見えるのである。

この『未来少年コナン』の制作母体となった日本アニメーションが、「世界名作劇場」枠でアニメ版の『トム・ソーヤーの冒険』（一九八〇）も作ったのだ。全体の脚本を担当した宮崎晃は、『ハックルベリー・フィンの冒険』をやりたかったが、他局ですでに制作されてしまっていたので、二つを混ぜたと証言している［石原：二七二］。トムとハックの物語に、ハックとジムの要素つまり黒人差別や奴隷制度の問題が入っていた。「世界名作劇場」枠で、『トム・ソーヤーの冒険』の前に放送されたのが活発な女の子を主人公にした『赤毛のアン』であったが、さすがに男の子の乱暴な冒険とか鞭打ちなどの暴力とは異なる世界だった。ところが、『未来少年コナン』を経たことで、制作側にかなり大胆なアクションを描く経験が積まれていた。それは第一話でさっそく利用された。

第一話の「トムとハックとブタ騒動」は完全にオリジナルのエピソードで、学校にいるトムをハックが誘いにくる。野生のブタを見つけたので二人で捕まえて、売るという話だった。ハックが罠にかけて捕まえたブタに引きずられ、売ろうと思って連れて行くとブタが蒸気船に入ってしまい騒動を引き起こす。トムは学校をサボったので先生から鞭を食らうのである。

この話そのものが、『未来少年コナン』の第十四話の「島の一日」でジムシィが巨大なブタに襲われて、最終的には崖の下に落として、その肉を焼いて食べたエピソードの借用に思える。ジムシィが野生だと思ったブタが、じつはハイハーバーの反対側に住むオーロの所有物で、村人たちは面倒に巻き込まれていくのだ。また、ブタを追いかけるハックとトムが、蒸気船のなかで大騒ぎを起こし、船から飛び降りて逃げようとする場面も、第四話の「バラクーダ号」のエピソードの展開と似ている。ジムシィの声を担当した声優の青木和代が、ハックの声をあてていることからも、製作者側が二つのキャラクターのつながりを想定していたのは明らかである。

関連する宮崎アニメの二つ目は、スタジオ・ジブリになってからの監督作品の『天空の城ラピュタ』(一九八六)である。『未来少年コナン2』という企画の流用とされ、空飛ぶ島ラピュタの出典となるスウィフトの『ガリヴァー旅行記』より、『トム・ソーヤーの冒険』との関連のほうが目につく。コナン、ジムシィ、ラナという三人を置くのではなくて、パズーとシータがトムとベッキーにあたる。二人とも孤児という設定であるが、シータはラピュタの王家の末裔で、ベッキーのように身分が違うのである。

軍隊や海賊(空賊)に追われたコナンとシータは、彼女の首に掛けた飛行石のペンダントの力で、縦穴を通ってゆっくりと鉱山の底へと降りていく。地下に入るとパズーは、あわててカンテラに火を点けるためにマッチを擦る。パズーのかばんのなかには、用意周到に糸巻きやビンも入っていて、トムが金貨を探すためにハックと洞窟に再び入ったときに、ルシファーマッチと獣脂ロウソクを確保していたようなものだ。

パズーとシータの二人は古い坑道のなかをさまよう。そして、廃坑の水がたまった地下の河原で、パズーは朝食用に作って半分にした目玉焼きをパンに載せて取り出す。さらにリンゴが一つと飴玉が二つあり、トムのポケットのようにいろいろな物が入っているので、「パズーのかばんって魔法のかばんみたいね」とシータは感心する。二人はリンゴも分けて食べながら、シータのふるさとのゴンドアの話をするのだ。トムたちのようにチューインガムも婚約のキスもなかったが、この瞬間に二人の関係は深くなるのである。

これは、トムがマクドゥーガル洞窟の泉のほとりで、ベッキーと分け合って食べたウェディングケーキの再現だろう[第31章]。トムたちもその前に村や友だちや将来の事を話し合っていた。しかも、

『風の谷のナウシカ』(一九八四)で、流砂に飲み込まれて腐海の森の地下に落ちたナウシカとアスベルが、清らかな水の流れのそばでチコの実を分け合って、それぞれの境遇を語る場面も同じ発想に基づくとわかる。究極のプライベート空間としての地下の洞窟と、明かりを揺らす水と、食べ物を分けることが、ヒーローとヒロインの心の寄せ合いに利用されているのである。

そこに、ポムじいさんがやってきて、銀や錫を採掘する坑道だが、同時に飛行石が含まれていると説明して、二人に「石たちのささやき」を見せてくれる。天井まで広がる鉱石がきらめく光景は、マクドゥーガル洞窟の鍾乳洞に「アラジンの宮殿」が出現したようにきらびやかだった。ラピュタに行ってからも、緑が広がる牧歌的な世界の下にある、球体の迷路のような部分に、世界を支配する力が眠っているのである。

シータとパズーが「バルス」という滅びの言葉を使ったことで、その力は破壊されてしまうのだ。ムスカという悪役は、インジャン・ジョーが光を見ずに死んだのとは対照的に、ラピュタの下部の球体の迷路のなかで、強烈な光を浴びて死んでいく。そして邪魔者が消えたあとに、宝石などの宝物を手に入れたのは海賊であり、「お姫様」を手に入れるのは英雄なのである。

もちろん、影響や借用において重要となるのは、似ている部分よりは似ていないオリジナルの部分のほうである。しかも、作家は単一の作品からだけ素材やアイデアをもらうとか、単純な足し算だけで作り上げるわけではない。『未来少年コナン』も、『天空の城ラピュタ』も固有の論理や展開があって、それが魅力となっている。けれども、『トム・ソーヤーの冒険』が、宮崎アニメのなかでも少年を主人公にして活躍を描く作品において、発想の源の一つとなっていたのは間違いないのである。

このように見てくると、『トム・ソーヤーの冒険』が、出版後の「生」を生き延びてきたことが理解できるだろう。同時代の「悪ガキ小説」の多くは忘れ去られて、文学史に名前を残すにとどまった。それに対して、この小説を今まで映像化した国も、アメリカ以外に、イギリス、旧ソ連、ドイツ、ルーマニア、チェコ、メキシコなど多彩である。

アニメーション化作品も、本章で触れた日本のものが有名だが、もちろん他にもある。クレイ(粘土)アニメーションによる『マーク・トウェインの冒険』(一九八五)は、ハレー彗星を追って、トウェインとともにトムとハックとベッキーが冒険をする話だった。他のトウェイン作品も引用されている。また、オーストラリアで作られてイギリスで公開された作品(一九八六)は、オリジナルのストーリーで、なまず髭のインジャン・ジョーが手錠を掛けられるシーンが出てくる。さらに、『トム・ソーヤー』(二〇〇〇)では、キャラクターは動物で表現され、インジャン・ジョーから「インジャン」が外され、凶暴なクマによって表現される。人種の違いを動物の種の違いに置き換えて問題を避けたのである。そして、洞窟でトムたちによってジョーが倒されると、「終わりよければすべてよし」というサッチャー判事の台詞で幕が閉じるのだ。

直接読まれるだけでなく、映像や翻案を通じて、『トム・ソーヤーの冒険』は古典的な地位を保っている。新しい発見をもたらす要素を含む以上、この作品の読みの可能性が汲み尽くされた、とはとても言えないのである。

おわりに　小さな市民トマス・ソーヤー

トムが「トマス・ソーヤー」とフルネームで呼ばれるのは、ポリーおばさんやドビンズ先生に叱られるとか、裁判所で証人として呼ばれるときである。罰を受ける責任ある個人や市民として扱われる際に、こう呼ばれるのである。ハックがハックルベリー・フィンとして呼ばれるのは二度しかないが、これも同じである。一度はトムがドビンズ先生に登校途中で会ったためと遅刻の理由を述べるときで、もう一度はウェールズ人のジョーンズに、ハックが自ら名乗るときだった。ジョー・ハーパーはフルネームで呼ばれるが、インジャン・ジョーの「インジャン」はあだ名であり名字が定かではない。

子どもであってもトムは、家庭、学校、教会、裁判所を通じてセント・ピーターズバーグの構成員として認められている。トムが、映画などでしだいに上品な描き方をされるように変化してきたのは、誕生当時はいたずらっ子だったミッキーマウスが、第二次世界大戦後のテレビの「ミッキー・マウス・クラブ」などを経て、隊長やリーダーとして風格が出てきた流れにも似ている。しかも、トムがもつリーダーとしての資質は、学校の少年たちを二分する争いの指揮官として発揮されていた。前半では、ジョー・ハーパーと張り合う姿もあるが、「ホームシック」でわかるように、トムもジョー・ハーパーも結局は村に所属する存在なのである。

それに対して、ハックは、トムがセント・ピーターズバーグという村に取り込もうと努力するにもかかわらず、社会の網の目からすり抜けて落ちてしまう。逃げ出したハックに、トムは努力不足だとして、ハックを叱咤激励する。そしてダグラス未亡人に規則をゆるめるように交渉すると約束するのだ。まさに、ハックを管理するトムのリーダー的な資質が発揮されているのである。

もちろん小さな市民であるトムと、居ながらにしてポリスの規範の外に出てしまう「コスモポリタン」ハックとでは根本的に大きな違いがある。だからこそ、互いに惹かれ合うのだろうし、平行線のように交わらないのである。二人のトムや二人のハックの関係なら話はつまらない。真夜中の墓暴きに始まるインジャン・ジョーとの出来事のなかで、トムとハックの友情関係が濃密になる様子が、ダイナミックに描かれていることが『トム・ソーヤーの冒険』の魅力となっている。

マレルの金貨の第一発見者であるインジャン・ジョーの犠牲によって、トムとハックは金持ちになった。だが、トウェインが大人になったトムとハックを扱おうとしても、同じように友情を築くことは難しいだろう。ダグラス未亡人から逃れて大樽に隠れていても、どこからか食事を盗んでくるのが平気なハックは、大人になるとロビンソン医師の家で食事をねだったインジャン・ジョーのように、犯罪者への道をたどる可能性が高い。村という共同体が面倒をみなくなった瞬間に排除されてしまう不安さえも、小説のなかに漂っているのだ。

『トム・ソーヤーの冒険』が牧歌的という印象を与えるのは、親にあたる者の庇護を受けている間は、誤りやいたずらや失敗が許容され、家族や社会から保護される子ども時代と、アメリカが今より貧しくても世知辛くなかった過去の時代という二つが交差しているせいである。大人の読者にとっては、どちらもすでに失われた面であり、フィクションという形でしか体験できないのである。トウェインはそうした幸福な世界を、奴隷制度の現実を希薄化し、先住民の死という犠牲を払った上で、小説のなかに封じ込めることに成功したのだ。

トム・ソーヤーはまがいなりにもアメリカ独立戦争の理念を受け継ぎ、良きアメリカ市民となろうとしている。この作品が一七七六年の独立宣言から百周年にあたる一八七六年に発表された以上、その磁場から逃れることはできなかった。学芸発表会でのトムの熱演は失敗し、トムが楽しみにしていた独立記念日のパレードは雨で中止になってしまう。独立の理念の継承はどうやら失敗してしまったのだ。そうした点を考慮すると、最後に洞窟内で餓死したインジャン・ジョーの葬式を挙行し、観光資源化する行為そのものが、独立戦争とその後の先住民をめぐる「父祖たちの罪」を明らかにするのである。しかも、トウェインが執筆した時点の西部において、その動きは止むどころかますます激しくなっていたのである。

『トム・ソーヤーの冒険』という小説は、背後にアメリカの歴史が横たわっているせいで、表面上の少年たちの海賊ごっこや宝探しの冒険とか、牧歌的な村の姿を越えた迫力をもっている。物語を読む楽しさを与えてくれながらも、過去や現在のアメリカ社会を考える上での手がかりをもたらすので、今でも輝きを放っているのだ、と私は思う。

あとがき

本書はマーク・トウェインの代表作『トム・ソーヤーの冒険』を精読したものである。東京ディズニーランドの「トムソーヤ島」を考えても名前はよく知られているし、アメリカだけでなく日本にも数多くのファンがいる。実写映画やテレビドラマやアニメーションにもなってきたし、ミシシッピ川を運航する観光用の外輪船の映像は、この物語と深く結びついてしまっている。

初めて読んだのは、児童文学全集に入っていた抄訳だと思うが、挿絵も手伝って頭に残ったのは、恐ろしい殺人鬼としてのインジャン・ジョーだった。そして、ベッキーとトムが洞窟をさまようところやインジャン・ジョーの最期の姿の挿絵も不気味な印象で、ヴェルヌの『地底探検』やハガードの『ソロモン王の洞窟』といった探検ものとつながる気がした。

その後、続編の『ハックルベリー・フィンの冒険』を、大学の授業で読んだのだが、ハックの女装とか、トムに化けるとか、二人の役者たちなどの演技にまつわるエピソードはおもしろかった。だが、あらかじめ文学史上の知識としてヘミングウェイの言葉があったせいか、感動よりもむしろ確認の意味が強かったのも事実である。『トム・ソーヤーの冒険』のほうは、習作とみなして否定的に論じている人も多く、原文そのものをきちんと読む機会をいつしか失っていた。

ところが、映画の『リーグ・オブ・レジェンド』を観ていると、諜報部員としてトム・ソーヤーが出てきて驚いた。「探偵」をやったことまでは知っていたが、スパイだったとは、と意表を突かれた。そして、児童文学の授業を担当するために『トム・ソーヤーの冒険』を読み返してみると、先住民への複雑な態度も含めて、群を抜いた出来栄えであると再認識した。インジャン・ジョーが、「アメリカ・インディアン」に由来し、さらに混血であるとわかってみると、この村でハック以上に疎外されてきた過去が見えてきた。

しかも、読みながらいろいろな細部が気になったのである。水遊びで千切れたボタンをつけるためにトムは針と糸を持ち歩いている。凧糸やロウソクのかけらも含めて、トムのポケットには便利なものがたくさん隠れているようだ。『ハックルベリー・フィンの冒険』で、ハックは、女装がばれないためには、針を固定しておいてから糸を通すんだよ、という小技を親切な女性から教わるが、トムはどうしていたのかも少し気になってしまう。

また、トムが冒険をしながらエイミーやベッキーへの熱愛を忘れていないのもかなり興味深い。『トム・ソーヤーの冒険』は、悪ガキどうしが宝を探す冒険小説のはずだが、恋愛の要素が巧みに盛り込まれている。しかも、単なる思慕ではなくて、三角関係まで描いているのだが、その点でも精読する価値があると思える。

これはまったくの蛇足で、内容的な関連はないのだが、昔見た『キャプテン・ウルトラ』という特撮テレビ番組で、小林稔侍演じたキケロ星人のジョーと、ロボットのハックという名前が、『トム・ソーヤーの冒険』から採られたのだと今さらながらに気づき、日本のポピュラー文化との意外なつながりを感じたのである。

なお、文中ではすべて敬称を略している。また、青山学院大学での児童文学の授業を受講して、レポートなどを含めて意見を述べてくれた学生たちに感謝したい。いつもながら小鳥遊書房の高梨治氏には、企画から実現までいろいろとお世話になった。英米の児童文学の正典を読み直す本も、『「クマのプーさん」の世界』に次いで二冊目となる。感謝の言葉をここで述べておきたい。

小野俊太郎

二〇二〇年十月吉日

亀井俊介『マーク・トウェインの世界』(南雲堂、一九九五年)
チャールズ・H・ゴールド『マーク・トウェインの投機と文学——破産への道と『アーサー王宮廷のコネティカット・ヤンキー』』柿沼孝子訳(彩流社、二〇〇九年)
柴田元幸編著『『ハックルベリー・フィンの冒けん』をめぐる冒けん』(研究社、二〇一九年)
辻和彦『その後のハックルベリー・フィン——マーク・トウェインと十九世紀アメリカ社会』(渓水社、二〇〇一年)
常山菜穂子『アンクル・トムとメロドラマ——19世紀アメリカにおける演劇・人種・社会』(慶應義塾大学教養研究センター、二〇〇七年)
中垣恒太郎『マーク・トウェインと近代国家アメリカ』(音羽書房鶴見書店、二〇一二年)
那須頼雅・市川博彬・和栗了編著『若きマーク・トウェイン〝生の声〟から再考』(大阪教育図書、二〇〇八年)
永原誠『マーク・トウェインを読む』(山口書店、一九九二年)
三浦玲一「アメリカ文学における「帝国主義」?」『マーク・トウェイン研究と批評』第12号所収(二〇一七頁)
宮崎駿『本へのとびら——岩波少年文庫を語る』(岩波書店、二〇一一年)
森本あんり『キリスト教でたどるアメリカ史』(角川書店、二〇一九年)
八木敏雄『アメリカン・ゴシックの水脈』(研究社出版、一九九二年)[八木①]
八木敏雄「なぜマーク・トウェインはインディアンがかけないか」『ユリイカ』第28巻第8号所収(一〇〇一九頁)[八木②]
山川偉也『哲学者ディオゲネス——世界市民の原像』(講談社、二〇〇八年)
『マーク・トウェイン研究と批評』「特集マーク・トウェインと探偵小説」第2号(二〇〇三年)
『マーク・トウェイン研究と批評』「特集マーク・トウェインと子どもたち」第12号(二〇一三年)

『マーク・トウェイン研究と批評』「特集トウェインと西部」第15号（二〇一六年）
『ユリイカ』「増頁特集　マーク・トウェイン」第28巻第8号（一九九六年七月）

*

Altschuler, Sari. *The Medical Imagination: Literature and Health in the Early United States* (University of Pennsylvania Pres, 2018)
Black, Rachel. *Alcohol in Popular Culture: An Encyclopedia* (Greenwood, 2010)
Blair, Walter (ed). *Mark Twain's Hannibal, Huck & Tom* (University of California Press, 1969)
Bloom, Harold (ed). *Mark Twain's The Adventures of Tom Sawyer* (Infobase Learning, 2011)
Bruzelius, Margaret. *Romancing the Novel: Adventure from Scott to Sebald* (Bucknell UP, 2007)
Carpenter Humphrey & Prichard, Mari. *The Oxford Companion to Children's Literature* (Oxford UP, 1999)
Chapelle, Francis H. *Wellsprings: A Natural History of Bottled Spring Waters* (Rutgers UP, 2005)
Crosby, Alfred W. *The Columbian Exchange: Biological and Cultural Consequences of 1492* (Greenwood Press, 1972)
Cornell , Kathryn. *Dolan Beyond the Fruited Plain: Food and Agriculture in U.S. Literature, 1850-1905* (University of Nebraska Press, 2014)
Driscoll, Kerry. *Mark Twain among the Indians and Other Indigenous Peoples* (University of California Press, 2019)
Eaton, David W. *How Missouri Counties, Towns and Streams Were Named* (The State Historical Society of Missouri, 1916)
Fetterley, Judith. "The Sanctioned Rebel" in *Norton* (279 290)
Fisher, Shelley. *Fishkin A Historical Guide to Mark Twain* (Oxford UP, 2002)

Geisst, Charles R. *Wall Street: A History: From Its Beginnings to the Fall of Enron* (Oxford UP, 2004)

Gilmore, Paul. *Aesthetic Materialism: Electricity and American Romanticism* (Stanford UP,2009)

Henderson Jane. "When Bodysnatching Came to 1840s St. Louis " *St Louis Post-Dispatch* (2015/10/27)

Hutchinson, Stuar (ed.). *Mark Twain: Tom Sawyer and Huckleberry Finn* (Columbia UP, 1998)

Jacobson, Marcia. *Being a Boy Again: Autobiography and the American Boy Book* (University of Alabama Press, 1994)

Janney, Caroline E. (ed). *Petersburg to Appomattox: The End of the War in Virginia* (University of North Carolina Press, 2018)

Krauthamer, Barbara. *Black Slaves, Indian Masters: Slavery, Emancipation, and Citizenship in the Native American South* (University of North Carolina Press, 2013)

Larsen, Kenneth J. (ed). *Edmund Spenser's Amoretti and Epithalamion : a critical edition* (University of Toronto Press, 1997)

Le Beau, Bryan F. *The Story of the Salem Witch Trials: "We Walked in Clouds and Could Not See Our Way"* (Routledge, 2010)

Le Guin, Ursula K. "It Was a Dark and Stormy Night; or, Why Are We Huddling about the Campfire?" in W. J. T. Mitchell(ed). *On Narrative* (The University of Chicago Press, 1981)

Le Master, J. R.& Wilson, James D.(eds). *The Mark Twain Encyclopedia* (Garland, 1993)

Lewis, Ronald L. *Welsh Americans: A History of Assimilation in the Coalfields* (University of North Carolina Press, 2008)

Loving, Jerome. *Mark Twain: The Adventures of Samuel L. Clemens* (University of California Press, 2010)

Magistrale, Tony. *Stephen King: America's Storyteller* (Praeger, 2010)

McGann, Jerome & Soderholm, James. *Byron and Romanticism* (Cambridge UP, 2002)

Mihm, Stephen. *A Nation of Counterfeiters: Capitalists, Con Men, and the Making of the United States* (Harvard UP, 2007)

Newman, Simon P. *Parades and the Politics of the Street: Festive Culture in the Early American Republic* (University of Pennsylvania Press, 1997)

Norris, James D. *Advertising and the Transformation of American Society, 1865-1920* (Greenwood Press, 1990)

Norton, Charles A. *Writing Tom Sawyer: The Adventures of a Classic* (McFarland, 1983)

Opie, Iona & Opie, Peter. *The Oxford Dictionary of Nursery Rhymes* (2nd ed) (Oxford UP, 1997)

Paine, Alert Bigelow. *Letters of Mark Twain* (Chatto & :Windus, 1920)

Palmer, Richard H. *Tragedy and Tragic Theory: An Analytical Guide* (Greenwood Press, 1992)

Paris, Leslie *Children's Nature: The Rise of the American Summer Camp* (New York UP, 2008)

Parrish, William E. & Jones Jr., Charles T. *Missouri, the Heart of the Nation* (3rd edition) (Harlan Davidson, 2004)

Penick, James L. *The Great Western Land Pirate: John A. Murrell in lLgend and History* (University of Missouri Press, 1981)

Quinzio, Jeri. *Of Sugar and Snow: A History of Ice Cream Making* (University of California Press, 2009)

Rawick, George P. *The American Slave: A Composite Autobiography* (Supplement, Series 2) - Vol. 7 (Greenwood Press, 1979)

Revard, Carter. "Why Mark Twain Murdered Injun Joe—and Will Never Be Indicted" in *Norton* (332-52)

Rogers, Franklin R. *Mark Twain's Burlesque Patterns: As Seen in the Novels and Narratives, 1855-1885* (Southern Methodist UP, 1960)

Ruppersburg, Hugh and Inscoe, John C.(eds). *The New Georgia Encyclopedia Companion to Georgia Literature* (University of Georgia Press, 2007)

Schweikart, Larry & Doti , Lynne Pierson. *American Entrepreneur: The Fascinating Stories of the People Who Defined Business in the United States* (American Management Association, 2010)

Simeone, W. E. “Robin Hood Ballads in North America.” *Midwest Folklore* Vol. 7, No. 4 (Winter, 1957)

Stavely, Keith & Fitzgeral, Kathleen. *America's Founding Food: The Story of New England Cooking* (University of North Carolina Press, 2004)

Sullivan, Lynne P. & Mainfort Jr., Robert C. *Mississippian Mortuary Practices: Beyond Hierarchy and the Representationist Perspective* (University Press of Florida, 2010)

Waldrep, Christopher. *Lynching in America: A History in Documents* (New York UP, 2006)

Walker, Henry J. *Theseus and Athens* (Oxford UP, 1995)

Warren, Stephen. *The Worlds the Shawnees Made: Migration and Violence in Early America* (University of North Carolina Press, 2014)

Wechtor, Dixon. *Sam Clemens of Hannibal* (Houghton Mifflin, 1952)

Wittke, Carl. *We Who Built America: The Saga of the Immigrant* (Prentice Hall, 1939)

Wright, Mike. *What They Didn't Teach You about the Wild West* (Presidio Press, 2000)

【著者】

小野俊太郎

（おの　しゅんたろう）

文芸・文化評論家
1959年、札幌生まれ。

東京都立大学卒、成城大学大学院博士課程中途退学。

成蹊大学などでも教鞭を執る。

著書に、『ガメラの精神史』（小鳥遊書房）、『スター・ウォーズの精神史』

『ゴジラの精神史』（彩流社）、『モスラの精神史』（講談社現代新書）や『大魔神の精神史』

（角川oneテーマ21新書）のほかに、『〈男らしさ〉の神話』（講談社選書メチエ）、

『社会が惚れた男たち』（河出書房新社）、『日経小説で読む戦後日本』（ちくま新書）、

『『ギャツビー』がグレートな理由』『新ゴジラ論』『フランケンシュタインの精神史』

『ドラキュラの精神史』（ともに彩流社）、『快読　ホームズの『四つの署名』』

『「クマのプーさん」の世界（ともに小鳥遊書房）など多数。

『トム・ソーヤーの冒険《ぼうけん》』の世界《せかい》

2020 年 11 月 30 日　第 1 刷発行

【著者】
小野俊太郎

©Shuntaro Ono, 2020, Printed in Japan

発行者：高梨 治

発行所：株式会社**小鳥遊《たかなし》書房**

〒 102-0071　東京都千代田区富士見 1-7-6-5F

電話 03 -6265 - 4910（代表）／FAX 03 -6265 - 4902

http://www.tkns-shobou.co.jp

装幀　鳴田小夜子（坂川事務所）

印刷　モリモト印刷株式会社

製本　株式会社村上製本所

ISBN978-4-909812-42-1　C0098

本書の全部、または一部を無断で複写、複製することを禁じます。
定価はカバーに表示してあります。落丁本・乱丁本はお取替えいたします。